有一种力量，叫文学；
有一种美好，叫回忆；
有一种感动，叫青春；
有一种生命，在鲁院！

鲁迅文学院「百草园」书系

在我之上

雪归 ◎著

ZAI WO ZHISHANG

江西高校出版社
JIANGXI UNIVERSITIES AND COLLEGES PRESS

本书大都以关注底层弱小、挖掘美好人性为视角，以女性特有的细腻和笔触，塑造了许多卑微却坚韧的生命。

图书在版编目（CIP）数据

在我之上 / 雪归著. — 南昌：江西高校出版社，2017.4

（鲁迅文学院"百草园"书系）

ISBN 978-7-5493-5181-7

Ⅰ.①在… Ⅱ.①雪… Ⅲ.①短篇小说—小说集—中国—当代 Ⅳ.①I247.7

中国版本图书馆CIP数据核字（2017）第052291号

出 版 发 行	江西高校出版社
社　　　址	江西省南昌市洪都北大道96号
总编室电话	（0791）88504319
销 售 电 话	（0791）88505573
网　　　址	www.juacp.com
印　　　刷	北京一鑫印务有限责任公司
经　　　销	全国新华书店
开　　　本	700mm×1000mm　1/16
印　　　张	17.5
字　　　数	220千字
版　　　次	2017年4月第1版 2020年7月第2次印刷
书　　　号	ISBN 978-7-5493-5181-7
定　　　价	47.00元

赣版权登字-07-2017-228

版权所有　侵权必究

图书若有印装问题，请随时向本社印制部（0791-88513257）退换

目录 Contents

窥　隙……………………………………… 1
欲说还休……………………………………… 23
绽　放……………………………………… 33
金碗银筷……………………………………… 51
柴油事件……………………………………… 75
杏花天……………………………………… 87
隐　深……………………………………… 103
不是麦子就是豆子…………………………… 114
春尖尖……………………………………… 134
八月雪……………………………………… 150
我把蒋之菡丢了……………………………… 162
链式反应……………………………………… 181
蛾　舞……………………………………… 196
飞翔的日子…………………………………… 213
我叫吴仁耀…………………………………… 256

窥　隙

1

丫头胆子挺大，老奎想。

老奎之所以这样想，是因为丫头都不顾前头刚和自己擦肩而过的王胜，径直向他走来，拽着他的衣袖说："大大给我四十块钱。"

丫头说这个话的时候，稀疏的头发枯黄而蓬乱，鼻洞口挂了星点鼻屎。一个油渍满布的粉色书包张着大口，歪在丫头背上。丫头今天穿了双露出一只脚趾的黄胶鞋，身上的衣裳倒有七成新，只是胸前的污垢结成硬痂，简直能用手指头敲出响来。

老奎将丫头上下打量了一番，又一次起了怜悯之心。

老奎将丫头领到自己屋中，给她擦脸、洗手。

往屋走的路上，老奎问丫头要钱做什么。

丫头说："买书。"

"什么书？就要四十？这么贵！"

"《加菲猫的幸福生活》。"丫头说。

"加肥猫？你把自己吃胖了再说猫的事。"老奎觉得这个憨傻的丫头总是不晓事——怨不得安村人都说丫头脑子有问题。虽然她奶奶极力否认，但事实摆在眼前，你不承认也抹不掉。

丫头擦洗干净了，倒也白净可爱——除了眼泡子太厚。丫头的上眼皮不是一般的厚，遮去了丫头应有的灵气。老奎看着丫头，心里有一丝丝不落忍。这丫头和她妈王彩凤相像，只是没有她妈精明。可惜了，老奎想。这么个小丫头，她妈妈就忍心把她丢下一去不回头，可见这女人心硬。

老奎竭力不让自己想丫头，丫头她妈和丫头她奶奶的事。教育儿女，那是她们自己的事。老奎觉得他顾就个自儿就是大事，其他一概和他无干。自从老婆子得胃癌到最终入了土，他老奎可是连一天好日子都不曾过过的。那时候，谁又曾正眼看过老奎？他们都怕老奎来借钱。刚开始的时候偶尔也有人肯借钱给老奎——到底是一个村的，低头不见抬头见，谁又没有难肠的时候？只是次数多了，加上老奎明摆着还不起，许多人便开始躲着老奎。有些人，甚至还用下眼看老奎，认定老奎这辈子翻不了身。老奎从那个时候起，恨起安村的每一个人，不论男女老少。老奎觉得他们的眼神一律是带着刀子的。老奎怕极了被那种看不见的刀子一片片剐着的疼——那种疼在心上。如果想让疼痛轻一些，老奎只得借助酒精的威力。

那些年，可不好过。假使没有酒，老奎现在都不敢想自己是怎么熬过来的。但终归是熬过来了。现在儿子在城里打工，每个月也有千把块的收入。儿子会按时给老奎寄点钱来，加上老婆子的药费报销了一部分，摊在老奎自己头上的债务也没有刚开始那么多了。再后来，老奎家的一片地，让王胜的养猪场占去，给了点补偿款，他老奎的腰杆才算挺起来。有女人看老奎没有老婆子，甚至主动想给老奎续上，老奎都拒绝了。为什么？不是他老奎不想要女人，是要不起。万一有了，再有个三病两灾的，他老奎如何承受得起？现在自己虽然孤家寡人一个，但他一人吃饱，全家不饿。少了挂心的人，便少了挂心的事，倒也落得个快活自在。

其实现在老奎并不是没有挂心的人。老奎在安村现在只挂心一个人，那个人就是丫头。

丫头是小名。没有人知道老奎的挂心，没有人知道老奎对丫头有愧，没有人知道老奎怕丫头。

老奎之所以有愧，之所以怕，那是因为他弄过丫头。

让老奎没想到的是，丫头又来主动找他。找他的原因，不过是一本书。

"王元元有一本《加菲猫的幸福生活》，可好看了，他给许多人看，就是不给我看，我要了几次，他让我找我奶奶要去，还羞我。"丫头说，眼泪很快就蒙住了她上眼皮极厚的眼睛。

老奎有点难过，为丫头。这王元元，是王胜的儿子，王胜这些年在城里打工打出名堂了，给家里盖房修屋不说，还办了个养猪场。不仅如此，王胜还在城里给儿子王元元找了个后妈。后妈虽然后，但也不是不管放在安村由爷爷奶奶照顾的王元元。后妈每月会寄来三百块钱，偶尔还照个面儿露个脸儿。农村人，一天到晚在土里刨食吃，这三百块，可不是小数目，电费、牙膏、肥皂、油盐钱可就出来了，再不用望眼欲穿地在鸡屁股银行里算计。于是王元元自然也就有了花四十块钱买一本书看的理由。但是丫头她奶奶就难，花钱没有来路，庄稼地里只能刨个肚儿圆，至于来钱，那是难于登天的。

老奎不是圣人，平白无故给丫头钱使也不是老奎的风格，难道就因为一本《加菲猫的幸福生活》，老奎就该给丫头钱？他老奎的钱又不是从天上掉下来的，他的每一分钱都来得不容易，但老奎最终没有拒绝丫头，他把钱给了丫头，还把丫头的脸和手擦洗得干干净净。这一次，没有一丝邪念，老奎觉得自己简直像圣人，比圣人还圣人。

2

老奎比丫头大出整整四十二岁，但是那天老奎就是没忍住。

这个丫头，倒也懂事。那天老奎的血冷下来后，老奎问丫头"丫头你疼不？"

"疼，也不疼。"丫头说。

说这个话的时候，丫头不见一点难受的样子，这让老奎多少安了心。

"可不能对外人说，奶奶、同学都不能说。说了要死的。"嘴里喷着浓烈酒气的老奎不放心地叮嘱丫头，一遍又一遍。

初时丫头也没说什么，老奎说的次数多了，丫头便问老奎："为什么要死？"丫头抬起头来，嘴里含着老奎剥给她的糖块，含糊不清地发问。

丫头把老奎问住了，他没法向丫头解释为什么不能说出来。这个事，如果说出去，那他老奎很有可能蹲大狱。

可真是奇怪，老奎百思不得其解。难道一切都是因为那一瓶大曲？老奎思忖。平常老奎一个人时会喝一些，但大都不会超过三两。那几年日子紧巴的时候，老奎喝散酒——十块钱可以打几斤的那种。后来日子稍好些了，老奎便也提高生活质量，将散酒换成瓶装酒——大曲，每瓶六元。

那天，丫头在老奎屋里吃花生米，老奎不知怎么的，就把半斤酒灌进了肚中。丫头也调皮，居然也想尝老奎的酒，老奎拿筷子蘸着给丫头尝，丫头还不过瘾。

后来就发生了那事。让老奎无比难受的是，丫头不过十三岁，那次还见了红。

当时丫头说："大大，疼。"

那时老奎暂时停了一下，他本来非常紧张的，哆哆嗦嗦地，半天弄不成事。听丫头说疼时，老奎突然来了感觉，他摸了摸身子底下不知道羞的丫头的脸，让丫头伸出舌头在他手指上抹了点口水，然后老奎把手放下去，对丫头说："这下就不会很疼的，就一下疼。"又说："丫头不怕，大大心里有你。大大给你钱，你想买什么就买什么。"

丫头再没有说疼，丫头无比乖巧地说："大大真好。"

一想起那天丫头在他家一边吃花生米儿，一边抓住自己腿裆的场景，老奎这辈子都不曾遇到过。一瞬间就膨胀的老奎当着丫头的面儿羞愧无比，所幸高浓度的酒精遮掩了他潮红的面色。谢天谢地，丫头并不知晓老奎的心思。

丫头的手并不干净，她原是不小心碰到老奎那里的，没想到那里很快就竖起一顶小帐篷。丫头好奇心重，抓住支帐篷的柱子，问老奎："大大，这是什么？"

"是雀儿，大大的雀儿。"老奎原来除了羞愧并没有别的心思，但是傻丫头的问话激起了老奎的邪念，于是就发生了后来的事。

事情发生后，老奎说不清自己的感觉，他有时后悔羞愧，有时又会觉得自己真不枉来世上走一遭。老婆没过世的时候一直病着，他老奎简直成了男寡妇。老婆子是碰不得的，一碰就骂，诅咒老奎遭报应。

这个事儿，说怪也怪，老奎不止一次想。没尝过味的时候，也难受，也能打发过去，但是一旦尝过那个味儿，再尝不到时，那个难受劲儿，简直比死了还难受。老奎遇到丫头的那几天，正是他难受得想死的时候。说实在的，老奎心里不是没有斗争过，但是丫头那乖巧的样子，那耐看的眉眼儿，都使老奎丢不下。还有，老奎那一次给丫头的钱并不少，足足八十块——可以买一头小猪仔了。老奎也怕丫头乱花，便耐心地教丫头怎么花这个钱，怎么防着她奶奶。事情便这样遮掩过去了。

3

马方方是老奎的朋友。身有残疾的马方方主要在村头修自行车，还兼钉马掌。

马方方钉马掌的兼职现在几乎不再做了。马方方的父亲老马头做了一辈子铁匠，他在世的时候，凭这门手艺养活了一家老小。老马头原想将这门手艺传给独子马方方，却没想到儿子一生下来一条腿就不灵便。老马头是个固执的人，脾气犟得十头牛也拉不回，凡是他老马头认准的事，那是任谁也说不动的。老马头凭手艺在安村活得有模有样且被人看重，这越发起了他将这门手艺代代相传并发扬光大的念头。肥水不流外人田，儿子马方方一条腿不好使，但这并不影响他老马头将钉马掌的手艺传给儿子的决心。老马头硬是棍棒加拳脚，让马方方学会了这门手艺。

俗话说："三年学不了个钉马掌。"可见正常人要学这门手艺并不容易，何况身体有残疾的马方方。吃了多少苦只有他自己知道，父亲的犟脾性丝毫不差地遗传给了他，他把苦咽进肚里，像个四肢健全的人一样，硬是将手艺学到了手。

马方方是个实心眼儿，知子莫如父，老马头自然知道儿子马方方将钉马掌的手艺学到手实属不易，如果再要儿子学打铁，那便是成心和儿子过不去。实心眼儿的人只能做实心眼儿的事。老马头是明白人，知道这打铁可真不是人人能学到手的。都说人生有三苦：撑船、打铁、磨豆腐。话都说到这个分儿上了，一般人也能想到，要想成为一名真正的铁匠，那可不是闹着玩的。一样的火候，一样的力度，一样的锤打，一样的淬火，却未必能制出同样的东西来。打铁还需自身硬，这可不是说说就完事的。没有真本事，还真拿不下这个瓷器活。老马头深谙此理，所以，他只让儿子学钉马掌，再没让他学打铁。但老马头爱子心切，想着儿子只会钉马掌，没有马蹄铁也不行，于是，老马头便用他的后半生，为儿子将来的事业打下了极为坚实的基础——他打了几百副马蹄铁给马方方存上了，以备儿子将来立业之需。当老马头在通红的火炉边挥洒浑浊的汗水顾不上擦一把、两只伤痕与老茧遍布的手不停忙碌的时候，他哪里会想到，钉马掌的技艺有一天会失去市场，以至于他儿子将来吃饭的门路完全与钉马掌失去联系。

马方方知道父亲用心良苦，他把父亲留下的马蹄铁拿出几副来挂成串，当作招牌，然后无师自通地学会了修自行车——打气、补车胎一类。自从农村人不再养马，慢慢地，许多人家开始"养"自行车，就像现在的城里人，家要养个小轿车，哪怕在家门口上班，也要开出去得瑟一回。自行车最容易出问题，链条断了，车胎瘪了，脚踏坏了，都有可能，于是马方方的生计问题就解决了。马方方在失去钉马掌的活路后，不但没把自己饿死，还日日有毛票进账，倒也风光了一回。那些马蹄铁，有的被马方方卖了废铁，有的被马方方磨成工具，总之都派上了用场。但是好景不常在，如今的农村人，既不养马，也不养自行车了。

闲话不多说。所以要说到马方方，是因为老奎和他关系最好。两个人在这几十年里有来有往，啥话都说，从来只隔肚皮不隔心。老奎的老婆子大病的时候，全村人中只有马方方肯借钱给老奎，还不催着要。不但如此，马方方还总劝老奎看开点，不要向钱看。

于是老奎总去找马方方——有事没事。一来二去，两个人越发熟络。马方方一辈子没娶妻，老奎也是单身一人，两个人凑一起，便会喝上二两酩馏酒（当地人自酿的粮食酒，度数不高，后劲挺大），互诉衷肠。

这不，老奎又找到马方方，就在马方方的村头修车点上，拉起了家常。

4

现在老奎非常后悔——后悔得直想扇自己耳光。他也扇过自己了，可是除了火辣辣的疼，什么问题都没解决。

"山里的兔儿狗撵出来了，心里的话酒撵出来了。"安村人常会这样说。老奎后悔那天真不该喝了酒，给马方方说丫头的事。老奎想起自己喝了猫尿把不住嘴，就后悔万分。他已经不记得话题是怎么扯到女人身上，又怎么扯到丫头身上的。似乎是马方方抱怨自己一生没有摸过女人。有过女人的老奎自然是知道滋味的，知道了，加上二两酩馏烧头，老奎就说："没有尝过还好，也只是想；如果尝过了，那就不只是想。"

马方方不理解老奎的话，只是一个劲儿说自己命苦。老奎在马方方面前倒也没有得意，因为丫头的事曾一度搅得老奎寝食难安。但老奎不知怎么就说漏了嘴，说到自己和丫头身上了。似乎是说"别看丫头傻，但是让人受活，自己没有白活"一类。真是话多必失，祸从口出。

马方方先是不信，但见老奎那陶醉的模样，他心里就打起了小九九，追问老奎："丫头真那么听话？"

"给钱就听话。"老奎也是话赶话,没想太多就说出来了。没想到说者无心,听者有意,马方方还真上了心了。老奎之所以认为马方方上心,是因为马方方当时沉默了许久。以老奎对马方方多年的了解,老奎知道,马方方是真的有想法了。

这可怎么办?再给马方方解释,不是此地无银三百两吗?老奎除了后悔,还是后悔。丫头已经这样了,如果再让马方方……老奎不敢往深处想,越想越害怕。

老奎不得不找丫头,想让丫头提防着马方方。只是这样的话该如何给丫头说?丫头如果不那么憨,也多少能明白他老奎的心意,偏偏丫头不是个晓事的人。这可如何是好?

"丫头……"老奎欲言又止。

丫头此时吃着老奎刚给她的米花杆儿,嘴角上还粘着黄黄的米花星儿,嘴巴里嚼出脆生生的响儿来,吃得正欢,并不应老奎。

"丫头。"老奎于是再叫。老奎觉得自己每发出一声都艰涩异常。他实在不知道该怎么给丫头说明白,好让她提防马方方。

丫头心不在焉地应了一声,又把一根长长的米花杆儿掰断了,麻利地将一头放进嘴巴里,嚼出响儿来。

老奎真想再扇自己耳光,又怕吓着丫头。老奎咽了一口唾沫,无比郑重地对丫头说:"离马大大远点,千万不要理马大大,他给钱也别要。"

老奎说这几句话的时候,语速很快,仿佛不快点说完,这些话就会咽进肚里再难出世。

"马大大怎么了?"丫头问老奎,问的时候,她的嘴巴并没有停止咀嚼。米花杆儿既脆且干,她一张嘴,那些米花星子就从她嘴里飞出来,一星一星地努力向上飞,又飞不了多高,很快下落。

老奎盯着丫头的嘴说:"反正你不理他,我就给你好吃的,想要钱,我也给。"

"还给钱?"丫头突然停止了咀嚼,瞪大了眼睛问老奎。丫头的眼珠子是黄色的,不黑,眼白也不太白,但这双眼睛干净,看得老奎直想钻地缝。

5

马方方要给牙豁口的老安家钉马掌了。消息很快传遍了安村。消息走得快,是马方方自己传播的。每见一人走过他的修车摊,马方方便把那串挂着的马蹄铁敲得叮当响,他要让每一个路过的人都知晓。

有的人不搭理马方方,也有人注意上了,便好奇地问马方方:"牙豁口的老安家还养马?"

"养呢。"马方方得意地说,仿佛马是给他养的。"不光养,还养俩。"马方方伸出两根粗黑的手指头比画。

好奇的人便摇着头,不信马方方似的,边走边说:"这年头,养了马有什么用?不够伺候的。"一边嘀咕,一边走,也不和马方方告别。

"明儿个来看我钉马掌啊!"马方方冲着远去的背影补上一句。

渐行渐远的背影没有回答。

不回答也无所谓。马方方摩拳擦掌跃跃欲试,仿佛马已经拉到自己面前,只等自己大显身手了。

老奎很反感马方方招摇的样子,他心目中的马方方原来挺实诚的,哪里是现在这样张牙舞爪的?不过这年月,世道在变,变得老奎早都不认识了,人更是一天一个变化,简直让老奎眼花缭乱。只是别人怎么变,不干老奎的事,这马方方,一个瘸子,变成这样,实在令老奎不舒服。虽然不舒服,但老奎也想看看马方方怎么钉马掌。

老奎上回看钉马掌,已经是老远的事情了。老奎记得年幼的时候最期待马受惊,希望马跳起来,或者把人踢一脚,或者跑得不见踪影。但是令老奎失望的是,马一次也不曾受惊,他期待的情景一直没有出现过。别说真的出现,连预兆也不曾有过。

老奎于是便暗含了期待,想看看马方方一个瘸腿的人怎么给马钉马掌。嘀嘀,出了笑话,或者出了大事才好!马踩着马方方的腿,马踢到马方方,都有可能,毕竟他这么久没有摸过这营生,该是生疏了。反正，不管怎么样，总是有的看。

6

马方方的广告效应真是不错。现在是农闲季节，安村里的人，除了外出打工的，大都闲着，而安村小学的孩子们，因为到了周六，全都放了假。安村历来没什么全民娱乐的项目，这样一来，马方方设在村头的摊点上，里三层外三层地围了不少人。还有精明的，居然从镇子上批发了些雪糕和零食来，一边做生意，一边看热闹，一样也没落下。

孩子们尤其兴奋，他们大声尖叫着，脆笑着，一次次穿过扎堆的人群，不是把这个身子撞了，就是把那个脚踩了。性子躁的，早伸出手来一巴掌刮到撞他的孩子的头上去了；性子坦的，虽然没有发作，但也向着那些顽皮的孩子怒目而视，大声呵斥。

安村的老柳树，那天倒不似看热闹的人，精神头那么足，它安静地立在那里，没精打采地发着蔫。

这一天的马方方成了中心人物。他早按捺不住，无数次地朝掌心里吐唾沫，两手来回搓了又搓，又向着两胯抹去。马方方那天穿了件大红色的背心，扎进深色长裤里，黑黝黝的并不十分发达的肌肉透着亮，让他看起来年轻了许多。

牙豁口老安家的安青达早牵了马在一旁候着，他谦恭地拿出纸烟讨好周围的男人们。男人们对他的纸烟来者不拒，大大咧咧地接过，有的马上点着，有的别到耳朵后，也有的放鼻子下嗅着，还有的伸出舌头来舔两下。眼尖的早看见安青达给马方方悄悄塞了两包烟，是三五烟。有些人心里有些不平衡，马方方又不吸烟，居然一次得了两包。马方方也不藏着掖着，将烟放在显眼的位置，做着准备工作。

安青达牵来的是两头栗色的大马骡，会相牲口的人指着毛色纯些的那头马骡说："牙口不错。"又摇头说："废料，养了不划算。"听到这话，安青达转过脸来向行家解释："是我家老爷子养的，早让他卖给牧区，他不愿意。自家配种生下来的，打小看顾大的，有感情。"

听安青达这样解释，一些人便做出恍然大悟和理解的样子。安青达看起来是个厚道人，穿了件老头衫，露出青皮脑袋，汗水打着衫儿，油光锃亮。他的脸儿，方方正正的，颇有些肉，却又棱又角的，剑形浓眉下长着一对双眼皮大眼睛。

看热闹的人以中老年男人和小孩子居多，妇人们或者在城里，或者在家里，出来露脸的没几个。

老奎在人群中不显眼的地方站着，早前马方方要给他一条长凳，老奎拒绝了，他不想在这个时候和马方方显出近乎来。

马方方的准备工作做了许久，大家简直快没了耐心。安青达还要赶路，不敢耽搁太久，便一遍遍好脾性地请马方方快些。马方方说："你知道什么？磨刀不误砍柴工。你虽然是养牲口的行家，但不知道钉马掌的讲究。"

马方方说到这里便打住了。老奎知道马方方说不出什么讲究来，马方方生就一张笨嘴。

终于开始了。孩子们在大人的看顾下安静下来，集中精神注视着即将开始的罕见场面。其实他们更感兴趣的是那头毛色纯的大马骡——此时它正在撒尿。马骡的生殖器硕大，撒尿的时候，从胯下长长地伸出来挺着，然后尿水横流。

有的男人指着马骡的生殖器说起荤话，全无避讳。孩子们有的吃惊，有的好奇，目不转睛地盯着看。调皮的男孩甚至拿了根长竹棍想拨拉那硕大的阳具，被大人喝止了。

马方方十分神气地让安青达将一只马腿弯过来。安青达一个人忙不过来，早有热心的村民上前帮他。他们刚将马腿放到自己半蹲着的腿面上，马方方便速度极快地将原来磨损了的马蹄铁用工具撬了下来，仔细地观察过眼孔之后，将它扔在一边。早有胆大的孩子将旧蹄铁拾起来当宝了。

马方方将马蹄子上已然磨损的角质层用锋利的刀具一层层往下削，随着纷纷下落的马蹄屑，一层崭新的青白色角质层露了出来。马方方将旁边的人递来的崭新簇亮的蹄铁仔细地对着马掌比画，太大了不合适。他让旁边的人换了副小些的，接过来后按在马掌上，然后左边斜钉三个钉子，右边斜钉四个钉子，钉子钉下去还不算完，马方方用铁锤反复锤打了几回，之后又用锉刀磨了许久才算完。

一只马掌钉下来花费的时间既不长也不短。当马踩着新的蹄铁发出清脆的嗒嗒声时，人们知道，一只蹄铁钉完了。

整个过程不过如此！老奎突然尿急，原想着找个背静处解决了事。现在老奎不想再看马方方表演了，他在人群中寻找丫头，看见丫头和几个女娃娃站在一起，贪婪地吃着瓜子，便打消了叮嘱丫头的念头，一个人回了家。

老奎后来不止一次地埋怨自己，为什么自己不盯紧点，或者就在那里看马方方表演完，然后装模作样地帮马方方收拾一下工具什么的。这样的话，也许后来的事情就不会发生了。

7

"马大大弄得太疼，再不要他弄。"丫头突然说。

老奎吃了一惊。今天丫头又来找他，已经从他这儿得了两回钱的丫头又想要钱。丫头的脸儿，虽然和往日一样脏，也还是粉嘟嘟的，有婴儿一样的圆肥与可爱。老奎和往常一样，给丫头洗脸洗手，丫头还是和往常一样乖顺。洗干净了，丫头竟然自己贴着炕沿褪下了裤子，全无羞耻之心，倒把老奎惊了一跳。老奎原来打消下去的念头又生生被丫头撩了起来。

"丫头你不要这样。"老奎强忍着，对丫头说。

"大大我要钱。"丫头说。

"又要钱做什么？"

"我想要双鞋子。"

丫头说话的时候，抖了抖脚上的鞋子。老奎曾注意过这双黄胶鞋，早露出了脚趾头，也不合脚，但是由老奎来给丫头买鞋子毕竟没名没分。他可以给丫头零碎的钱,让她买点零嘴,既不显眼,也不张扬。哪个孩子没点零碎钱?没有人会怀疑到他老奎头上。但是如果他老奎给丫头买鞋子买衣服,那就不一样了,名不正言不顺的,如何说得清?别人又会怎样想?那样一来,这纸里的火终究包不住的。

老奎不敢深想,他怕引火烧身。同时他也明白,自己始终是那个放火的人,说到天大,其实也逃不过的。

死驴不怕狼啃,死猪不怕开水烫。怎么也要上刀山下油锅,既然这样了,为什么还要委屈自己?老奎给自己宽心,打算再一次放纵自己。

哪想到丫头冒出来这样一句,可把老奎惊出一身冷汗来。

"你说什么?"

"马大大不好,弄得疼。还不给钱。"丫头说。

这个天杀的马方方。老奎瞬间偃旗息鼓,心里翻起惊天的波浪,一时乱如团麻。

"马大大几时弄的?"老奎问。

"那天钉马掌的时候。"丫头说。

"他说了什么没?"老奎又问。

"他说我偷了他的马蹄铁。"

"你偷了吗?"

"我没偷,我在地上拾的。他丢地上的,别人也拾了,马大大也没说什么。"

"然后呢?"

"然后他让我去他屋。他说让他弄,他就再不管我偷他马蹄铁的事。"

"你没讲别人也拿了马蹄铁的话吗?"

"讲了。"

"丫头,以后离马大大远点。一些话可不要再混说。说了要死人的。"老奎一边叮嘱丫头,一边帮丫头穿好衣服,他觉得自己在丫头面前既是罪人,又是圣人。

8

  前一阵子，老奎突然有些说不出的心慌。他没来由地开始讨厌马方方，却不得不去找马方方。老奎想探听一点消息。老奎怕马方方真的把丫头给弄了。他有点自私地想：他老奎怎么也是疼这个没爹没娘的丫头，看不过她和她奶奶受苦，丫头在学校里受了欺负，他也跟着难过。马方方就不同了。他只想满足他的欲望，那种肮脏的欲望。

  马方方倒是嘴紧，什么也不说，老奎一点门道也没探出来。老奎没想到，门道竟在丫头这里。他老奎担心的事情最终还是发生了。老奎后悔那天没有留下来看完马方方表演，如果老奎那天留下来从头看到尾，那丫头的事就不会发生了。偏偏就那么鬼使神差，发生了这样的事。

  可怎么收场？老奎心里没了主意。他马方方是系铃人，解铃还须系铃人，马方方得有个说头。老奎想到这里，便去找马方方。

  马方方还是守着他的摊儿，一个人独自出神。这个驴日的，怕是在想着那事儿吧。老奎不无厌恶，又含着嫉妒，心情复杂莫名。

  "你怎么这么下作？"老奎冲着马方方开口了。

  "下作？我怎么了？"

  "丫头的事，你以为我不知道？"

  "嗬——你倒是知道得快！你怎么知道的？"

  "你别问我怎么知道的，你问问你自己，怎么就这么黑心？"

  "哟哟哎——还说我马方方黑心，你咋不看看自己？你的心，就红的？咱们俩，一个半斤，一个八两，放秤上，都差不多。黑猪就别弹嫌老鸦黑了。"

  马方方振振有词，老奎气得说不出话来。

9

让老奎没想到的是，马方方的嘴那么松。秦国柱来修车，马方方竟然对秦国柱说："丫头不是正经丫头，别看丫头憨，不给钱，别想日弄。"

"给钱就可以？"秦国柱问他。

马方方竟然说："有种你试试！"

秦国柱的婆娘跟人跑了几年了，没有女人的他，背着人找过城里的野鸡。"那不干净，也不得好。"秦国柱找完野鸡后在村里这样说。他不怕别人的指摘，几乎逢人就说。

有的人，听见了，摇摇头也就过去了；也有的人，仿佛见了屎的饿狗，扯着秦国柱打破砂锅问到底。秦国柱便开始了他眉飞色舞的演说。

秦国柱说给别人也就罢了，还要说给老奎听，老奎不想听这些，扭头就走。

"丫头还没怎么长。"秦国柱在老奎身后突然冒出这样一句来。

仿佛有惊雷炸开在老奎的头顶，简直有雷火要将老奎点着。老奎顿了步子，转身问秦国柱："你把丫头怎么了？"

"只能撸一下，实在做不出来。"秦国柱恬不知耻地说。

老奎气得说不出话来，他哪知道，早有闲言碎语在安村传来："丫头不是正经丫头，靠那个挣钱，给钱就行。"

当老奎听到这些时，时间距马方方钉马掌过去了三个月。

仅三个月时间，就已然天翻地覆。老奎突然发现自己是如此无能，分明是他老奎点着了天火，现在火势蔓延，他老奎却收拾不住了。

该怎么办？老奎开始了无比焦灼的日子。从老婆子大病到病去，老奎都不曾这般焦虑。那个时候，是死了心了，想着没法挽回，便也听天由命。现在不行。现在他老奎不能眼看着自己做出来的事收不了场。可是有什么解决的办法呢？丫头的名声是坏了，但不能再坏下去。丫头还有明天，他老奎行将就木，黄土都埋到脖子根了，如果说怕，以前是怕自己的名声坏了，现在似乎没有让他更怕的了。丫头那样乖顺，丫头的命，却又如此不济。他老奎做的分明是落井下石的事，他一生已经这样了，如果再坏，还能坏到哪里去呢？

老奎简直到了食不知味、睡不安枕的地步了。老奎觉得时间日益紧迫，多耽搁一天，丫头的名声就更加坏了一分，丫头仿佛是树梢上的最后一枚叶子，就怕风，可是风见天吹，没日没夜。如何阻止呢？老奎觉得自己像捞月亮的猴子，使出浑身的解数，却一无所获，只有干着急的份儿。

也许丫头的奶奶可以。想到此，老奎马上行动，三步并作两步来到丫头奶奶的老院里。

院子里东一丛西一丛地长了草，不高，但茂盛，在太阳下挺立。一株大丽花绛红色的花朵开得极艳，却是和开败了的花同时挂在枝上，那些残败了的花焦黄、干枯，无比丑陋。

虽然是同村，但老奎从来没有进过这个门，更不曾关注过丫头的奶奶。突然面对那张沟壑纵横的脸时，老奎竟有陌生之感，许多话不知从何说起，更多的话如鲠在喉。

奶奶的头发花白、杂乱，看样子是许久没有修剪过。她整个人干枯、干瘪，像那朵开谢了的大丽花，也像一枚陈年的老核桃。她的嘴巴深深地抿进去，整个人瘦小而羸弱。

老奎来了，这个糊涂的老太婆居然不知道请老奎进屋。两个人就站在院子里说话。

院里的花椒树有一人半高，结了不少紫黑的花椒。一只无比丑陋的绿色硬壳爬虫在树枝上艰难攀爬。一只觅食的老母鸡时不时啄上老奎的脚面。老奎烦躁无比，却又不好发作。老奎动一下脚，鸡走出几步去，过一会儿又来啄老奎的脚面。老奎几次甩腿驱赶也无济于事。奶奶并不在乎鸡的来去，只顾站在院子里和老奎闲扯。她说老母鸡的蛋也不知下哪去了，丫头可能偷了蛋出去换零食了。她说她养的猪总是不好好吃食，比不上去年的那头，一槽猪食眨眼工夫就见底。

奶奶东一句，西一句，总也扯不到老奎想说的话上去。奶奶无数次将话题扯到无比遥远的地方，老奎无比费力地一次次拉回来，一来一去，时间便过去了不少。太阳明晃晃的，照得老奎脖子上出汗不少。老奎也顾不得擦，一味心乱。

老奎不想和丫头奶奶东扯西拉，除了丫头，所有的话题都与他老奎无关。老奎越是想把话题扯到丫头身上，奶奶就越是把话题扯得更远。奶奶说她年轻的时候吃了许多苦，奶奶说她这辈子没有享过一天福，又说丫头的妈妈心太狠。

奶奶总算终于提到丫头了，老奎找到了突破口，说："丫头不晓事，奶奶你可得小心了，怎么也得为丫头的以后着想。"

"我哪能够想那么久远？不过让丫头吃上穿上。别的我想，也没有能够。你知道的。"

老奎自然知道。"是啊，你有你的难。"老奎更加替丫头难过。

"土里刨不出钱来，你不是不知道，现在动身就要钱。丫头虽然上学不花钱，但总有零碎要花钱，我一个孤老婆子，变不来戏法的。"

"那是自然。"老奎应着，心里却在翻波浪。说到钱上，毕竟现在一切和丫头不利的传言还没有落实到老奎这里，老奎不能主动把屎盆子往身上扣，老奎还是愿意撇清自己的。

"你可知道，马方方在说丫头的鬼话？"

"是啊，我知道。你找我是不是就想说这个？"

"我以为你不知道呢。你知道还坐这么稳？"

"我坐不稳又怎么？我如果有个三长两短，丫头在这个世上更没有人可以依靠了。"

"可是不能让马方方这样坏丫头的名声了。"

"那能怎么办？"

"不能让马方方坏了丫头。"

"丫头是好丫头。我是不信那些混说的。"

"是啊！丫头是好丫头。你不信是你的事。你不知道安村现在把丫头说成什么人了。我是想着丫头没爹没妈，你一个孤老太太可怜，才来劝你的。可不能白白让马方方这样泼脏水，去找马方方理论啊！让他出钱，讨回丫头的损失，不是有名誉损失费吗？这样你们的日子多少也好过些。"

"这不是没想过，但是没凭没据的，我怎么说？"

"怎么说？丫头是证人啊！让丫头说啊！"老奎说出这句话时，也明白自己已经把自己推到了火坑边沿。听天由命吧！老奎想，自己造的孽，只能由自己来承受。这样一想，他反倒坦然。老奎原想拖时间，拖过一天是一天。现在看来，拖不得了。

老奎离开的时候，发现丫头家朝外的一扇窗子四块玻璃破了三块，只剩下一块孤悬着。

见老奎留意破窗，丫头奶奶说："原先只一片破的，还没顾上补换，结果这段时间有人拿石头砸坏了两块。"

老奎看着窗户张着大嘴，默然无语，若有所思。

10

"老东西居然想讹我。"马方方义愤填膺，他逢人就说。

不明就里的人自然要刨根问底，马方方便添油加醋地重复一遍又一遍，谎言重复一千遍便是真理。马方方不厌其烦地诉说，于是大家都听明白了，原来丫头根本不是痴傻，不过是丫头的奶奶胡进芬找的一个生财借口罢了。胡进芬日子过不下去，自己卖了没人要，就祸害丫头，要丫头卖。丫头小，张不了口，胡进芬就张口摆布。也不知让丫头卖了多少回，现在老太太心不甘，觉得来钱慢，居然上门来敲诈。

"我马方方岂能容你随便敲诈！也不看看我是谁！"马方方说到这里，将一只袖子挽到半胳膊上，又推至腋窝处。再挽几圈，又推，直到袖子把手臂箍得青筋突起。一会儿他又把衣袖撸下来，抹抹平，然后又挽上去。如是几次，不见消停。

"安村人终于借马方方的口看清这祖孙俩的真面目，祖孙俩竟是如此不堪！如此败坏！如此可憎！安村，原是个民风淳朴的高原村落，他们世代生活在这里，哪个会想到安村竟有如此伤风败俗之人？"在马方方的努力下，丫头和她奶奶在安村掀起了滔天的波浪，简直要把安村翻个儿，不，翻个儿还不算，是要整个倾覆。

马方方依旧在指鼻子跳脚，丫头也不能再上村小学。她本来成绩就不好，读不下去，现在更没法在学校里待，学生娃娃都说丫头是卖的。调皮的男生还频繁地找上来，问丫头卖多少钱。他们朝丫头扔石子，扔土坷垃，还吐口水。有的女学生见了丫头还绕道走。丫头笨，追上去问她们怎么了，她们便将丫头推倒在地又踹上几脚。如果不是老师发现得早，丫头肯定会被他们打坏的。奶奶更加不敢让丫头去学校了，她给丫头请了假。

不能去学校，丫头只能在家里。丫头是待不住的，家圈不住丫头。丫头又来找老奎。

老奎一见丫头，逃跑的心都有。老奎怕别人看见他和丫头在一起，怕别人也对自己指指戳戳。老奎不得不将丫头推出门去。老奎心惊肉跳地在门内听丫头一遍遍在门外叫"奎大大、奎大大"。这个时候，奶奶便会寻了来，将丫头连拖带拽拉回家。

老奎傻眼了，他没想到，结果竟然会演变成这样。事情根本朝着完全相反的方向发展了，现在怎么办？这祖孙俩不但没有从马方方那里要到一分钱，反而扣上了一个更加巨大的臭屎盆子。

无边的疲惫从脚底生出来，简直生着根，要将老奎层层绑缚。老奎有着前所未有的无力、无奈，还有恐惧。是的，包括恐惧。马方方倒是仁义，还没有将老奎扯进来，然而，这并不能完全消除老奎内心的恐惧。因为这件事，从头到尾，根本就是他老奎一手造成的。如果不是他起了邪念找丫头，如果不是他二两酪馏烧头把不住嘴头，如果不是他想着把自己的丑事藏起来让丫头奶奶去找马方方，事情何至于发展到今天这个地步？

老奎现在是真正后悔死了，以前的后悔都不是真后悔，是浮在水面上的，现在的后悔变成了锥子，一下下锥进来，锥得肉痛更心痛。丫头，根本就是他老奎一手毁了的，马方方不过是借坡撵驴而已，怨不得别人。一回回想到这个，老奎痛心疾首。

老奎甚至想过死。是的，不止一次想过死。他想吊死在梁头或者家门前的大树下，或者喝农药、吃老鼠药，或者投河。梁头、树下没人看着，大河是没有盖的，农药鼠药都在家里放着。这些轻而易举都能实现。但是他更加清楚地知道，他的死亡什么问题也解决不了，丫头和她奶奶仍然站在风口浪尖上，丫头的一生，生生就毁在他老奎手上了。想到丫头粘着食物残渣的厚嘴唇，想到丫头在老奎给她擦脸洗手时的乖顺，想着有一回老奎擦完丫头的手后，丫头把五指分开、噘着嘴唇指着一个指缝说这里还没有擦干净的样子，老奎心痛难当。他狠捶着自己的脑袋和胸口，空荡荡的几声囊囊后，一切还是照旧。什么也改变不了。什么也没改变。

夜色厚毯一般盖下来。老奎觉得自己在缩小，最终变成一个丑陋的疤，贴在泛着脑油味被子下的大炕上……

11

那天，镇派出所的民警小周接待了老奎。老奎一见她，就跪在地上说："公安同志，你把我法办了吧！我有罪。"

老奎嘶哑的声音如同灌了铅，短促而低沉。小周吓得不轻，平时她负责的不过是一些鸡毛蒜皮的零碎小事，有群众找上来，经常要他们解决一些与她的职责无干的事。今天这个老汉一来就跪在地上，要求法办了他，着实把小周吓了一跳。

小周赶紧把老奎扶起来，让他坐在凳子上说。没想到老奎没说两句又跪在地上，让小周把他抓起来治罪。

老奎的鼻涕越过嘴唇到了下巴上，扯着长线，他使劲吸进去一部分，很快又流出来。他很快就让自己沟壑遍布的脸变成一个大花脸。老奎痛哭流涕，说他有罪，有大罪。"我把丫头祸害了。"老奎反反复复就这一句，令小周摸不着头脑，也令小周有点烦。小周眼中的老奎，衣衫倒也齐整。虽然不是很干净，但也看得过去。他的头发几乎是全白的，浓密，粗实，简直没有一根伏贴的样子。他有个大鼻头，高高地挺出来，像小周父亲的鼻子。小周在那一刻突然想到了老家的父亲，她有很久没有回家看过父亲了。

"丫头是谁？"小周问。

"丫头是胡进芬的孙女。"

"你怎么祸害丫头了？"

"我把她——我说不出口。"

"强奸？"当小周说出这个词时，自己也有些不相信。她下意识地咽了口吐沫。

"是的。"老奎几乎没有经过思考，便答应了。

小周原只是试探性地一问，以为事情并没有如此严重。小周现在知道事情的严重程度了，她得赶紧向领导汇报。

于是，老奎被刑拘了。

接下来的事情应该是许多人能预料到的，马方方被刑拘，秦国柱被公安局叫去问话。一种诡异的气氛在安村上方笼罩，似乎人人自危，谁都怕和丫头扯上关系。许多的议论再不像以前那样正大光明，私底下说起的时候，不无叹息——为老奎，为马方方，也为秦国柱。许多人认为是丫头害了这几个人，如果不是丫头和她奶奶想出这样的办法挣钱，如果不是老奎、马方方等人同情丫头和她奶奶，那么之后的事情会发生吗？他们最后得出一个结论：这年头，好人做不得。

当传言传得沸沸扬扬时，丫头和她奶奶无法在安村待下去了，没有一个人肯正眼看丫头和她奶奶一眼。谁都可以在背后戳戳点点，甚至当面也可以对着她们吐口水，谁都可以将他们的轻蔑、不屑和敌意轻易传递，却没有一个人站出来为丫头说一句话。

丫头和她奶奶被无数次叫走又送回来，而马方方等人似乎一去不回。他们一定会被判刑，也许要在大狱里蹲一辈子，人们这样揣测，同时惊呼。有人为马方方惋惜，马方方在监狱里会钉马掌吗？监狱里有马吗？那些马需要钉马掌吗？这些问题，没有人能回答他们。

然而让大家更加意外的事发生了。主动投案并揭发的老奎居然被无罪释放，因为丫头只指认了马方方和秦国柱两个人。

事情似乎更加扑朔迷离，没有人知道真正的真相。老奎回来后，还是很响地在安村咳着痰走路。后来老奎和丫头奶奶、丫头一起远离了安村。有人说，老奎和丫头奶奶组成了一个家，祖孙三个人在远离安村的地方守着日落，等着日出。

欲说还休

　　散在空气中的小颗粒迅速形成一朵乌云，久久不散。不是黑云浓重，是铅灰色的一团。这是一袋水泥和地面接触的瞬间腾起的粉尘，一朵没散去，另一朵又升起来了，密集，凝重。

　　据说这种粉尘分散度高，会危害到身体的健康轻则使毛孔堵塞，引起皮炎，重则导致硅肺病，最终致命。

　　方玉林看着余大海在他面前表演。是的，是表演，没有错。方玉林确定这就是表演。

　　当碎步小跑的余大海把一袋水泥装上车后迅速下车、又小跑把另一袋水泥从他的店内夹出来时，余大海那张年轻的扑满了水泥灰的脸，让方玉林的心里五味杂陈。

　　是的，是夹，没有错。余大海连扛起水泥的时间都没给自己。他侧过身子，弯下腿，伸出一只手臂，凭借胯力和腿劲，然后把水泥袋夹在右侧的臂下，又快速地跑出来。

　　方玉林在店内见过余大海这样做。而余大海这样做的时候，动作十分麻利，脸上还带着笑。他坚决不用防尘罩，说戴了那个影响呼吸，于是，他张着大嘴在粉尘遍布的店里喘气，全无顾忌。

　　当一辆辆车停在他方玉林的水泥铺前，余大海显得比店主方玉林还要高兴。为什么？因为余大海正盼着他方玉林赶紧把积压的水泥存货处理完，好早点搬走。如果方玉林搬走了，余大海就有机会了。余大海之所以巴巴地在方玉林的铺里下这份苦力，就是希望他快搬走。

如果他方玉林搬走了，那么余大海的屋子就会变成临街的铺面。

方玉林的水泥铺和周围的五金焊接铺、榨油坊、修车补胎的小铺同靠街南，位于安镇之东。安镇不大，一条狭长的小街穿镇而过。如今镇上统一规划建设，要拓宽街道，于是，方玉林的水泥铺和其他人的铺面一起全在拆迁之例。毕竟是临街的商铺，不同于民居，加上小铺所在地正是方家祖宅所在地，要把老宅和日日进金的水泥铺按照拆迁方补偿的那点钱一次性交出来，方玉林可不干。在商言商，虽然水泥铺进项并不多，但加上其他租出去的几间店面的收入倒也可观。如果不拆迁，那意味着他方玉林的子子孙孙可以不干活就有进项，所以这拆迁补偿一直谈不拢。

对于余大海的表演，方玉林其实并不感兴趣。他知道余大海心情迫切，巴不得他马上就搬走。方玉林和余大海并没有过节，他搬与不搬，问题不在余大海，拆迁工作组几十万块钱就想让方玉林阻断后世子孙的财路，他方玉林可不是傻子。

而余大海却是傻子，余大海的妻子小袁这样认为。余大海以为他天天到方玉林的铺里当水泥装卸工，甚至连防尘罩都不戴，就能感动方玉林，他就会早点搬走。那怎么可能？除了余大海这种一根筋通到底的，还有几个人会这样想？小袁知道自己劝了也没用，因为她在余大海眼里，是一只不下蛋的鸡。

"操，一只不下蛋的鸡。"余大海满脸鄙夷地面对小袁，咬牙切齿地说出了这句话。每一个字，都是带着重槌的，一记一记地砸得小袁生痛。

鸡小袁养过，养过一群，她知道不下蛋的鸡，她也讨厌不下蛋的鸡。可是她小袁没办法，结婚五年怀不上孩子的问题，连医院都解决不了，她小袁能有什么办法？这没办法的问题却让余大海上火，他有时诅咒，有时恶骂，许多个夜里，只要体力还跟得上，他便在小袁的地里狠命播种。眼看自己的努力全无收效，余大海只能冲小袁撒气。

小袁有气无处撒，有苦说不出。小袁有一种怪病，叫作先天性无泪腺并无泪小点。专业术语解释起来当然难懂，小袁会告诉你，"就是想哭的时候再也流不出一滴泪。"如果你说这是未到伤心处，小袁肯定会非常生气，甚至有可能永远不理你。

一个女人，如果没有梨花带雨的楚楚动人，那不是少了很多女人的味道？小袁以前可不这么想。没有眼泪多好，干吗要流眼泪？况且哭也解决不了问题，乐观积极向上的女人才是真正强大的女人。

这是小袁三年前的想法，现在的小袁为当初幼稚的想法羞红了脸。当她的男人余大海得知她竟然哭的时候没有眼泪，便叫她怪胎。她想去医院把泪腺管疏通，余大海坚决反对。他说她婚前隐瞒病史，说这就是证据。

磕磕绊绊的日子倒也还能过得下去。但更让余大海受不了的，是小袁居然不能生孩子。

现在，小袁有没有眼泪并不重要，重要的是她和余大海有没有孩子。小袁的心思，现在全在孩子上。可是这不是说有就有的，五年了，许多个晚上，他们都不曾停止努力，但是小袁的月经每个月都很正常，该来就来，该走就走。

要孩子的事情五年没有结果，余大海累了。最近，余大海的目标转移了，余大海的目标转向了方玉林，说方玉林也不全对，是方玉林的水泥经销铺。

余大海的家，和方玉林家就隔了一堵墙。袁家在里，方家临街。

当安镇的拆迁开始，当得知路面要拓宽，当拿着皮尺丈量的工作人员将皮尺拉到余大海家的外墙根下，余大海悬着的心终于放下了。

多悬啊！如果皮尺再进一点，那么余大海的家将也属于拆迁之例，他也得搬家，搬到偏僻的新村，自来水进不了家，用电的问题也还悬着，都不知道要等到几时。现在好了，皮尺解决了大问题。只要方玉林的家拆迁了，那他余大海的家就变成临街的商铺，老婆不下蛋，有了钱总会有办法。钱可是大问题，他们家可没多少地，那二分地只能种点菜。土地越来越贵，寸土寸金，但要升值不是马上就能实现的。现在好了，如果自己的房子临街变成商铺，那可就不一样了。

眼看着自己就要改变命运，从此再不用到处打零工养家，但是问题紧跟着来了。方玉林不愿搬。方玉林不搬，那余大海就没法改变命运，怎么办？余大海一筹莫展。

小袁却不着急。小袁说镇上统一安排的，怎么可能会因一两个人而改变？余大海不这样看，他说钉子户多了去了，你没见城市当中还有十几年不搬的呢？这样的消息，小袁也听说过，但是她觉得余大海的担心纯属多余。她认为方玉林迟早会搬，只是时间问题。

迟早？到底多迟多早，给个准日子啊！我等了不是一天两天，你没见方玉林和其他几家人联合起来一起抗着，谁知道要到猴年马月？

小袁也不知道要等到哪一天，她也心焦，但她并不觉得方玉林能抗得住镇上的拆迁工作组。

但是如今余大海每天给她脸色看，面条，烫了他生气，煮软了他也生气；菜咸了他骂她，菜淡了更要骂。甚至，菜切得长一点或碎一点，都是他余大海生气的理由。谁让方玉林阻挠他余家致富，谁让她小袁是不下蛋的鸡？小袁自己也觉得自己可恨，女人生儿育女传宗接代是义务、是责任、更是天经地义，如果你做不到，说明你不称职，男人生气，也理所当然。如今又加个方玉林，更是火上浇油。小袁从小受的教育就是男人打拼养家是天是主宰，女人在家洗衣做饭带孩子。以前，他们都是庄稼人，都曾在黄土地里刨过食，吃过土灰的。如今的地越来越少了，没机会吃庄稼地里的土灰了，余大海只能去吃水泥灰。想到这里，小袁心里不是一般的复杂。

现在，余大海正在为这个家的大事努力，这件事情的结果是他们二人，还有他们的子子孙孙，将有一份旱涝保收的不菲收入——商铺的租金收入。而眼前，方玉林却迟迟不见有动静。小袁也心焦，只是她不像余大海那样沉不住气。

许多个日子，余大海沉着脸，喘着粗气，一边数落小袁不但不下蛋，还败家，原因仅仅是小袁炒菜时多放了点油，盘底的油比平日多了些。

"我整日在水泥铺吃灰，我为什么不戴防尘罩？我跟狗一样看着方玉林的眼色你以为我心里舒服？我这样做为了什么？不就是想着能打动方玉林，让他明白我们心里想的，然后早点搬走。"

"可是这样解决不了问题。"小袁说。

"解决问题？你倒想个解决问题的法子啊。"余大海咄咄逼人。

他说这话时，靠小袁的脸很近，他呼出的气直接打在小袁脸上，滚烫，逼人，还带着口腔里污浊的气味。小袁不由自主地偏了一下头，余大海更加生气了。"嫌弃我了是不？你也不照照镜子看看，没眼泪的下不了蛋的怪胎。如果你不想出办法让方玉林赶紧搬走。这日子，咱们不过了。"

余大海把话说到这个份上，倒是第一次。小袁有些怕。离婚？虽然现在离婚的人也不是一个两个，可是离婚了小袁去哪？如果因为生不了孩子而离婚，街坊四邻会怎么想？其实出去打工也可以，可是小袁不愿意，嫁鸡随鸡，小袁骨子里还是有些传统和封建的。这和她长期在农村有关，还有母亲，母亲总是希望小袁能从一而终，担心小袁不会安心和余大海过日子，怕小袁离婚了回娘家丢他们的脸，况且余大海的家在镇上，各方面的条件都比她娘家所在的那个偏远的小山村好出许多。

说实在的，小袁还是喜欢余大海的实诚和憨直，一门心思地顾家，没有二心，更没有歪心。如果不是因为小袁生不出孩子，他们的小日子过得倒也有滋有味。如果拆迁顺利，他们就可以成为拥有门面房的坐在家里就有收入的人，这样的日子，真是几辈子才修来的福气，可不是人人都有的。

关键是现在卡在方玉林这里了。这个方玉林，平日里看来倒也通情达理的，不像胡搅蛮缠之人，却没想到拆迁组的人根本做不通他的工作。方玉林倒是好说话，他提出，只要镇上把营业收入按三十年进行补偿，还有房子的面积一平方换一平方，按一比一的比例、按市场价进行补偿。这些听起来倒也合理，但完全和镇上的方案出入太大。所以，想要谈下来并不容易。

一边是镇上拆迁组和方玉林等人的对峙，一边是余大海和方玉林的对峙。方玉林是死驴不怕狼扯，苦的是余大海，更苦了小袁。

已经四个月了，余大海每日到方玉林的水泥铺做装卸工，其实并没有任何人要求余大海来，余大海却做得比任何人都投入。每天早八点晚七点，除去吃中午饭的一小时，他竟是雷打不动地到方玉林的铺里上班。余大海是认死理的人，他认定了会成功，便一门心思地想打动方玉林。

方玉林刚开始为了拒绝余大海也使了一些招数，比如根本不理他，或者干脆躲着，但是都不行，跑了和尚跑不了庙啊！方玉林不能为了余大海就不做生意，他得开店，开了店，就有生意，有生意，就有他余大海可忙的事。总之一开店门，余大海就有事做，不是这里扫扫，就是把那里整理下。一些散乱的袋子被他归类放置得整整齐齐，原来过道里都是水泥灰，现在全集中在一个地方，不再影响走路。还有那些废弃的包装袋，也被他两折后整齐地放在一个角落，便于使用。最明显的变化莫过于那块招牌，原来是随意地写着"水泥销售"几个大字，白底黑字，潦草而随意，很不成章法。现在呢，变成了醒目的白底红字，周周正正的黑体方块字，像模像样地竖在那里，一些居民家中随意砌个墙或者起个灶的水泥，现在都奔着方玉林的店里来了。毕竟零售水泥的店不多，谁也划不着为了一两袋水泥跑到水泥厂的直销店。还有，现在一袋水泥居然还可以拆开来零售，这是余大海的创意，方便了不少人。

余大海做的这些，方玉林真是哭笑不得。时间长了，知道自己说不动余大海，便也不再过意不去。他现在时不时还要和拆迁工作组的人商谈，工作组轮流给他做工作，有时到家里，有时又让他去他们的办公室。方玉林来者不拒，你来我欢迎，你叫我也随叫随到，总之表面上是十分配合他们的工作的。如今有了余大海，他更加来去自如。余大海那样敬业，倒也不是坏事。

小袁刚开始时并不同意余大海这样做，但是时间一长，她觉得铁石人也会动心。你看，余大海满头满脸的水泥灰，整张脸就是水泥的青白色，鼻凹里、眉毛上、鼻洞口，全是水泥灰。一笑，露出的牙齿白得瘆人。那双手，本来精瘦，加上长期被水泥裹着，现在伸出来简直像糊了水泥的弯曲的钢筋。

"我快撑不下去了，如果你想让我死，你就看着办。"这一天，余大海撂下一句话，出门了。

余大海不是饶舌的人，平日里话贵重得跟金子一般，他说出来的每一句话每一个字，包括话音里的语气，都是有分量的。这句话如今在小袁看来，当然类似最后通牒。难道不是？他天天在水泥铺吃苦下死力，不说别的，单是吃的水泥灰就有不少。他根本就是拼出性命来做这些，他能这样做，小袁有什么不能做呢？

这一天，当方玉林看着小袁从篮子里拿出几样小菜摆在他面前的桌上，心里有些吃惊。他万没想到这个女人如此用心，做得菜竟是这样精致，别说吃，看着，就已经有口水不断涌上来。

茼蒿去叶子，只留下脆嫩的茎秆，过了水，再拌料，泼油，放上蒜泥，看着十分清爽；猪耳朵，耳根的肉一律不要，切的全是带脆骨的那一块，每一根都是精挑细选过的；菠菜粉丝里还放了芝麻，蒜薹炒肉用的是牛肉丝，又配上红线椒。这四个菜端在桌上，红红绿绿的，每一盘都那么精细。主食是凉面，面条可不是机器压制的，而是小袁自己做的手工拉面拌成的，一根根分明透亮，吃在嘴里，根根有嚼劲。

这餐饭吃得方玉林感慨万千。谁娶到小袁真是福气。都说好男无好妻，赖汉娶娇妻，果然不错。小袁的身材，真是该凸的地方全凸了，该凹的地方都凹得别致，和眼前的小菜一样赏心悦目。尤其是小袁的头发，黑亮如漆。她只是挑了一点，用一根皮筋扎着，看着又随意，又耐看。不像自己的那位，满头黄发，弄得洋不洋，中不中，脸上的粉能刮下一层来。

方玉林娶了头母狮子，本事不大，脾气却大。方玉林奈何不得，因为母狮子能量超常，常把方玉林整得七荤八素。不听她的，那怎么行？"你不想活了是不是？"母狮子办法多得是，加上给他生了个儿子，更加颐指气使。方玉林疼儿子，况且母狮子除了脾气大些，也没什么毛病，日子也能过得下去，所以这一天天就这样过下去了。

如今拆迁工作组几次找方玉林谈，至今谈不下来的很大一部分原因，也和母狮子有关。母狮子提出的补偿条件和镇上给的简直是天壤之别，方玉林夹在中间，左右为难。一方面，他不想让人觉得他怕老婆、被老婆当面团揑，另一方面，他也想拿到相对合理的补偿。许多事情说起来总是容易，做起来却总有登天的难度。如今他面临的正是这样的难题。

工作组三天两头来做他的工作，有好言相劝，有威逼利诱，还有胁迫恐吓，弄得方玉林心里七上八下，不知道如何是好。他找了好几个人商量，也商量不出结果，每个人各执一词，没有一个人的意见可以完全采用。

　　眼看着时间一天天过去，工作组现在放出话来说，如果一周内再不搬走，就要强拆。家门口那个个大大的"拆"字已经写上许久，如今道路两边一片狼藉，到处是残墙断瓦，弄得方玉林心乱如麻。

　　而可笑的余大海竟然用这种方式催促他，这是他所没想到的。如今更加让他更没想到的是小袁也出马了。他的印象中，小袁一直是个安静的女人，不会兴风作浪，不会无事生非，却没想到她今天竟然这样出现在他家。一盘盘精心准备的小菜端上桌来，那一碗拌着蒜泥和韭菜加上辣油和香醋。在这个热得连心里都是火的日子里，这碗凉面，和那个端着凉面的、表面上强作镇定的窈窕女人，都是一种强烈的暗示。她身上大领超短的廉价裙子，更加说明了一切。方玉林注意过，小袁还是相当保守的，露出肩背的她很少穿，更别说长度在膝盖以上的超短裙了。而今天，小袁穿的这件裙子，还有她极不自然的神态，都在说明一切。而这两天，偏偏他老婆不在家，余大海，也外出办事了。

　　吃过饭，小袁开始收拾。方玉林始终在观察小袁，看着她的手略微有些发抖的样子，他忍不住想笑。收拾完了，接下来会有什么呢？仅仅是一餐精致的饭菜吗？他预感到没有这么简单。

　　果然，等收拾完了，小袁低着头过来，拿出一支烟，说："方大哥，我给你点一支烟。"

　　然后不等方玉林答应，她就把烟递过来，而且很快就打着了火。

　　方玉林不得不接着，他平时也是本分的人，而此时，却想出格，想发泄，想借一些渠道把心中积压的不快全部释放出来。眼前的这个女人，似乎完全知晓他的心思，在不断地挖一条通向他内心的渠道。他感受到了。

　　俯身点烟的时候，方玉林伸出一只手，借着点烟，试探性地挨着小袁的手就火，她没有躲闪。方玉林伸出另一只手臂，搭在她背上，她的身体颤动了几下，也没有拒绝。

最触动方玉林的，是她下意识地颤动。方玉林不敢看她的脸，怕看到她惊慌失措。那会消减他的勇气。

方玉林揽过她来，一点也不温柔，甚至带着蛮横和强硬。她的裙子那么短，她仰着身子时，他甚至看到了她的腿跟处。

丝袜很容易就拉下来，这如她身体的第二层肌肤，有皮肤的质感，还带着她灼人的体温。

升温，不断升温。一切都在升温。

方玉林听到她喘息，她似拒绝又似在迎合他。

方玉林没想到，她会那么柔软。当身体之间再没有距离时，她像一只驯顺的小兽，浑身发出燥热的气息，不断指引着他向着最高峰攀登……

当一切终于归于平静，方玉林躺在床上点燃一支烟。在烟雾缭绕中，方玉林看见她慌乱地穿衣，脸色绯红。方玉林以为她会流眼泪，会哭泣，会提要求，但是她都没有，她的慌乱中带着一丝笃定，仿佛平日里见惯的那个她，温顺，平和，亲切。

后来她离开了，没有再说一句话。

如果不是床单上留下她黑色的一根长发，这简直要让他觉得一切都是梦呢。

所有的日子都像梦一样游走。没几天，余大海再不去方玉林的水泥铺了，因为方玉林要搬走。

至于拆迁款到底拿到了多少，除了方玉林，大家都不清楚。这些都不重要，重要的方玉林要搬走。余大海十分兴奋，接连几个晚上都拉着小袁畅想未来。他准备赶紧把铺面的卷闸门做好，有了卷闸门，房子的租金就上一档。门窗要统一成铝合金的，这些投入都是必要的，都意味着以后租金收入的增加。每想到这些，余大海便激动不已。美好的未来已经在前面招手，他没有理由不高兴。而这个时候，他身边这个不会流泪的小袁，还是不冷不热的样子。这也没关系。什么也不影响余大海的兴致，于是，他在小袁身上的耕耘仍在继续。他发现，身体下面的女人，现在又多了一种毛病，那就是她的身体，总会不由自主地颤抖一两下。而这些小小的变化，引不来他更多的关注。

天黑就闭上眼睛，睁开眼睛就是天亮，日子仍在继续。

而让方玉林没想到的是，有一天，他无意中在小镇的西侧见到了挺着大肚子的小袁。这时，他突然想起了这个女人几年不孕的事情。

方玉林紧紧盯着小袁，想开口说什么，却不知道从何说起。就在这个时候，小袁突然泪流满面。

方玉林并不知道，小袁已经有几年没有流过一滴泪了。

绽　放

1

滑向西边的太阳红了半边天。

我踩着影子回家。我脚下踩着的是矬子的影子——他噗嗒噗嗒的脚步声让他越发矮小，虽然太阳将他的影子拉得老长。我和往常一样有意和他保持距离，虽然我们的目的地是同一个大门。

我和我娘还有许多人早已习惯了叫他矬子。我和我娘以及庄户里的人说"矬"时会将"矬"的声调拖长一点，再拖长一点，这自然就另有一种味道。当我们都有意识地把"矬"的发音拖长，然后加上一个语气短促的"子"时，我们就会看见矬子那种复杂到我无法用语言形容的表情，有无奈，似乎还有羞愤，甚至还有敌意。我得申明一下：我称他为矬子的时间比任何人都多。我这样做的目的，就是要和他划清界限。

可是，我单是这样做就能划清我和矬子的界限了吗？绝对不是。

我仍得和他吃同一口锅里的饭，进同一个屋门，叫同一个女人娘。因为我和他是同一个屋檐下的兄弟。

2

我是被李来善祸害的。我娘说她这辈子最后悔的事是瞎了眼跟了李来善。

我娘说这话的时候，那双好看的眼睛里充满了怨愤。

我知道我娘这样说的意思，因为我亲爹张见明长得膀大腰圆，远不是李来善那瑟缩、挂着眼角屎的干巴猥琐样。我亲爹力大如牛，口阔眼亮。还有一点，我爹特别疼我娘，从不对我娘动一次粗，也从不吐一个脏字眼儿。

可是后来我爹生病花光家里所有的钱，别人见我们家徒四壁坚决不肯再借钱给我们，只有李来善肯借——要加利息。于是像滚雪球一样，我们欠李来善的钱越来越多。后来，我爹入了土，李来善又来我们家，他说只要我娘跟了他，他就会养大我，让我上学，而且我家欠他的债从此两清。

我娘说人穷志短，况且李来善还有个小店铺呢！听说他们三合村不久就要被县上征占呢。

在我家的破草房最终天窗大开后，我娘就把我原来的名字张海天改为李海天了。

3

李来善倒也说话算数，真的供我上了小学和中学。平日里李来善的话比金子还贵重，可是只要一喝酒，李来善的话就像三合村那条日夜呜咽的小河一样，滔滔不绝。当然我和我娘是永远不屑于听他那些鸡零狗碎的。

经营村里唯一一个小卖店的李来善四体不勤、五谷不分，身子板儿就像永远抻不展的麻绳，手不能提，肩不能扛。他经营小店却自有一套，自从我和我娘来了以后，村里又开起了一家小卖店，店主是村主任王西旺的儿子王小举。他们店里的供应显然要丰富得多，如此一来村民就常去村主任儿子的店铺，再不光临李来善的小店了。日落千丈的生意让李来善的情绪越来越坏，加上我娘总喜欢拿话挤对他，一会说他没本事，一会又说他还不如我爹的一个脚拇趾儿，这样李来善便使唤拳头和我们说话了。

常常青着眼窝的娘一见李来善就像老鼠见了猫。我更是恨不能钻进地缝立马消失，那样我的脑壳就再不用吃他的爆栗了。

4

李来善收养了一个孩子叫李海山。我记得我娘那时总是说这个孩子的脑袋奇怪，尤其是说他的大额头。而且他的五根手指齐长不说，双腿和手臂明显有缩进的迹象。早时李来善总是得意地说："脑袋大的孩子聪明。"还慎重地给这个孩子取了名——李海山，大约希望他会和山一样高吧。然而事实出他所料，李海山自过了六岁就不再长个儿。

那时候，我娘还不敢大声叫李海山为矬子。我娘只在我面前叫，而且每次这样叫的时候，我娘眼中就有异样的光芒在闪烁。畅快淋漓的神情，衬得我娘布了皱纹的脸有了几分神采。

上完镇上的初中后，我和村里许多孩子一样守在家里。我庆幸我守得晚，因为自从我回到家里，李来善的脸就再没晴过。他说我生来就是欠他债的，原指望我能上个大学让他风光一下，却没想到我连高中也没考上。他说他指望不上海山这个小矬子，更指望不上我这个白眼狼。打那以后，他更加喜欢和酒较劲儿。原来他喝半瓶大曲开始口齿不清左摇右晃，现在他得喝一瓶半下去才能到达那个境界。他也变得更加粗暴和易怒，我走路脚步声大些他都不高兴。我娘咳嗽声大了也不行，立马有扫帚、板凳一类的物件在我娘周身飞舞。

我那时常常捏着拳头想扑上去，可是遇到的永远是我娘万分惊恐的阻止我的目光。我娘说她害怕我被李来善赶走或打死，如果那样我们就什么也得不到了。

5

我19岁时我娘给我娶了媳妇鲍五梅。说实话，我并不喜欢这个瘦弱得像草标一样的女人。她是李来善给我相来的，就因为她家要的彩礼最少。我娘说如果我不娶鲍五梅，可能这辈子也找不到媳妇。李来善的房子迟迟不见被征占的迹象，如果我再不成家争上一份家产，我们就永远没指望了。我明白我娘的这番话和矬子有关。

矬子大概为自己的命运不平。在我的努力下他早早退了学——我比其他同学更卖力地要大家都知道他是个侏儒。后来矬子将李来善通过小卖店辛辛苦苦攒下来的钱偷走，到广州、深圳风风光光地巡游了一番。

半年后，矬子衣着光鲜、神气活现地回到我们三合乡三合村。那个时候，他身上穿了件带着Adidas标志的运动衣，整个人有种说不出的派头。我也是后来才知道这是个品牌叫阿迪达斯，我奇怪还有矬子能穿的号。听说这一件衣服的价格打进李来善小店一年的营业收入还差两只袖子。

李来善看到矬子轻描淡写地责备了一番后，就和往常一样。

我一直想不通他为什么唯独对矬子如此宽怀大度。

后来矬子又失踪了将近一年。这次不是卷款出逃，他悄无声息，和谁都没有告别。那几天李来善看起来整个蔫了，连喝酒也不带劲了，当然更容易醉了，对我和我娘也就真的是怒目而视了。

其后我们断断续续地听到了来自四面八方的关于矬子的消息。大都来自村主任的儿子王小举。俨然就是代村主任的王小举精明到算盘揣兜里不说，脑壳里装得全是算盘。他对李来善的小店很是上心，隔三岔五就要过来转转，并不时带来矬子的消息。他说矬子在省城的某个歌厅、某个娱乐厅。

我一直不知道这次离家时没拿钱的矬子怎么在城里生存。我一直觉得矬子更适合做一个修鞋工或擦鞋工。他只需坐在那里，且不说他技艺如何，人家单是看他那弱小的样子，偶尔动个恻隐之心，他也能混个肚儿圆。难不成他一直没想过，如果李来善殁了，我和我娘压根没打算养他的吗？那时他已经16岁了啊！

6

在李来善和我娘的全力动员与极力撮合下，我娶回来了那个脸色黄白、胸口平得像我家大炕一样的女人——鲍五梅。

嫁给我时明显不是处女的这个事我忍了，都说了便宜没好货，几乎是白送来的女人，我还奢求什么？我娘说就我这个条件，能娶个女人回来已经不错了。"三十好几的光棍汉在这十里八乡有的是，听说县里做过统计，足可以编一两个团哩！"

清汤寡水样的鲍五梅每天夜里总能让我热血沸腾。

"我看她眉眼间有点不安分，你可得把她看紧了。"我娘对我说。甚至李来善时不时也会用怀疑的目光投向鲍五梅。"连媳妇都看不住的男人就不是男人。"李来善对我说。

王小举说："你的这个女人不简单。"他的话总令人摸不着头脑。

可笑的是鲍五梅最见不得王小举，只要王小举一出现，鲍五梅整个人便像霜打了一样。

性格偏于内向的鲍五梅在这个家里空气一样存在着，她是属一拨一转类型的人。比如看天不早了，我娘说："五梅你做饭吧。"她便去做饭。我娘说："五梅你给缸里添点水吧。"她便添水。如果我娘不吱声，她便一直窝在屋里不出来。

我还发现鲍五梅爱神游。比如有一天，她去村口提水，提了水桶的她竟向着村外走，如果不是有人发现了赶紧通传我们，真不知道鲍五梅要神游去哪里。

按说，鲍五梅姿色平平，身上又没什么钱，想要一个人跑出

"耳报神"遍布的三合村还是很成问题的，尤其是在她的不安分已经初露端倪的时候。

7

鲍五梅和矬子第一次见面的情景真有点古怪。那天天还没拉下半边黑幕，矬子突然出现在院中。那时李来善还在小卖店经营，我和我娘还有鲍五梅我们三个人在剥一些蚕豆，准备晚上煮了当晚饭。

矬子进门时挨个看了我们一眼，然后将目光定格到鲍五梅身上。他那时的表情相当怪异，鲍五梅更是面色煞白。他们对视了几秒后，矬子一声不响地去喝大缸里的水了。

以前矬子就是这样直接在大缸里舀水喝的，有时候水浅了他够不着就会使劲敲缸沿，我们有人听到声音就知道是他没水喝了，会给他舀水。

今天我知道缸里没水了，但我和我娘都没有听到他敲缸沿的声音。我娘让我去看看，矬子却板着脸出来和我擦身而过。说确切些，是擦着我的腿而过，因为他只能够得着我的大腿根。

我娘在意还发愣的鲍五梅，有点不好意思地说："这是我家捡来的。"鲍五梅应了一声后继续剥她的豆子。

晚上，李来善心情很好，他喝了酒却意外地没有醉意，他说："海天娶了媳妇，海山也回来了，以后大家要好好过日子。"

李来善还是没有责备矬子一声，真让人百思不得其解。

8

我无意中发现矬子竟然和鲍五梅处得最好，而且他与鲍五梅四目相对时还能擦出火花来，还有无数个夜里，当我娘和李来善发出那样的动静时，矬子竟在院里不停地走动，有时又突然停下来，既可疑也让人不解。当我和鲍五梅热闹时，他竟然还会悄悄走到窗根下。

天哪！这个家，竟处处危机四伏？

最近李来善的酒量越来越好，性情也似乎有所改变，至少他不再让我吃爆栗子，也不再对我娘吼。

没多久李来善就彻底消失在我和我娘的眼中了。

李来善的消失和矬子有很大的原因。

那一天的云看起来连成了一片，太阳看起来更像一个瓷盘，一点也不刺眼。那一天酒量又见增的李来善在喝下两瓶大曲后仍不尽兴，我和我娘还有鲍五梅早就躲得远远的，只有矬子在一旁伺候。没尽兴的李来善要矬子再去拿一瓶大曲，之后李来善又一次喝得瓶底朝天。

那天李来善睡下后再没有起来。

矬子并没有太伤心的迹象，他几乎是镇定地和我们一起将李来善葬在了李家的祖坟旁。

我娘对矬子说他真孝顺她这个娘，就不要在眼前晃得她眼晕。我娘还说："这个家里，只有张姓，没有李姓。"

矬子的脸色因了我娘的这番话变得晦暗无比，但是他拿出一沓子钱来交给我娘，然后郑重地告诉我们，如果我娘在家一天，他就不会离开这个家。

后来我和我娘数了下，那笔钱竟比当时矬子从李来善那里拿走的两倍还多。

"嗯！这就算这些年我们养他的钱吧。"我娘说。我娘也不问矬子哪里来这些钱。

当我娘费尽气力将我的名字改为张海天后，矬子说他要开店。我娘那时是决计不肯让矬子经营这个店的，她执意将店交给我和我媳妇打理。

9

矬子从那时起喜欢上了一种花，那种花我们叫八瓣梅。奇怪的是矬子只喜欢粉白的八瓣梅。他不知道从哪里弄来的种子，庭前屋后他全种上了这种颜色的花，甚至大门口的两侧也不例外。

八瓣梅原是平常低贱的花，随便在哪里撒上种子它便生根发芽还开花。哪怕你把它的种子撒在毫无底肥的屋檐瓦漏上，只要种子没被雨水冲走，它照样正常生长开花。于是我们家便被这种艳丽的粉色包围了，风中摇曳的花枝看来有种别样的风情。

矬子没有事做，便专心弄花。我和鲍五梅打理小店，日子过得风平浪静。但是我越来越强烈地生出要和矬子断绝关系的念头，尤其是他死盯着媳妇的样子会让任何一个有血性的男人血涌上头。长此以往，我们家的门风势必要让他给败坏了。有个矬子已经够打脸，况且他还曾做出那么多伤风败俗的事？我和我娘商量着决定，无论如何都要和他一刀两断。

我们去村上给矬子申请五保户，村主任王西旺拒绝了我们。他说要不是我和我娘，李来善的店应该归村上。况且矬子不是无生活来源、无法定赡养（扶养）义务人，所以不能享受五保待遇。王西旺说那个小卖店是我和我娘白得的，我们有义务管矬子吃住，给他提供基本生活保障。王西旺还告诉我们，三合村即将要纳入县里的建设规划了，这样李来善的老屋以及小店都属于拆迁的对象，如果我们安静点，他会在费用方面考虑多给我们一点补偿。他的话让我和我娘生出无限希望。

10

条条大路通罗马。既然矬子当不了五保户，又只能和我们在一个屋檐下生活，那我和我娘就得想办法和他保持距离。

刚入初冬，气温骤降。今年的冬天仿佛来得比往年都早得多，我也早早地穿上了防寒的衣服。我娘还给我和鲍五梅的房里烧上炕。

我娘自然会偏着我们，同样是烧炕，但里面大有讲究。我娘给我和鲍五梅炕里填的是一锨煤，而给矬子的炕里只填了一把草。只填了一把草的矬子的土炕早早没有了热气，而填了一锨煤的我和鲍五梅的大炕却是热浪滚滚。

我娘说:"矬子的炕里炕灰满了,填不进煤。"我娘虽这样说,但也不掏炕。我们的炕我娘隔不久就掏一回,所以夜里从来就没冷过。

矬子没声没息。他从来不说他冷也不说他饿的话,有饭他就吃,没饭他也不吱声。天冷了他把所有的衣服加到身上,光是领口就堆了五六层衣领,颜色还各不相同,实在有得看。

我愈发无法容忍矬子不时投向鲍五梅的目光,我打心底里排斥和厌恶他。有一天我实在气不过,便悄悄在我娘填过一把草的矬子的炕门洞里泼了一桶水。我想不出那晚矬子是怎样在冰冷的大炕上艰难地熬过一夜的,反正那一夜我睡得格外踏实。

11

在我的努力鼓捣下,鲍五梅的肚子以最快的速度膨胀起来。还没到预产期,一个大胖儿子就来到了这个世上,我们给他取名叫亮亮。

亮亮个头大,生下来足有7斤8两。两只眼睛又黑又亮,实在招人喜爱。

我发现矬子最喜欢亮亮。当听说生了个男孩时,他竟然在院中拿起了大顶(拿大顶,头、手倒立运动的俗称)。不仅如此,他还这样倒立着走了几步。你能想象他用短短的胳膊支撑起他粗壮的身子、两只脚朝天在院中行走的样儿吗?我和我娘都笑疼了肚子。

鲍五梅还没满月时,矬子几次到鲍五梅的屋子里要抱亮亮,几次都被精心守护的我娘赶了出去,但矬子仍一脸喜色。那阵子,他居然时不时哼唱《常回家看看》。他的调倒也拿得准,虽然只是随便哼几声,却也有那么点味道。

再后来,鲍五梅的奶水严重不够。在我娘想尽办法不见起色后,矬子也不知道从哪里弄了只母山羊来家。鲍五梅的奶亮亮一吃就拉稀,自从吃母山羊的奶,亮亮的肚子就不再咕噜噜响,而且大便也是成坨的。尤其庆幸的是母羊的奶水十分充足,两个亮亮也吃不完。只是这只羊一身逼人的腥膻气,我是闻不得那个气味的,而我娘也是忙不过来,然后很自然地,矬子就肩负起了照管母羊和挤羊奶的任务。

看在矬子照顾母羊这么细心且再没有死盯着鲍五梅看的分上,我想谢他一次。那一天,也合该我答谢他。我铺子里有人给放了条假哈德门烟,居然是矬子自己把那条假烟给买了下来,钱已经到了我兜里再让我掏出来是不可能的。矬子说什么诚信经营一类,真是无比搞笑。

我想起矬子老盯着鲍五梅看的热辣目光,心里生出一个主意来。

我带矬子去了县城,在车站附近,我找上了一个不打眼的理发店。我知道这可是实打实的挂羊头卖狗肉的店。这里名为理发店,实际是让男人们泻火的地方。这里头有几个女人,都是做这个生意的。其中有一个胸脯挺得最高的我最熟,鲍五梅怀孕后我就照顾过她几回,也算是半个熟人。

我领着矬子到了这里,矬子虽是一脸的不解,但还是跟了我来。

看着那个脸上脂粉堆得掉渣的矮女人与还不及她腰高的矬子进去的背影,我的心里一时竟有说不出的滋味。

矬子自那天回来后变得更加怪异。他本来就沉默不爱说话,以前他侍弄八瓣梅,现在天冷了,他便精心侍弄那只母羊。他整天阴沉着脸,谁也不待见——除了亮亮。矬子只对亮亮展脸,他逗亮亮、亲亮亮,还不止一次地细细观察亮亮的几根手指是不是一样长。

日子水一样流走。

12

三合县三合乡三合村轰轰烈烈的征地拆迁开始了。

本来就忙碌的村主任王西旺变得更加忙碌。以前他说他忙碌,我们相信,因为我们经常见不到他的人影。现在他说忙碌我们也信,因为我们经常见到他风风火火的影子。从三番五次的动员大会开始,到后来挨家挨户地做工作,王西旺就再没有淡出我们的视线。

王西旺不时传递着县上的最新消息:"征地一次补偿到位,民居以平方兑平方,比例是1.5比1。"

为什么会有这样的比例呢?王西旺说,因为我们的房子结构和建材没有新房子的好,土木结构咋能比得上砖混结构呢?

我粗算了一下,我家如果兑下来也有近百个平方的建筑面积。小店铺我当然没忘,王西旺承诺可以一次性给补偿。虽没谈具体数目,但算下来也绝对是一笔不小的收入。

我们家早都不种地了,一年忙到头,地里的产出还没投入多。为了不让田地撂荒,我们都把地全部交给想种的人家了。一年下来,种了我家地的人家总会或多或少地表表心意,比如拿来一袋面粉五斤菜籽油什么的。即使没有这一袋面粉五斤油,我们也无所谓,因为毕竟种地越来越入不敷出,愿意种庄稼的人越来越少,人们更愿意做点小生意或偶尔出去打零工,收入兴许远远超出种庄稼的收入。

我们家——其实是李来善的家——虽然不是在主街道上,但也属于一处风水独好的地带。关键还有一点,我的小铺离学校近。你用脚趾头想也知道,现在的家长,哪个不在孩子手里塞上三五块?王小举也开了店铺,位置却明显要偏远些。虽然有一段时间王西旺仗着他村主任的权势让村小学的孩子们都到王小举的店里去买东西,但远水解不了近渴,那些学生娃娃们还是愿意到我的小店来。加上我拿了矬子当初给我娘的钱扩展了店面,矬子新近又给我出了不少主意,这小店的生意一时红火得不得了。

如今鲍五梅生了孩子,大部分时间她要照看孩子,神游的时间就少了。我娘要操持家里的一切。店里就我一个人,经常忙不过来。把母羊安顿好的矬子就时不时来店子里坐坐。他来店里我也欢迎,为什么呢?因为他一来,跟着他来的顾客也就多了起来。大家拿他开玩笑取乐的当间我就收益不少。有人说渴了,就会要瓶饮料,有人逗饿了,还会要花生米。这些倒是小事,但这样一来,我的店里就有了不少人气。做生意嘛,要的就是人气。

一码归一码,我还是得和矬子划清界限,所以他来的时候,我也和大家一样叫他矬子，也不停地拿他开涮，表示我和毫无血缘关系的矬子不在一条线上。

不得不说，其实我的这番努力并未得到所有人的认可，我早听到三合村有一些风言风语，说我和我娘是奔着李来善的家产来到李家的。那又怎么样？我照样把李来善的店经营得有声有色。

矬子不再是以前的矬子，以前的矬子在别人开他的玩笑时，眼神里充满了敌意和气恼，眼下的矬子对一切过分的调侃都坦然处之，不以为忤。他照旧呵呵地笑着，一脸来者不拒的样子，一笑就堆起满脸的皱纹，看起来十分窝囊和可厌。

鲍五梅倒是和矬子处得来，有时我们吃什么好的她时时记得给矬子也留一点。为这，我和我娘长时间不搭理她，她觉察后稍有所收敛。

13

在征地拆迁的事上，我们和矬子的矛盾越发深了。按说，这个家是我娘当家，轮不到他矬子说话。但是王西旺说工作要大家做。就是说除了工作组以外自己家的工作还要自己家里人做。王西旺还说县里有指示，如果一户人家有一个人（未成年人不算，但也要征求意见）不同意征占，那也不行。

"到时候，都要按手印的。"王西旺说这话时斩钉截铁，很有威慑力。

矬子不同意征占，他的理由是房子和田地全没了，以后大家吃什么？当我们说不怕没吃的时，矬子说农民生来就得在土地上过活。我们笑他没一把镢头高，一来拿不动农具，二来做不了农活。他却坚持他的理由。

这次征占，县上还给出了一个优惠条件，凡是拆迁的人家都可以转为城镇居民户口，县上统一给办理城镇最低生活保障。这样算下来，我们一家人即使不做活，一个月也有几百元的净收入呢。

烁子却说:"爷爷吃了孙子的饭,孙子将来只能饿死。"我们倒没想这么多,我们想着等钱到手赶紧买个洗衣机。

14

冬季开始,王西旺领着工作组开始挨家挨户做工作。村里有些人愿意,有些人不愿意,还有些人观看风向犹豫不定。人心不齐征地工作就不好推进。那些愿意的人也分三六九等,有的人提出这样那样的条件,或现实的,或不现实的,搅得王西旺一个劲地说脑壳疼。有些人听说王西旺拿到了开发商的好处,所以才拧紧脚脖子跑得如此积极时,心下更加不平衡,处处作梗阻挠征占拆迁工作的进行。

虽然王西旺叫来了村上的会计、出纳、各小队大、小队长以及他儿子王小举,但工作依然进展缓慢。像我们家(除了烁子)这样齐心的人家不多。王西旺看我们家如此配合,许诺说商铺的事还可以再加些价码。他的话让我生出更多的希望,只等工作组马上派出开发商上门丈量面积。

果然如我们所愿,丈量人员很快就到了我们家。我们家是第一户,因为我们家是村里唯一一个全部同意的一户。县上要我们做表率先拆,另外还要给2000块钱,奖励我们积极配合工作的行为。

烁子自始至终都不同意拆迁和征占。但他不同意也没办法,我把他灌醉后取得了他的手印。虽然后来他以两天未进粒米表示抗议,但效果极其微弱,我和我娘仍旧欢天喜地的。

开春后烁子还是侍弄他的花,养他的母羊。现在母羊要吃草也没个地方,以前还可以田间地头地啃一点,如今因为要征占,田地早被铲车、推土机变成一片大沟小洼和焦黄土堆。青苗补偿费早拨到了村里,王西旺不允许种地的人家再种,说如果补种不但得不到青苗补偿费,而且还会被连根拔除。

于是那些把种子拉到地头的人都停止了播种。靠天吃饭的庄稼人哪里能指望老天爷年年都能给个好收成呢?毕竟老天爷的脸谁也猜不透，而眼前的青苗补偿费只要不种地就能领取，何乐而不为呢？

母羊的奶越来越少。好在亮亮快要一岁，已经慢慢添加了辅食。那只羊还能产出多少奶来，我和我娘已经漠不关心。但矬子总是和我们不一样，除了亮亮，他对那只羊最上心。他说亮亮多吃羊奶好，因为羊奶比牛奶营养丰富好吸收。因此他把那只母羊照顾得比对自己还要尽力和精心，隔三岔五地给母羊洗澡梳理羊毛不说，甚至有一天，我看见下着雨的天里，那只羊身上披着他那件阿迪达斯在前面漫步，比一只羊高不出多少的矬子在母羊后面滑稽地跟跄行进，身上湿了大半边。

除了羊，矬子还有八瓣梅。我家的八瓣梅泛滥成灾，瓦檐上，墙垛上，大大小小的花盆里，台阶的缝隙里……全是八瓣梅。他可真是痴了。我和我娘忍受不了八瓣梅上生长的红蜘蛛，要拔除时，鲍五梅态度坚决地制止，说这是她生平最喜欢的花。她所表现出的不同以往的决然令人一凛。鲍五梅自从生了亮亮以后话也多了，手脚也勤快了，在这个家里有了话语权后地位迅速提升。我和我娘可不想让亮亮这么可爱的孩子的亲娘心情不好影响了亮亮，所以我和我娘就此停了手。

15

拆迁和征占工作紧锣密鼓地进行。王小举最近来我家可勤了，我们知道他是替他爹代劳肩负着拆迁和征占大业的，所以他来得再频繁我们也不奇怪。丈量面积、计算地款都不是一朝一夕就能了事的，我们也不厌其烦地应付着他的进进出出。

我总觉得王小举和鲍五梅之间有点蹊跷。有一次王小举在我家时，鲍五梅战战兢兢地打翻了一个茶缸，而王小举那意味深长的浅笑也着实令人摸不着头脑。

王小举可是上庄下村出了名的公子哥儿，三合村里就连村会计的儿子都癫狂得不得了，何况王小举还是村主任儿子？村里有几分姿色的姑娘、媳妇都没少受过王小举的骚扰。王小举来我们家我们倒没有这方面的担心，毕竟鲍五梅没有什么姿色，全身上下可看的也不多。可这个王小举还总喜欢往我家跑，有时候我和我娘不在，鲍五梅就哆哆嗦嗦地招呼他。

　　矬子似乎习惯出其不意地出招。比如突然有一天，矬子竟然到小店里给我下跪。当时我可真是吃了一惊，不知道他这是怎么了。矬子居然说让鲍五梅走吧，要不就别让王小举再来我们家了。

　　这简直是莫名其妙而且可笑至极。我问矬子理由，矬子也说不出个一二三来。虽然我早见过王小举看矬子的眼光有说不出的异样，但这总不能成为我们一家和王小举断绝来往的理由吧？为这样一个痴痴傻傻的人得罪代村主任？那可不行。

　　晚上我给鲍五梅说起矬子给我下跪的事儿时，我明显感觉出鲍五梅的身子紧了紧。我问鲍五梅王小举有没有招惹过她，她说没有。我又问她和矬子有没有什么事。鲍五梅反问我她能和矬子有什么事，说她来这家也不是一天两天，亮亮也有了，所有的一切全在眼皮子底下，我还有什么不放心？听鲍五梅这样说，我也就放心了。

16

　　王西旺趁热打铁，丈量工作很快结束。签过各种协议后，王西旺让我们加紧收拾，他给我们弄了三间板房暂时安顿我们，我们一家的房子准备动拆。

　　俗话说："穷家破业值万贯。"昨天晚上鲍五梅说她要在旧房看亮亮，顺便收拾一些零碎。整整大半个晚上我和我娘就把旧房里的东西往板房倒腾，一晚上在板房忙活。

　　矬子这几天和母羊在草房里睡，因为他的房子又漏雨了。鲍五梅让矬子小心些，因为这个破草房也是危机四伏——好在新房已经有希望。

　　后半夜突然狂风大作，惊雷四起。

第二天一大早，还没从板房睁眼的我就被王西旺吵醒，他通知说今天我家就要开拆。我和我娘来不及洗漱就到老房去。

全村人都来看。毕竟我家是第一个拆迁户，看笑话看热闹看门道的都有。已经有2000块奖励的钱揣在我们衣兜里，我和我娘都喜不自胜。

我听见人群中有人不无鄙夷地说那2000块大概挂了里子时，心里很不以为意。毕竟这2000块可不是小数目，也不是家家能得的。

这时王西旺说新村正在加紧施工，这个冬天就能保证我们一家老小搬进亮堂堂的新房。

建起来难，拆起来容易。我们家泥巴、砖头还有木头搭建的房子哪能敌得过一个个铁打钢铸的现代化怪兽？在我和我娘把老房仅剩的几件家当转移出来后，那些大型铲车和挖掘机就将几分钟前还坚强挺立在风雨中的我家老房转眼变作尘土飞扬中的一片废墟。

我和我娘以及许多人面带惊奇地看着眼前发生的这一切。昨天，我还在这个老房的破炕上睡觉做大梦，把房顶的蛛网当帐子，今天这些就土崩瓦解了。

17

"亮亮娃呢？"我娘突然说。我一愣怔，马上也跟着喊："亮亮——亮亮——"

亮亮当然给不了声，我们又大声喊鲍五梅的名字，鲍五梅却突然人间蒸发了。莫不是她和亮亮娃被压在这堆废墟下？突然间涌上来的不祥预感让我顿时失去了站立的气力。

"鲍五梅——"我仍歇斯底里地喊，使出全身的力气喊。我清楚地记得拆房前除了那间草房，其他地方我和我娘都仔细看过，老房子里根本没有人。

刚才还饶有兴趣地观赏那些大轱辘机械的人们，把目光纷纷对准了我和我娘。机械还在轰鸣——

就在这时，有人带着惊喜的声音传到我的耳膜："看！那不是亮亮么？"

天啊！我的亮亮娃就这样出现在我的视线里——透过铲车和挖掘机的缝隙，就在我家破草房的位置，我看到披着阿迪达斯的母羊肚皮下，有我可爱的亮亮娃。

我和我娘以及许多人狂奔过去，铲车和挖掘机因此停止了工作。

我娘一把抱起亮亮娃。我注意到拴母羊的绳子已经断了，一截还缠在母羊的脖颈上，另一截露出绳头埋在那一堆残砖断瓦之下。

我开始搬移那堆砖头瓦片，有几个村民也跟着我弄，铲车司机和挖掘车司机也加入了我们的行列。

在那堆砖头瓦片下，矬子血肉模糊的身子上压着一根大梁。

你永远也想不到我们在已经冰凉了的矬子的手中发现了什么——一张女人的照片紧紧攥在矬子僵硬的手中。那个照片上的女人不是别人，是鲍五梅。

阳光下，矬子种的八瓣梅正鲜艳地绽放，吸引着蜂飞蝶舞。

18

三合村后来又发生了一件大事。

王小举受了伤。不知道是什么人伤的王小举，他似乎伤得不轻。令人奇怪的是他这次竟然哑哑地不吱声。这可不是他王小举以往的个性，尤其是他有意遮遮掩掩的样子令大家疑惑不已。

住进板房的我和我娘没有了鲍五梅，没有了矬子和他的八瓣梅，没有了披着阿迪达斯的母羊。空气中有种让人窒息的东西在流淌。

我始终不明白矬子死前手中何以有鲍五梅的照片？而且照片上的鲍五梅化了浓妆，看起来远比在我家时鲜亮得多。

王小举伤好以后偶尔也来我家走走，每次都会问鲍五梅有没有消息。

一个巨大的谜团压得我透不过气来，矬子、鲍五梅，还有王小举，到底有什么见不得人的事？如今矬子死了，鲍五梅失踪了，结合王小举种种异常的行径，也许只有他知道这一切是为什么。

19

原来王小举是个草包。当我出其不意地把王小举一脚踹翻在地后，这个公子哥儿原先的强硬和嚣张全无影踪，竟然一下子跪在我面前痛哭流涕。他说鲍五梅已经和他算过账了，他早已悔过自新。

我这才知道鲍五梅在城里打工时曾被人骗到娱乐城，长相不好的鲍五梅当然挣不了什么钱，她甚至连老板的伙食和房租费都交不起。后来矬子在娱乐城演出时二人相识，矬子那时是老板的红人，许多人单是为了要听他的歌都要到那里去。

那时矬子兴许是喜欢上了鲍五梅，他甚至替她缴清了所有的费用，但鲍五梅离开了娱乐城，之后音讯全无。

王小举当初就是在娱乐城遇到的鲍五梅，他没想到鲍五梅居然会嫁到三合村。他以为抓住鲍五梅的把柄就可以让她言听计从，却没想到鲍五梅在答应顺从他时竟然还带了把刀子来。

鲍五梅一定是在那一晚把亮亮交给了睡在草房的矬子，然后去找王小举她知道矬子会善待亮亮。谁也没想到那间草房会在那个晚上坍塌，矬子不知道费了多大劲，才把亮亮和母羊转移出来。心里早有了鲍五梅的矬子折身拿到那张珍贵的照片后，却再也出不去了……

我想起家中曾经疯长的八瓣梅，想起矬子和鲍五梅初见的情景，想起矬子曾经的那一跪……心中有东西在一片巨响中轰然倒塌。

我娘听我说完这些，长叹了一声。我娘说："海天，记住海山是你兄弟啊！"

我娘说完这句话，抱起亮亮慢慢走出了板房去晒太阳，我看见我娘的背影在瞬间苍老了许多。

金碗银筷

1

鹰嘴岩指向处是一个小寺院。荒草长满了庭院、石阶及石板与石板间的每一个缝隙。寺管会主任告诉李老板一行,说这个寺后面有一排石经墙,鹰嘴岩指向的就是这个石经墙。石经墙的样子像蛇,而那个老鹰日夜盯着的正是这个地方。如今寺主活佛正在外面募集资金,想修一个转经房,以便更多的人可以来这里转经祈福,同时也可遮挡那只蠢蠢欲动的老鹰的视线,保一方平安。

李老板带着他的队伍驻扎在寺院附近修转经房。

张发旺跟着李老板来到这离家两千多里外的藏地。这里地理位置偏远,自然环境十分恶劣。张发旺干到1个月零3天的时候,实在坚持不下去了。

当张发旺提出要走的时候,李老板的小圆脸转眼就阴得能捏出水来,他盯着张发旺的眼睛,问他为什么不干了。

张发旺躲开李老板的眼睛,对着地下的一堆砖头说:"我讨厌这个地方,太阳出来晒得生疼,太阳落下去冻得发抖。我可不要受这个罪。"

李老板说:"你坚持一下,再一个多月就完工了,其他人不都干得好好的吗？"

张发旺坚决说不，说他要走。

李老板说："你走影响军心。"

张发旺说："你的军心和我没有鸟关系。"

极度的不舒服像麻绳将李老板的心紧紧捆扎。他说："你这个人没长心吗？怎么这样说话？再说这个活完了，也是福报一件！"

张发旺说："我不信这个。"

李老板心里的不舒服全跑到了脸上捏紧了他的面孔。他说："你走也可以，但是你的工钱不可能全开，你干了34天，我只能给你开20天的钱，你走了我还得重新找人。"

张发旺说："行。"

张发旺之所以要选择马上走，还有一个重要原因：夜里他梦见满山的石头滚落下来，直压得他喘不过气。

李老板心里不痛快，说："我可没车送你，你自己想办法。"李老板说出这句话，其实是想再让张发旺留下来。无奈张发旺吃了秤砣铁了心。没有车怕什么？没有路他都要走的。

2

这个清晨，张发旺揣着李老板开给他的2800元钱，连行李卷都没带，一个人走出了寺院。张发旺回头时，看见寺院正笼罩在一片薄雾之间，那经堂僧居、那大殿佛塔，在山坡上静静矗立，仿佛饱经沧桑的老人在那里满脸凝重地望着远方。

张发旺在路上遇到了许多人。有骑摩托车的、有骑马、骑牛的，还有开轿车、开三马子的。但凡有车来，张发旺必定要招手拦一下。有的车主仁义，不要钱；有的还没上车，就说要多少多少钱。张发旺也不计较，反正有车坐就行，能少走一段是一段。

在这人迹罕至的地方做工，张发旺觉得自己像一根孤单地长在墙头的草。张发旺从小生长在草木繁盛的河湟谷地，如今却到了连一棵树都看不到的地方。这也罢了,平日里连个说话的人都没有,这才是张发旺最难忍受的。且不说那些潜心修行的僧侣深居简出一心清修,就是不修行,要和他们交流也是难如登天,因为僧侣们几乎都只懂藏语,不懂汉语。自家的队伍里,精明干练的李老板只是板着脸一脸苦大仇深的样子,那双大眼睛,全盯在工程上,全不顾及张发旺在想什么。

张发旺看着同来的几个人每天木僵的表情、发直的眼珠子,看他们除了干活就是睡觉,心里就有些瞧不起他们。再看他们每天酥油糌粑也吃得津津有味、围着牛粪烤火的时候对牛屎味毫不在意的态度,张发旺心里更加不愿意与他们为伍。

但是要回家也难,有时张发旺连续走一两个小时都不见有车来,别说有车,就是人也难得见一个。在这荒寂的大草滩上,原本就人烟稀少。加上张发旺所走的这一段属于冬季牧场,这个时节,更是罕有人迹。

也不知道走了多少里,张发旺看见了一座石山,石山在路的北侧。说它是石山也未必准确,因为它并不完全是一座石头的山,而是一座大山的半中腰突然形成这样一个石阵,将大山从半山腰开始分成三部分:两侧草木繁盛、鲜花盛开,中间则是一大片石头形成的石阵。

这些石头从山腰一直排到山底,简直像一条石头的河流,突然平地生发,倾泻而下。

张发旺从石阵底部向上望去,许多石头体积巨大而且大都滚圆平滑。石头上都生有苔藓,透出铁锈色、黑色、黄色和红色来。张发旺突然来了兴致,就在石阵间体验着攀岩的感觉。这些石头,平均都有一张方桌大小,有的直径达三五米。张发旺从层层石头的缝隙间看下去,发现石头下面还是一块块巨石,仿佛有人特地搬运至此,一个一个垒放起来。张发旺艰难而缓慢地攀援而上,在大小不一、错落起伏的巨石间穿行。

艰难行进的张发旺突然发现了一块石头,它隐蔽在几块体积略小的石头之间,和其它石头的颜色全然不同,这块石头中间似乎还发着光。

张发旺费了九牛二虎之力才将这块石头的本来面目看清：原来是一块有图案的黑色长条形石头。张发旺又仔细看了一会，才发现石头上竟然是一只金色的碗的图案。

张发旺喜不自胜。将压在其上的几块石头艰难地挪开，形成一个小洞，然后径直跳进洞内将石头抱了出来。阳光正是炽烈，张发旺头上的汗珠子掉在了石头上。遇到汗水的石头越发光亮，尤为奇特的是石头上竟赫然印有一只金色的碗和一双银色的筷子，正反面一模一样。

这绝对是一块宝贝石头，张发旺坚信这一点。

如何把石头背回家可让张发旺费尽了心思。因为石头太大，他抱着行走很不方便，加之石头的样子又过于引人注目，所以张发旺根本不敢招摇过市——虽然这里并没有闹市，但是如果让人看到，那结果就不好说了。张发旺先是用自己的上衣将石头裹着背在背上行走，石头极重，将他背上的皮都磨破了，他只好抱一段走一段，自己只穿了一件单衣。草原上的天气像姑娘的脸，随时在变。张发旺顾头顾不了脚，顾石头顾不了自己。待赶到一个集镇，张发旺突然生出一个主意：包一辆车回家。这石头是宝贝当然是毋庸置疑的，确保宝贝的安全、花血本将石头运到家是当务之急。于是他就开始找车主谈价钱。

许多车主张口就变狮子，说出的价钱让张发旺直咋舌。最后张发旺终于找到一个开价合理的司机肯跑这几百公里，张发旺这才略略松了口气。

3

出门一个多月，家似乎也没有太大的变化。高原的河湟谷地是养人的川水地区，只是这里千顷良田现在越来越少人耕种了。城市的浪潮早已席卷至此，把曾经的小乡镇变得不城不乡。张发旺放眼望去，镇上那个环球商行前仍然门可罗雀，而世纪音像店除了自家高分贝的噪音外，几无顾客。倒是那个大转盘前站了不少人。这个转盘中间是个指针，如果你拨动后指针指向银元宝，你便可以得到所押金额5倍的现金。如果指针指向金元宝，你便可以得到所押金额10倍的现金。当然也不是不限数，只许你拿着一元、五元、十元的票子发小财，但这些小票子大多都会打水漂。张发旺自然也玩过这个，和他的老朋友老海一起玩的。

那天老海运气好，五元进去，他的手指轻轻一拨，结果指针居然转向金元宝的图案，于是五元变成了五十元。这一幕让张发旺很是动心，于是他毫不犹豫地投下十元，结果指针只在那个金元宝图案前匆匆扫过，并没有停下的迹象，最后指针转到恭喜发财前扎了根。这一把让张发旺明白了一个道理：这财运可不是人人都有的。

看到这个转盘，张发旺就想到了老海，这次张发旺之所以也想跟着去寺院干活，也是老海的功劳。老海曾经跟着李老板干过活，李老板人不错，从不拖欠工钱。老海自己也想来，可是他的婆娘病着，他根本脱不开身，所以才让张发旺顶替了他。

想谁谁就到，张发旺果然就碰到老海。老海给老婆买了药，正准备回家。

老海那张巴掌大的刮骨脸上布满了深深浅浅的皱纹，一道道全是岁月风雨的痕迹。尤其是那不抬头也有的抬头纹，更是让老海沧桑满脸。张发旺看着眼前明显憔悴了许多的老海，心里疑惑只是一个多月未见，为何老海就被时间催老了？想起老海老婆的病，张发旺就问病情如何。

老海的脸上瞬间有飓风掠过，那拧巴到一起的眼睛、鼻子和嘴，半天打不开来。张发旺心里责备自己不小心戳到了老海的痛处，后悔无比。老海说婆娘的病没得治，肝硬化腹水晚期。"这个黄脸婆娘，这些年可是给我立了功了。她如果走了，我家的一对儿女可就有苦日子过了。"

老海家有一对龙凤胎，一个比一个聪明机灵。老大生得虎头虎脑，全不像老海这样抻不展；老二更是白净可爱，长得像极了超女周笔畅。如今两个孩子马上要上初三，老海老婆这一病，一家的重担全压在了老海身上。

老海的衣服上沾满了污迹，衬衣居然有两层领子，大概是怕凉，就把两件衬衣摞着穿了，想来这都是他老婆病着没人操心的缘故。张发旺想到老海以前精神头十足的样子，如今落到这般田地，全是没有女人造成的，不由又想起了自家的媳妇生香。出门一个多月，不知道生香怎么样了。

两个人同搭一辆电动小三轮回家。老海看着张发旺怀里裹着的大包袱，便问他是什么宝贝，裹这么严实。张发旺支吾着糊弄过去了。老海又问他这次挣了多少钱，张发旺说2800，老海嘴里咕哝了一句，张发旺没有听清。

大概是老海心里焦躁，此后一路再无多话，一挨到家便下了车。

4

许多时候，你不得不承认，即使出门许久，也仿佛刚刚离开。张发旺从七拐八弯的巷道里走进自家大门，发现自己这趟出门回来，除了院子里开春时种下的芹菜从走前细弱的枝叶长成老杆起了苔以外，再没有别的变化了。家中的老娘还是那老样子，那佝偻的背似乎永远也挺不起来，混浊的眼睛布满了迷雾。自己的媳妇生香，还是走前的模样：那一身结婚时买的姜黄色上衣如今看来显得分外土气——因为掉色和污迹，加上衣服平日里的褶皱从没平展过，越发陈旧得让人沮丧，唯有那张脸，是活色生香的，泛着红光，因为看到他回来了，更加显得神采奕奕。那卷曲的长睫毛下的明亮眼眸，在不断的跳跃中掠过激动与羞涩的影子。

张发旺拿出剩下的1000余元钱放桌上后，打开他层层包裹着的东西。见到是一块如此奇异的石头，生香一只手捏着拳头放在胸口，另一只手捂住了合不拢的嘴巴。

"哇——一定是个了不得的宝贝！"生香激动地说。

"嗯！那还用说？也不看是谁拿来的？"

昏暗的屋中，石头上的金碗发着月亮般温润如洗的光芒，银筷则在碗边交叉着摆放，流淌着柔和的银辉。

看着这正反面一样的宝贝石头。发旺娘也是激动难耐。双手抖抖的，嘴唇颤颤的，半晌说不出话来。

张发旺见状，赶紧扶娘坐下，说："娘你别激动，当心身体，我们的好日子就要来了。你可要好好的。"

生香端来水让婆婆喝了一口，然后站一边小心地看着发旺和婆婆，自己脸上放着光透出无限欣喜。

"我们好好合计一下。"张发旺说。

"你是出过远门的，又得来这样的宝贝，你可得想好了。有时候，宝贝进门，祸事相跟。"

"看娘你说哪里去了？我们又不谋财害命！又不偷鸡摸狗！自己捡来的宝贝，怎么就有祸害了？"

"是啊娘，发旺说得对。也许是命呢！命了有了就是有。你不是说发旺耳垂大，是福相吗？"

"兴许就是呢！万事小心为上！我们别太大意了。毕竟，这不是寻常的宝贝。"

正说着话。突然听到一声浑厚的男音："发旺回来了是吗？"

说话的是王村。王村是四合村的村主任，原名叫王宝福。已经当了几年村主任的他每次换届选举总是得票最多，所以便一直稳坐村主任的宝座。

还没等一家三口回过神来，王村的大脚已经跨进了堂屋。

看见了石头的王村有片刻的愣怔。

"这是哪里得来的宝贝？"王村眨巴着小眼睛聚着光问道。

生香手快，早把一件旧衣拿来盖在石头上。

王村不理这个茬，径自上前将衣物揭去，一边抚摸着金碗银筷，一边又问："这是哪来的？"

张发旺白了脸，一时紧张得说不出话来。发旺娘说："这是我家发旺得的。"

张发旺这才反应过来，说："这是我得的。我的宝贝。你别动！"

说完就要将石头包起来拿走。

"你莫急！我又不抢你的！"王村说。"这可是个了不得的宝贝！"

"那还用说？"张发旺接上王村的话。

生香将石头抱进了里屋。

王村不请自坐，并掏出烟来，给张发旺递了一根后说："这次出去应该也挣了不少钱，有了钱莫乱花，得有个计划。"

"这个我们知道。"张发旺不耐烦地接了口。

"我是好心。你这个宝贝不简单，改天我叫个人给你相一相，你也别再让别人看见了。"

"怎么个相法？"

"宝贝你放在家里就是个石头，你只有把它变成钱才管用。人家相了，我们心里就有底了。你说是不？"

"我们？"

"不，是你们——"

"当然是我们的。"

"我可是好心帮你。"王村说话的时候又递上了一根烟。

平时只有张发旺给王村递烟的分，这会真是变了天，张发旺心里满是得意。

"千万别再让人知道了，晓得不？万一人多嘴杂弄出乱子来可不好收场，到时谁也保不了你们家。"王村慎重地说。

王村的话让一家人仿佛吃了蚂蚱，心里不停地蹦跶。一直到晚上，所有的话题总也绕不开石头。王村在村子里可也算是个一方诸侯，当然是说一不二的角色。张发旺知道他决定找人相石头，那是无法拒绝的。既然无法拒绝，那就相一把。再说相了，心里就有底了。

"假使以后找个买家，到时也好谈价钱。"一家人商定后各自安歇了。

5

第二天刚吃过早饭，王村就领着人来了。王村领了个大胖子。胖子脖子上的金链子几乎赶上筷子粗。张发旺不由叹息那脖子太短，直接连着身子，使得那根金链子像极了灶台上锅口的草圈——可惜草圈是草扎的，不放光。草圈上通常放蒸笼，现在放了个满面红光的大脑袋。

"这是张老板。"王村说。

张老板点了个头就算是打招呼。

张发旺注意到了张老板眼中的不屑和轻蔑，心里就有了不悦意。现在有宝贝石头给他压阵，他自然底气足些，喘气也粗些。

"你家石头在哪？"王村问。又介绍说这张老板是昆仑奇石馆的。"把石头给张老板相一相。"

张发旺使了眼色给生香。生香于是从里屋抱出了石头。

看见了石头的张老板眼睛开始闪亮和聚光，却又马上隐匿在他脂肪堆积的厚重而浮肿的眼皮下。

"这个石头值不了几个钱。"

"张老板不经意地说，这只是个普通的风砺石。"

"风砺石？"王村说。"张老板是看走眼了吧？风砺石哪有这样光滑的。而且这图案——"

还没等王村说完话。张老板不耐烦了。"我说是风砺石就是风砺石，这图案也没什么稀奇。你们说个价钱，我看合适，我就买下。我那个奇石馆里，什么样的石头都有。就成色和观赏角度来说，这个石头，只是个普通的石头而已。值不了几个钱。"

胖子张老板的话让张发旺的心沉到了阴暗的谷底，还不时有冷风带着刀子嗖嗖而至。

被冷风吹了一阵的张发旺急了，说："这明明是个宝贝，怎么是普通石头？你相归相，我们可不卖！"

生香也说:"不卖!"

这时发旺娘说话了:"王村,你是明白人,你说找个相石头的,我们就让他相。可是他——"发旺娘说话的时候瞥了一眼张老板"——他说不值钱就不值钱了?哪怕真不值钱,我们放在家里摆着也是好看的物件,强过几块钱就打发了我们。是不是发旺?"

张发旺赶紧答应:"是啊娘。"

"不是说几块钱。我可没这样说。"胖子张老板急了。"这个石头,我出一万元,再高我就不划算了,你们商量下,如果愿意,我现在就掏钱。"胖子张老板说着话,就从随身的包里拿出一沓红色的百元钞票放在桌上。

张发旺突然就来了气,之前这胖子轻视和小觑的目光使张发旺心里充满了不快。

张发旺拿起钞票甩在胖子怀里说,"这个钱你拿走,石头我们不卖。"

"有话好商量嘛!买卖不成仁义在!你们说个价,咱们谈一下嘛!话也别说死了。要不一万五,我就定了。我也再出不了价,你们看,这是最高价了。"

一直没吱声的王村说话了:"要不张老板你先回,让他们再商量一下。反正石头在这里哪儿也跑不掉,等商量好了我再给你打电话。"

"还商量什么啊?一万八,怎么样?成了我就拿石头,你们拿钱。"

"我再给你们这个。"张老板说着,又掏出一个手机来,是款蓝色的摩托罗拉手机。

"这个给你。"张老板把手机给张发旺说:"你也该有个手机了,大男人,联系个事方便。这机子皮实。"

张发旺像烫手一样地推开手机,说:"我不要,我自己会买。"同时把张老板往门外推,说:"石头我们不卖。你走吧。"

生香作势要扫地。张老板这才悻悻地走了。走前不忘对王村说:"你再给做个工作,要不两万也行。一手交钱,一手交货。"

"张老板放心,有我在,它跑不了。慢走哈!"王村敷衍他。眼睛盯着石头。

待张老板的身影走到大门口,王村叮嘱说:"石头你们可给放好了,我再找人相相,今天这架势,看来不简单。"说完一脸凝重地走了。

6

白天相石头的结果让一家人心里七上八下很不踏实,夜里上了床,张发旺自然要和生香讨论一番,却不料这个时候院门板被拍得啪啪直响。

张发旺一溜小跑出去开门。开了门,老海怒目金刚样地瞪着他,那张脸在门灯的照亮下显得狰狞异常。

"你怎么气成这个样儿了?"张发旺问。

"你还问我,你怎么不问问你自己?"老海整个人像是给点着了,火星子直冒。

张发旺摸不着头脑,发愣的当间,老海已经擦着他的身子径直进了堂屋。

"你老婆的病是不是不好了?"张发旺担心地问道。

"老婆是好不了喽!我摊上个病秧子老婆也就罢了,怎么还摊了你这么个熊兄弟?"老海气急败坏地说。

张发旺更是不解。只能望着那张脸找答案。

"你得了个宝贝是不是?我那天看你鬼鬼祟祟的样儿就有点奇怪。大家兄弟一场,我有好事哪天不是先同你分享?你却这么拿我不当人?"老海强压着怒火问,脖子里的青筋在昏暗的堂屋灯下,分明夯出起伏来。

知道老海为什么发火的张发旺不由笑了,说:"老哥你错了。我是得了个石头,今天王村领来相石头的人还说不值什么钱呢。你就这样嚷嚷开了,不是不把我当兄弟吗?"

"怎么不值钱？让我看看。"老海急切地说。

张发旺知道阻拦老海也没用，于是进里屋拿出石头。生香埋怨他半夜里瞎折腾。老娘也在另一屋长一声短一声地唤着，问什么事。

看见了石头的老海瞪直了眼睛，那深深凹下去的眼窝子比一口老井还深，井内却是不断地往外伸出爪子来。

"这可是个宝贝。发旺你别信王村带来的那些人的话。改天，我找人给你看看。这个宝贝，要不是我，你也得不来。是不是？今后得了好处你可别忘了我呀！"

"我怎么会忘了？一直记着呢！"张发旺赶紧说。于是又说了几句不咸不淡的话。

"我们兄弟一场，可是要有福同享有难同当的！"准备离开的老海不忘又加一句。

老海的突然闯入让张发旺心里吃了一紧。他根本没想到这石头和老海的关系。听他这样一说，心里倒有隐隐的不快升起。想起那些天干活时吃过的苦，更是有说不出的不痛快。老海——这个一起玩大的兄弟——长他七岁，小时候可没少欺负他——现在也是。他总仗着年纪比他大，总是以当家大哥的身份给张发旺当家做主。许多事情，平日里张发旺倒没想太多，现在想来，张发旺平日里含着不情不愿的小种子，慢慢地生了根并迅速长出反感的芽儿来……不过这些都是小事，比起现在这个石头的事，倒并不值得太放在心上。

7

王村带来第二个相石头的人是个小平头，个子不高，穿一件粉红色的T恤。见了张发旺他就双手紧紧地握上来，仿佛见了国家领导一般。见了发旺娘，身子马上躬成了90度，问发旺娘身体可好。

这可把一家人弄了个紧张，扶直他吧，他马上拉你的手；不扶吧，他的腰弯得可真让人难过。张发旺自然也没见过这阵势，也只好两手紧紧地攥着他的两只手。

"石头我听说了,这个石头不是一般的石头,你们的心情我也理解,所以我的宗旨是要公平、公开、公正。"

张发旺满脸不解。

看着疑惑的张发旺,王村赶紧介绍说:"这是奇石协会的姬秘书长,来相石头的。"

张发旺看着姬秘书长,心里不由揣摩开:会不会还有个鸭秘书长?

姬秘书长很是亲切随和,简直要把自己放到地平线以下,不时点头哈腰,极其谦卑。

看过石头的姬秘书长面色极为沉重,说:"这可是国宝,可不要轻易转手。"又说自己没有能力消化这样的奇石,只能等有缘人了。说他会介绍有缘人来。

姬秘书长一行还没走,老海紧跑着赶来了。他也不打招呼,像根柱子立在几人中间。姬秘书长奇怪地看着他,不知道他是什么来头。

王村不满地问老海:"你什么事?怎么跑这儿来了?婆娘怎么样了?"

老海也不回答,只是瞪着眼珠子往每个人脸上扫,眼睛里分明带了刺,让每个人都不舒服。姬秘书长大概被老海的眼光刺伤了,匆匆告别。

8

很快姬秘书长和王村又带来了一个女人。这个珠光宝气的女人说起来还没有生香好看。虽然涂抹装扮得花朵一样,但几乎要掉粉渣子的脸硬生生把表情给挡在了粉底之下。这个说起话来斩钉截铁的女人身上有一种凛然之气。

"你们的石头我要了。出个价吧!"女人说话间有种气宇轩昂的劲道。

还没缓过劲儿来的张发旺心里并没有底,如今要他对石头明码标价，多少有些顾虑，于是许久说不上话来。

"发旺你别想了，随便开个价嘛！"王村性子急，催促道。

越是这样，张发旺越是不敢开口，嗫嚅了许久也没有说出一个价钱。也许真被这个女人的气势镇住了。

这当间老海又来了，柱子一样杵在院子里。

那个女人很快沉不住气了，说："十万吧，另外再给你们一辆车，八成新的，我的新车马上就要到了，旧车我就不卖了，直接给你们。这样你们可算是捡了便宜了。"

"捡便宜？"发旺娘自然久经事故，对这个说法显然嗤之以鼻。

生香望望发旺，望望老海，又望望婆婆。

张发旺踌躇不决。

老海插嘴说："不卖不卖，十万太少！"

王村说："好事多磨，不如大家都再考虑一下。"

姬秘书长说："这可是金碗银筷，可不得了的。谁有了它谁就端着金碗，拿着银筷，这一辈子不愁吃喝了。这个石头很有象征意义的。"他把脑袋转向了那个女人："聂总，你别急，咱们慢慢商量。"

王村点着头。"这可是我们四合村的大事，我作为村主任，有责任和义务保护好这石头，是吧，张发旺？是吧，姬秘书长？你们一家人也别担心。给石头找个好归宿，那是肯定的。不会让你们吃亏。"

女人又开口了："现在石头一类的真是没有价钱，也许今天估出个天价，明天就落到地底下。所以，遇到识货的人也是缘，错过了，再想遇到可就难了。"

张发旺还是无话。看着一时僵着的空气，王村想了想后，和姬秘书长交换了眼神，决定先离开。老海发了一阵呆后，转身走了。

姬秘书长走了几步又转回身来附在张发旺耳边说："是缘，都是缘。你可想好了，过了这村就没这店了。"然后迈着小碎步走了出去。

9

相石头的人把一家人的心都弄散了。老海又总来捣乱,更是忙中添乱。他理直气壮的样儿让张发旺恨得牙根直痒痒。张发旺反问老海凭什么给他言传。老海直着嗓子说:"没有我王大海就没有这石头,难不成你要绕过我去不行?"

发旺娘看不过眼,说:"老海你别嚷嚷。石头若能卖个好价钱,我们自然会帮衬你一点,乡里乡亲的,你和发旺自小一起玩大,况且你媳妇还病着。"

老海这才将声音调到正常的档位上说:"这还差不多。"他看生香老拿眼珠子瞪他,没好气地说:"瞪什么瞪?不怕把眼珠子瞪出来啊?"

生香气得直噎。

张发旺几乎没这么累过。尤其是那个叫聂总的女人说这个石头一天一个价,甚至转眼就从天上掉到地底。这些是他所没有想过的。看来这里面大有学问。自从接连几个人相了石头,张发旺一家人开始食不知味,夜难安枕,所有的话题都是围绕石头展开的。这倒在其次,关键是大家心里都没有底,不知道这个石头到底价值几何。

三个人各自为阵,以为自己认定的就是真理。发旺娘说几十万元是保守价,又说石头不能久放,放久了怕出意外。张发旺觉得不是时间的问题,而且也有可能越往后越值钱。生香胆子小,说如果再来个人出价高就出手吧。她的话自然没人同意。

老海似乎专爱搅局,时不时冒出头,来个出其不意,对那块石头也显出比任何人都要上心的样子,吓得生香把石头几次转藏。

10

　　这一天李老板居然亲自给张发旺送来一部手机。
　　其实李老板只是个小老板。小老板自然有小老板的难处，小老板想做大方人更是难上加难。那阵子他做什么赔什么，眼看债主要逼上门来，便神使鬼差地求了一卦，破卦的人说在西南方鹰嘴岩指向处，闪着金光的地方有李老板命定的贵人，按贵人说的做，就万事大吉。李老板向着西南方向跑了两天问过无数人才打听到鹰嘴岩所在。鹰嘴岩果然状如鹰嘴，凌厉的山岩像极了鹰的脑袋，而恰好突出的一块正如鹰嘴一般伸出，简直是鬼斧神工，惟妙惟肖。李老板一见鹰嘴岩就惊呆了，由此更加信佩服破卦的人如此神算。他下定了决心在这里寻贵人为自己谋福。
　　李老板于是当即拍板，这个转经房由他来修，一切费用由他承担。
　　然而直到李老板的转经房快要大功告成，他的时运却并未转过来。他请教寺主活佛时，活佛说："心到自然成。"寺主活佛既懂汉文又会藏话。说出来的话高深莫测，让李老板实在摸不着头脑。
　　李老板于是又找看卦的卜了一卦，这回看卦人只说了句："远在天边，近在眼前。"
　　李老板费了很多心思才想到张发旺身上。他们原来就生活在同一个小县城，只是他在县城内，张发旺在离县城几十公里外的四合村。李老板联想到张发旺跟自己干活时种种表现，觉得张发旺真是远在天边又近在眼前，也许这才是他真正的贵人。现在张发旺居然有一块宝贝石头正在待价而沽，这更让他坚信了这一点。也许转机就在这里，李老板想。于是李老板买了部联想手机亲自送到张发旺家里。

11

  想到自己的这块石头还和李老板有莫大关系，张发旺自然不敢怠慢，于是端茶倒水、抹桌挡凳的，忙了好一会，这才坐下来说起石头。张发旺讲了得到石头的经过，又讲了几日里来人相石头的事儿。李老板直听得眼珠子瞪得滴溜圆，没想到张发旺竟有如此财运。自己折腾了好几年，不过挣点小打小闹的钱，张发旺出去一趟，却撞了大运。李老板不由得细细打量张发旺。

  张发旺是个蒜头鼻，大板牙。浓密的头发梳成分头，人也有些精神，加上肩宽体阔，倒也有几分富贵相，他那对大得惊人的耳垂，更是传说中的福相。李老板不由对张发旺另眼相看。

  李老板突然想起拖欠张发旺的工资，于是赶紧给补上，并将那部联想手机交到张发旺手上。这是张发旺不曾想过的，不但工资给了，还白得了一部手机，他心下对李老板生出许多感佩之情来，于是留李老板在家中喝酒。

  毕竟有了钱，有了宝贝石头，以后的日子自然是想喝酒就有酒喝，想吃肉就有肉吃了。这顿饭格外有滋有味，频频把盏碰杯，转眼酒过几旬。张发旺和李老板渐渐都有了醉意，便勾肩搭背，对天盟誓，竟是要做一对同年同月同日死的拜把兄弟。

  然后借着酒意，张发旺要李老板帮忙看顾石头，卖个好价钱。

  李老板自然乐意，于是二人称兄道弟又是好一番亲热。

  王村后来也来了。王村现在习惯了不邀而至，来了也是不客气地端起杯子喝酒，拿起筷子挑肉吃。之后老海也加进来了，如今他似乎成了这家的主人，丝毫不把自己当外人，来了自己找来碗筷，自己倒酒，比正经主人还主人，反弄得张发旺等人十分窘迫。

  几杯酒下肚，老海苦着的脸渐渐展开。他说张发旺的石头怎么也绕不过他去，又说李老板也是一家兄弟，怎么也得看顾他老海一点，还说他落了难，四处举债，不相帮说不过去。他的酒量不大，没几杯竟然就把自己喝倒了。

其他三个男人见他醉倒也不以为意，仍旧吃着喝着说着话。后来说到了姬秘书长。张发旺说姬秘书长像狗一样。王村不同意，说姬秘书长是个大才子，现在是县里奇石协会的一号笔杆子。

这时李老板突然插上一句："什么奇石协会，不过几个玩石头的凑一起罢了。所谓的大才子，不过是走狗而已。"

听李老板这样说，张发旺也来了精神，说姬秘书长就是个走狗。说完还大笑了几声，很是快意淋漓。

于是张发旺和李老板频频碰杯，却把王村晾在一边。

王村不高兴，喝起了闷酒。

酒喝多了，王村说他也是个走狗。他说镇上今天要来检查新农村建设，明天要来谈规划开发的事，还要让大家搬出这世代居住的村子，说要统一思想，加快改革力度，跟上城市建设步伐。"这些和我们有什么关系啊？"王村感慨不已。"我们是农民，不过要种地吃饭。如今你不要我们种地了，我们吃什么？虽然说要转成城镇居民户口，每个人还可以给办低保，但是每个月那几个低保钱能做什么用？离开了这养人的土地，我们变成居民，可不得抓瞎？"王村说。

"现在不时兴铁饭碗了，如今都讲的是打破大锅饭，当然也要打破传统的农村经济模式，向着城市化进程不断迈进。这个是大势所趋，我们要紧跟潮流。"李老板说。

"什么潮流，不过是瞎闹而已。如果大家都变成城里人，那城里人吃什么？"王村不同意。

"吃什么？还是五谷杂粮呗。"张发旺说。

"五谷杂粮还要有人种有人收呐！现在大家都想着挣钱，想着到城里去住楼房，哪里想着要在这晴天一身土、雨天一身泥的庄稼地里讨生活呢？"王村说着话，又喝了一杯酒。

"其实你们不知道，我曾经端的也是铁饭碗呢。"李老板讲起了自己的创业史，说现在活不好干，等一个工程层层分包到他的头上，早是僧多粥少。"勉强维持生计还好，要想挣钱，简直是登天一样的难度。"李老板唏嘘不已。

"你现在好了,你有了金碗银筷,以后几辈子都不愁了。"王村对张发旺说。"以后有了钱,可别忘了四合村。"

"我不还是四合村的人吗?"张发旺红着脸说。

"石头换成钱,你想做什么?"李老板问张发旺。

"我想给我爹立一块碑。那时候家里穷,我爹的坟头上,就栽了一棵树。后来树也没有活。还有,给我娘的棺材,我要最好的松木的。还有家里要买个电饭锅,这样我们做米饭就不粘锅了。还有,得置个洗衣机。生香想要个冰箱,我还没想好买不买。"

"买,都买上,这些是生活必需品。"李老板说。

"有钱别忘了乡邻,抬头不见低头见的。"王村说。

张发旺一拍胸脯,说那是当然。

这晚老海竟然醉倒在张发旺家,睡在堂屋。当夜张发旺、王村、李老板也皆是大醉。

夜里雷雨交加,突如其来的大暴雨几乎要将四合村整个倾覆。

12

天还未亮,起身小解的张发旺抬着快要炸开的脑袋,想看看睡在堂屋的老海。想到昨天老海的愁苦样,心里充满了同情。如果老海老婆真死了,石头卖了钱后他张发旺一定要帮老海再娶一个女人。张发旺进了堂屋,老海却人影全无。

张发旺心里咯噔一下,觉得大事不好。转回去看昨天放石头的地方,早已空空如也。情急之下他赶紧叫来老娘商量,两人一时也没个主意,于是张发旺赶紧去找王村。

王村家在村东头,从张发旺家到王村家要经过一个打碾场,打碾场上几个陈年的草垛显出灰败的颜色静静蹲在那里。有几只觅食的鸡群正在草垛附近忙活。打碾场边有一棵老杏树,结了果,鲜亮地挂在枝头,正在转黄,煞是好看。张发旺一脚踢开那悠闲的母鸡,鸡群一阵聒噪。那杏树突然落下熟透了的杏儿,打在地上发出"噗"的一声响。张发旺想起小时在这棵树下捡杏子时，老海总是抢走了他的不说，还要给他头上两巴掌，屁股上一脚。他心里又升腾起对老海的怨愤来。

王村听说老海偷了金碗银筷，叫了声不好，立即发动自家的三马子，让张发旺赶紧坐上来，要去追老海。王村驾驶三马子的技术甚是娴熟，他一边开车一边竭力稳定张发旺的情绪，说老海是婆娘得了治不好的病才做出如此下作的事来，让张发旺不要往心里去，说他一定会把公道讨回来，又说他之所以如此，全是为了四合村。他说四合村是个穷村，都没个像样的村办企业，如今县上提出规划开发四合村，这里将来是省城的后花园，村民全要迁到新村去。如果真有这一天，张发旺卖了石头的钱，可以自己办企业，手续全包在他王宝福身上。他还会第一个来给他张发旺打工，把村里的闲散人员都招进去，给大家一碗饭吃。王村说没有地种的庄稼人不是庄稼人了。

张发旺坐在三马子后面的车厢里侧着脸看王村。觉得自己这才明白了眼前的这个男人。王村瘦削的脸子长了几个瘊子，不到五十的他头发皆已花白，脑后根根孖起的头发像这个人的性情，硬气又倔强。张发旺又觉得老海实在可怜，婆娘得了病，医治无望，只能胡乱想办法。生活，真是充满了变数。突然又想起昨夜的梦，那座石山轰然倒塌，每一块石头都向着自己的身子滚来。他伸出手臂遮挡的时候，那个寺主活佛就在那里诵经。唵、嘛、呢、叭、咪、吽。每一声里，都有力敌千钧之势。石头到了他眼前便分成两路走开。这个梦突然在脑海里如此清晰，张发旺心里一时乱到了极点。

13

王村的三马子向着村外急驶而去，村外四合河上的小桥早已年久失修。经验丰富的村民都会沿河道浅的界面踩着石头过河。王村自然也不例外，握着方向盘向着熟悉的地方行驶。

他们远远地看见了一个人影，却不料是老海正垂头丧气地蹲在河边。

一见到王村和张发旺，老海的脸立马胀成了紫茄子。

张发旺还没等车停稳，跳下车一手撕起老海的衣领子，一手对准老海的脸狠狠砸拳过去。两行逐渐拉长的血痕出现在老海的鼻子之下。老海伸手抹了一把说："你打我也没用，石头掉河里去了。"

张发旺听到后又一拳砸了上来。王村赶忙拉住张发旺，问老海到底怎么回事。

原来那个相石头的张老板竟然私下找到老海，让老海把石头弄到手，并答应了一笔为数不少的辛苦费。老海觉得从张发旺这里也得不到多少好处，要给婆娘治病简直是在填无底洞，就动了心思。昨晚他装醉睡着后，半夜偷偷摸到放石头的地方，抱起石头连夜往县城赶。夜里大雨，他又看不清路，过河的时候，石头一滑就落进水里了，他摸索了许久也没找到。

夜里的大暴雨让河水陡涨，混浊的河水卷着大量泥沙翻腾，浪花凶狠地打在河里的石头上，转瞬粉碎成无数水珠，又粗暴地在河岸上激起了无数高高的水花。原来温顺的小河如今恣意咆哮，呐喊奔腾。

王村说别担心，在河里就有戏。但是动作得快点，水势这么急，石头很容易被冲走。他又问了石头掉下去的大致位置，让张发旺和老海上车，脚踩油门把三马子直接开到了老海所指的位置。

三个人下了车，进入河道各自在浑黄的河水里摸索。暴雨让河道深不可测，个头本来就不大的三马子在突然宽阔的四合河间，孤零零地横在那里经受河水的不断冲击。

张发旺抱怨老海这把年纪还如此行事，说如果找不到石头就把老海送公安局。老海也不说话，勾着头在河内摸索。河水冰冷刺骨，张发旺的腿直抽筋，不停地在水里龇牙咧嘴，心里又是恼怒，又是急躁。王村倒是沉稳，不时摸出一块石头又放下，少有言语。

时间很快随河水流走。见许久也摸不出石头，张发旺问老海："是不是记错了，不是这个地方。"老海犹豫了一下，说："都是水，也记不清地儿了。"又说也许就是在这附近。听老海这模棱两可的回答，张发旺恨不能再给老海两拳。

三人于是埋头弯腰又一阵摸索。

王村又转到下车的地儿在下游寻找，渐渐和张发旺、老海隔了开来。

河水依旧裹携着泥沙和浪花行进。王村猫腰用眼睛扫描，河水早已经将他的半个身子打湿，他浑然不顾，眼睛紧盯着河面不放松。

没有人注意到，这时河水带着一根木头打在三马子上游一侧的车身，将三马子重重一击，车身突然向着下游倾斜过来。

上游的张发旺和老海听见王村喊道："你两个赶紧来，这个车要翻——"

话音未落，三马子于眨眼间倾翻在河里面。

张发旺和老海赶紧向着车身蹚去，还没靠拢车子，令扑过去的二人大为意外的是，王村竟然就在侧翻着的车身下面。

"怎么办？"张发旺急了眼。问王村时，王村脸色煞白，脸上青筋爆满，嘴唇只是哆嗦着说不了话，双手死死抵住车厢。

"老海你快点！"张发旺直了嗓子叫。

张发旺和老海想要将车身抬起来，但偏偏是在河的下游，水流的冲击使车厢重逾千斤。

张发旺几乎要急疯了，他从上游一侧把那根圆木移过来，想借圆木的力量撬开车厢，拉出王村。但是圆木两头一样粗细，根本塞不进车身下面。

正在手忙脚乱的当间。他们听见了按喇叭的声音。

李老板的小轿车开到河边了，他下了车看发生了什么事。

待看清车下的王村时，李老板着了慌，他手忙脚乱地从后备厢里取出绳子，将一头拴在三马子车头上，另一头挂自己车上，在上游处准备借小轿车的力量拉开压着王村的三马子。

待到三马子稍稍能动一下时，张发旺眼疾手快，将王村的身子拉了出来。

终于抵达河岸的王村仿佛柔弱无骨，不知伤到哪里。老海看见王村这个样子，脸色大变。

"水这么大，我小轿车都不敢开进河里去，你们就敢把这个开进去，你们这不是成心找死吗你们？"李老板急了。

"石头掉河里找不见了。"张发旺绝望地说。

老海跪了下来，两手轮流将自己的脸捆得红肿起来，痛哭流涕地说自己不是人，不应该起歪心偷石头。

李老板说他早知道老海没安好心，昨天是装醉，所以一早来看看动静。他们发现王村已是气若游丝，说先把人送医院要紧，于是大家七手八脚将王村放到李老板的轿车上。

14

李老板的车还没开，张发旺却见生香拧着脚脖子向着四合河疾跑，在河岸另一侧挥臂摆手。莫不是老娘出了什么事？张发旺绝望地想。

"发旺，石头没丢——就在家里。我把它放在我俩的炕柜里头了。"生香把手做成喇叭状大声地喊道。

"什么？老海不是把石头偷走了吗？他自己说的。"张发旺回道。

"他偷的是我昨晚故意放那儿的咱家腌菜缸压菜用的石头。"

张发旺几乎不能相信自己的耳朵，这个早晨像梦一样怪诞而荒唐。

李老板和张发旺面面相觑。老海长吁一口气，如释重负。

李老板想起那一次请教寺主活佛关于贵人的事。

"活佛，您是有大智慧的人，你可以解答我的一切疑问吗？"

"那也未必，我知道的当然知无不言；我不知道的，也不能信口开河。"

"我想请教您，关于贵人的事。"

"何来贵人？你就是自己的贵人。或者，每一个人，都是你的贵人，他们可能改变你很多，可能根本和你无关。就要看你自己的心指向何处。"

心指向何处。李老板想起夜里的梦，脑子里一片混沌。

李老板说他夜里才合了一会眼,就做了一个奇怪的梦。说梦里滚动的大石头差点就要压在自己身上,是那个寺主活佛不断诵经才让他免于灾难。于是才想着石头可能会有事,却没想到是这一出。

　　竟然有如此相同的梦境?张发旺心里万分诧异,但他并不说破。他担忧的是已经不能说话的王村。他回头隔着河看四合村,想到这里将会变成水泥钢筋的高楼大厦,心里面淤满了四合河浑如泥浆的水。

柴油事件

当我和小丁正在编辑部里神侃时,我突然接到了一个神秘电话。

之所以这样说,是因为我刚"喂"了一声,电话那边的人就问我身边还有人没,说话方便不。他要求我到一个僻静的角落里接听电话,还要求我不要太大声。

"1万吨?"我几乎喊了出来。说实话,日常生活中成吨的东西直接与我相关的并不多,平时我买上十几斤水果,已经很是奢侈。我偶尔打一斤酱油二斤清油,也足够维持很长一段时间。我买菜从来没有超过二斤,一是我的支付能力有限,二是我也用不了那么多。

可是现在电话里的人说,他要给我1万吨柴油。我的天啊!1万吨!这是个什么概念?单是吨就已经在我的承受范围之外了,现在还要加上四个零。这不是天上掉馅饼是什么?

电话里的人反复申明,如果可以做成,这件事足以让我的生活从此改观,这将是我人生的又一个转折点。

打电话的是东方钰。东方钰应该是他的笔名吧。他具体叫什么名我也不太清楚。他是我在这个城市里除了小丁以外和我交往最密切的人。其实我并不了解东方钰,他的职业,我至今还是很不明了。他似乎做过房地产,还当过记者,也曾是销售员,最近他又在为一些花生的事情而忙碌。他总是在忙,使得我永远也无法捕捉到关于他的具体信息。但是不管他在哪里,在做什么,他都非常关注我。他不止一次打电话告诉我他是我的朋友,他要求我吃好睡好保持好心情。他还说我是内才，总有一天会发光。我们交往了四年，我仅见过他一次。那一次，他请我吃了西城最好的涮羊肉，之后他消失了整整13个月。其间，我编发了他的一首诗在我编辑的刊物《青杨舫》上。再后来，东方钰就时隐时现。这一切，全凭他一时的心情而定。

小丁突然在这个时候来找我——他来的可真不是时候，他耐心地在我旁边足足站了半个小时。这半个小时里，东方钰一遍遍不厌其烦地向我宣传这1万吨柴油的意义，一遍遍叮嘱我不要走漏消息。可是当我把我的惊异喊出来时，小丁正好就来到我面前。等我挂完电话，小丁充满期待地问我："兄弟你是不是发财了？"我的脸上抑制不住的惊喜足以让小丁确信，我在那个时候已然有天大的好事临头。

小丁是我在这个城市里的好兄弟。我们一起在这个城市里拼搏着，我和他一起从事过许多职业，是出生入死的好兄弟。他是我唯一的知心人，是我的好哥们，是我无话不谈的兄弟。我怎么可能在他面前守住秘密不告诉他呢？

"小丁，我觉得这件事可能性很小。"我说这话时，尽量低调和淡定，仿佛这桩事根本和我无关。这令小丁一头雾水不明所以。

小丁是个皮肤白净的小伙子，这并不说明他就是个小白脸。相反，小丁属于长相可恶一类。眼睛小了不说，还深度近视，那与啤酒瓶底足有一拼的镜片后的眼睛分明是白多黑少。除此之外，小丁还有个洞口朝天的大鼻子。再加上厚厚的几乎翻滚而出的粉红嘴唇，小丁的这副尊容实在令人不敢恭维。

可小丁绝对是个大好人。他以其惯有的温良恭俭让立身处世，是这个城里我最铁的哥们，他让我在这个城市里体会到别样的温暖。所以这样一个天大的好消息我如何不告诉他？何况他已经听出一点端倪。

当我告诉他关于1万吨柴油的事时，小丁突然问我东方钰是谁。

我说："你忘了啊，他的那首《午夜，被一场雪惊醒》还发在我们的杂志上呢。"小丁显然记不起那首诗。但他是知道东方钰的，知道他是我的朋友。

小丁沉默了片刻后说："你想想看，这可不是个小数目，1万吨可不仅仅是让你的生活有所改观而已。"小丁那时看起来非常严肃,一改往日嬉皮笑脸的样子。

"也许人家只是开开玩笑吧。"我犹豫着说。

小丁不同意。他说东方钰总爱给你开玩笑吗?我说不是。"那就对了,这件事的可能性就要大得多了。"他说:"我们现在好好上班,等下班后再仔细商量一下。"

还没到下班时间,小丁就对着我挤眉弄眼,我想起1万吨柴油的事,赶紧收拾了下班。

这个城市的风很大,像这个城市的人一样,横行恣意,目空一切。才是初秋,就已经让人觉得冷到骨子里了。面对即将到来的漫长冬天,我的内心担忧不已。编辑部没有取暖设备,大冬天里,我们戴着围巾手套、穿着棉大衣办公实在是难过。

我们回到冰冷的出租屋里,小丁看起来心事重重。估计这1万吨柴油在他心里掀起的波澜不小。我几乎有点后悔把这有影没影的事情告诉了他,让他又添上新的烦恼。可他看样子兴致勃勃,令我实在不忍心打断他的美好设想。在灌下两杯奶茶后,小丁拿出本子和笔开口了。

"来,我们从头开始。说说东方钰电话里都是怎么给你说的。"

"1万吨柴油,6号,西城储备库提油,出厂价6900元,绝对低于市场价,可开正规发票,先提20%,可以事先拿卡验油,中石油的,来源绝对没问题。"我一股脑儿地蹦了出这些内容。

小丁皱了下眉头。"兄弟,你得搞清楚标号。柴油哪有6号的?是0号吧?"

"也许,电话里听不太清楚。"我心虚地说。

"嗯,从这些信息来看,这件事的可信度还可再加点分。那么,接下来。我们得仔细分析下东方钰这个人到底可靠不。他那首诗叫什么来着?嗯——你们的关系也仅维持在你给他发了一首诗,他对你关心有加是吧?"

"你说什么啊,你以为我们断臂啊?我们只是普通编辑和作者的关系。"

"这就对了，普通编辑和作者，这中间并不存在任何利益冲突，这种背景下的交往才是最靠得住的关系。"

我满头雾水地听小丁分析。

"接下来我们要弄清楚市场价，再来商量怎么办，不要盲目出击。那么现在，我们就去考察市场。"

小丁说风就是雨，转眼他就消失了。

第二天一上班，小丁就对我说："我考虑了一晚上，觉得这件事可行。"

我懵了。"什么事可行？"

看我满脸不解的样子，小丁有点不耐烦："他说的1万吨柴油啊。"

"我想起来了，可我没有考察市场啊。"说到这里，我有点不好意思地望着小丁明显发红的眼睛和黑眼圈。

小丁说："没事，我已经把西城和周边的十七个加油站逐个考察了一遍，还悄悄打听了一点内幕消息。看来，这次我们可要走大运了。"抑制不住的欣喜在小丁脸上荡漾开来。看着他喜上眉梢的样子，我也不禁有点心动。

"真的吗？这1万吨，可不是小数目啊！单是一公升上我赚个几厘钱，这1万吨下来，也是个天文数字。"

我和小丁在这个编辑部已经有四年了，编辑部共三个人，马清远、我、小丁。我负责《青杨舫》杂志的编辑、校对、统稿、排版、送印刷厂，小丁负责《青杨舫》的销售和广告。辛辛苦苦下来，我和小丁的工资每月也就千把块钱。如果东方钰真的如他所说，让出这1万吨柴油让我来做，如果能做成，那就意味着我从此不用再在这里看马清远的脸色行事。我甚至可以把《青桥舫》自己包下来做，这样我就可以尽情地发挥我的想象力，把《青杨舫》做成我喜欢的样子。那以后别人叫我再不是小严而是严总了。这样一想，血液在刹那间沸腾起来，我一下子激情满怀。

接下来的几天，我和小丁变得非常忙碌，小丁每天除了跑《青杨舫》的广告和销售，还不停地为1万吨柴油的事情奔忙，柴油的味道充满了小丁周身。

我呢,则和东方钰保持了密切联系,我不能让他在这个节骨眼上人间蒸发。我发信息和他谈价格,一再要求东方钰把价格再压一点。我还要及时汇报我们这边的进展(不,没有们,是我。我答应东方钰保密的,当然只能我一个人在做)。东方钰还是那么爽快和利索。他说一切好商量,他手里有十几万吨柴油,这1万吨是因为他当我是朋友,所以诚心让我来做,价格当然不是问题。况且出油的朋友和他关系不一般。

当我把这一信息告诉小丁时,小丁再一次面放春光。"这几天的柴油市场价是每吨6700元,我们得让东方钰亮底牌。也好心里有个数。"小丁说。

我完全同意。

最近马清远看来怪怪的。他本来就是个沉默的人,现在似乎更加沉默。也不对,他不是在沉默,他是在思考一件令他十分为难和头疼的事。

马清远在我眼里还算是个有点想法的人,这也是我这四年来一直甘于留在这里的原因。马清远曾说过,他的脑子加上我的才思,那就是最佳拍档。他说如果机遇在合适的时候降临,那么,我们的命运将从此改写。他说这些并不代表他就是个大好人,相反他是个极为吝啬和小心眼的人。

"马清远他太骑墙了。"小丁说。

"什么?骑墙?"

"是啊。他给我们就这点吃不饱又饿不死的吊命钱,那不是骑墙是什么?"

我忍不住笑了。"那不叫骑墙叫吝啬。"我纠正小丁。小丁早已习惯我时不时纠正他一下。

马清远真正的身份是小学退休副校长。他的家离他上了一辈子班的学校不远,不知道他通过什么方式在校门口租到了一间门面,然后自己开了个小卖店,在学生手里赚那几毛一块的零碎钱。当然,仅仅是这间店面和他的退休工资,自然很难养活他总在生病的胖老婆和两个上学的儿子。四年前，不屈服于命运的马清远准备凭自己在学校办校报的经验办一个刊物，通过地下招兵买马后，马清远将我和小丁搜罗到了他的麾下供他指挥调遣。当我给刊物命名为《青杨舫》后，马清远在出版社弄出了准印证号，从此他摇身一变就成了马社长，我和小丁便是摇旗呐喊、冲锋陷阵的小喽啰。

集体小了也有小的好处：一是开支小，二是方便运作。马清远不知道通过什么方式还拉拢了其他几个学校的校长，这样一来，学生的作文便成了《青杨舫》雷打不动的固定栏目。在这个城市里，大刊物和报纸不屑于刊登和刷下来的，《青杨舫》一路绿灯全无阻挠。许多人的习作和口水文章是《青杨舫》的主要看点。四年下来，马清远稳稳地当着他的社长。平日他在小卖店张罗，周六他来编辑部工作，主要内容是开会。逢月底，他还会亲自送工资给我和小丁。

不定期出版的《青杨舫》除了一部分发行收入外，还有一些小广告收入。广告收入按四六分成。如果拉来一个两千块的广告，拉来广告的人（主要是小丁）就可以收入800块，马清远和他的《青杨舫》收入1200块，如果小丁再卖掉一点杂志，每一份定价6元的杂志小丁可以拿到2元。如果小丁推销掉100本，他那么他的收入就可观了。幸运的是这个城市里有一些位于郊区和近郊的学校，他们无一例外地、或多或少地订了少则几十本多则近百本的《青杨舫》，这些收入足够维持杂志的印刷和其他杂费。这几年下来，《青杨舫》渐渐有了人脉，在这个城市的一隅有着不大不小的影响。马清远和教育系统及出版社关系十分密切，加上对校园小作家的大力培养，《青杨舫》便自然而然地生根发芽并渐渐茁壮起来。马清远——这个常穿灰色夹克、冬夏戴着一顶遮阳帽的小学退休副校长——慢慢从里面尝到了甜头，越发信心十足。

如今马清远两个儿子上大学的费用筹措得风生水起，如此一来，马清远便将更多的精力投入到《青杨舫》。那个小卖店就完全交给他老婆打理，除了偶尔进个货，马清远极少过问那问小卖店了。

马清远渐渐地建立了一个作者群。这个城市里有不少文学爱好者，这些人辛辛苦苦写出来的稿子没地方可发表，马清远便给他们提供了一个平台。这些人以《青杨舫》和文学为媒介聚集在这里，自发地维持着这个平台的秩序。

马清远可以说是慧眼独具。他充分地利用这些作者，想尽一切办法拉一些小广告。今天有人开了个书店他放一消息，明天有人开个饭馆他放张照片。这些当然都不是白做的，都要收费，费用也不是固定的，全凭对方财力和对刊物的支持力度。这样一来，总有一些额外的入账，所以说维持我和小丁的工资完全不在话下，甚至除去其他必要的支出后还结余不少。马清远有的时候还在我和小丁面前来点虚的，说他为这个城市培养了多少作家，从这里走出了多少人才，等等。每当他这样说的时候，我和小丁心里不停发笑。人，可以自欺欺人到个水平，那可不是一般人啊！

这几天马清远来编辑部的时间突然多了起来，我和小丁疑惑不已，还不到学校放寒假时间，他怎么突然就来勤了？马清远看起来兴奋异常，似乎有什么大事要发生了，他那平时爱缩下去的脖子现在梗得很硬，这令我和小丁更加不解。小丁不在的时候，马清远不止一次对我说编辑部即将大换血，这让我一直疑心他是不是要炒我的鱿鱼。不过我很自信，认为马清远在我和小丁的工作方面挑不出什么毛病来。说实在话，《青杨舫》也就我俩这里撑着，我负责内务，小丁是跑外多些。如果我们离开了《青杨舫》这个土壤，也就只能再次做粉刷工或者保安一类的工作，所以为了自己也为了《青杨舫》，我和小丁几乎耗尽心力。我们知道在大学生多如牛毛的这个城市里，没有人会把没有文凭和背景的我们当盘菜的，所以我们全身心投入，将《青杨舫》从无到有弄了起来。从栏目的设置到版块的划分，从封面设计到内文编辑，从约稿到编、统、校、排，我倾全力而为，小丁也不遗余力。虽然我有足够的信心知道马清远一时半会儿离不了我，但他说的换血又是什么意思？还是这里要充实力量？

果然没多久，编辑部就又多了一个工作人员——周文娟。周文娟是个胖乎乎的女孩子，肉嘟嘟的小脸和嘴巴、波浪一样的卷发、长长的眼睫毛，虽然不是很漂亮，却也足够养眼。一般情况下，这样的女孩子不会喜欢安静的，果然，爱叽叽喳喳的周文娟就从来不坐在编辑部，我和小丁经常几天见不到她的人影。

这些天，大家都在忙，只有我一个人在办公室待着，空闲的时间里我可以忙些工作以外的事。我一直想着好好梳理一下东方钰的柴油。小丁已经在和买家谈价格了，我们还要努力让我们的柴油到手后不是压在手里，而是要变成钱，只是这个周转的过程异常繁复。东方钰不止地一次向我们强调了关于资质的问题，什么组织机构代码证、危险化学品经营许可证、成品油批发许可证，单是这些证就得十好几个，还有其他银行方面的证明。小丁不以为意，他说落实买家才是上策。所以我还要对小丁联系来的买家一一甄别分类。

小丁从事的是个非常棘手的活，虽然小丁有这方面的经验，但这1万吨的单实在不是个小的数目。买家必须有相当的实力，小丁现在正全面撒网，重点捕捉。

于我们有利的是现在已经开始疯传柴油要涨价，借这个风，我们做的这个单，多少有些名头，许多内行人都想做成。现在的人，个个都有通天的本事。东方钰说他那头已和发改委挂上钩，油是中石油的，品质绝对没有问题，关键是我们这边进展如何，尤其是必须是有资质的企业才可以。他要求相关证件缺一不可。小丁也越发注意考察这些企业的资质，这样一来，许多甚至可以拿现款购油的老板们只能叹息错失良机。

时间飞逝。如今，城里已经是铺天盖地的柴油要涨价的消息，虽然还没有真正涨起来，但其他物价已经在飞涨之中。光是我日常吃的方便面，每一桶就涨了5毛钱，白菜、萝卜、食用油、大米、面粉都在涨，日用百货也在涨，牙膏、纸巾，凡是用得着的没有一样不在涨。在一片涨潮中，我和小丁越发恐慌。我们的工资，干满一年才增加30元，比起这飞涨的物价，工资的涨幅当然远远跟不上。和马清远多次谈工资，结果是我和小丁对涨工资已经完全丧失了信心。马清远明确告诉我们，杂志的效益和工资是挂钩的，如果业绩上不去，工资当然也上不去。虽然小丁每天都去跑销售拉广告，但业绩还是和以往一样没有太大起色。这四年里，小丁像割韭菜一样把那些有合作意向的和曾经合作过的广告单位做了一次又一次广告，甚至有的半年时间里就做了两次,弄得小丁一上门人家就挖苦他又来割韭菜。小丁虽然脸皮厚,但也架不住人家这样损他,再不好意思一年里第三遍上门拉广告。

可是不管怎么样,日子还得过下去。凭良心来说,这个编辑部是我和小丁所有工作里做的时间最长的一家。照以往,不到三个月我们早拍屁股走人了,在马清远这里也有好处,那就是我和小丁都不用坐班。我们只消把工作做了就行,然后你做什么都可以。另外,我们的工资马清远从来没有拖欠过,工资虽然不多,却也足够温饱。这为我和小丁做兼职提供了机会。马清远的聪明也在这里,不服不行啊。我和小丁不止一次地感慨过。

小丁除了工作积极外,最近眼神也积极起来了。我发现他留在周文娟身上的眼神比以往更加专注和投入,以至于我问他话或者马清远叫他时,他都迷失其中,半天回不过神来。

小丁的眼神总是跟着周文娟在飘,当然这得建立在周文娟在编辑部的前提下。周文娟和马清远一样,周六雷打不动地出现在编辑部,其他时间一律不见影子,这令小丁迷茫和痛苦。我知道他这是喜欢上周文娟了,我笑他这是癞蛤蟆想吃天鹅肉,小丁却说现代社会中的癞蛤蟆就得有吃天鹅肉的勇气和魄力。他说如果这1万吨柴油我们做成了,那他就有了追求周文娟的资本。他还特意交代我,让我放过周文娟。

说实话,周文娟这样的姑娘根本入不了我的法眼。我要找对象,模样倒在其次,关键是个人的素质。周文娟却刚好相反,看她一个劲巴结马清远的样子,真令我作呕。可是马清远呢,却非常享受这个过程,尤其是周文娟嗲着声气叫他马社长时,我会起一身的鸡皮疙瘩,马清远则会拖着长腔答应一声后,伴着一声干咳问小周有什么事。周文娟当然没什么事,但她会来事。她会问社长渴不渴,饿不饿,还会给他一点小零碎,马社长无一例外地笑纳了不说,还经常让我和小丁向周文娟多学学,他说年轻人就应该有点朝气和活力。还说自从小周来了,编辑部的气氛就活跃了很多。他要求我和小丁不要整天摆个苦瓜脸,仿佛全世界和我们有仇一样。

每当这时，小丁总会投以赞许的目光痴对着周文娟，同时说一些肉麻的夸奖话。

小丁对周文娟不是一般的上心，这几年来我第一次见小丁这样投入。可是感情上的事总是说不好，也许越投入受伤越多。我这样劝小丁时，小丁却总在怀疑我是不是也喜欢上周文娟了，反而弄得我里外不是人。这样一来，我只能眼看着小丁在周文娟的漩涡里越陷越深。

其实并不是我没事找事，要故意和小丁过不去。傻子也看得出来周文娟对小丁全无感觉，她似乎更享受小丁对他的奉承和恭维，在这个过程中她体会着当漂亮女孩子应得的虚荣与满足，却全不理会小丁对她的一往情深。我警告小丁，说周文娟会给他头上种满松树，小丁却依然义无反顾，这1万吨柴油令他信心倍增。

这一天，我和小丁给一个做了广告的客户送完杂志。一路上我们看到加油站里许多柴油车排着长队却加不上一滴柴油，弄得我和小丁都快上火了。这几天东方钰更是一天几个电话问进展，说柴油价格马上要涨了，再不出手就来不及了。

我和小丁想到编辑部合计一下，看最近到底有多少客户要加进我们的柴油同盟，同时小丁也想核对一下自己这个月的业务量。发工资的时间快到了，小丁想给周文娟买个礼物表表心意，这也是打前战，好为他和周文娟的未来做个铺垫。

这个城市到了冬月格外寒冷，在没有暖气的办公室里办公实在是受罪，可是除了这里，我们只有工棚一样的床铺，空间和格局上都狭窄逼仄不说，光线也是仅能看清而已，办公室好歹还可以坐一坐。小丁在路上又和我说起周文娟。他问我周文娟是个什么样的人。情人眼里出西施，我可不想扫小丁的兴，就敷衍他说周文娟人机灵也会来事，将来肯定是个好家婆。小丁听了心情大好，说这个月工资发了要请我吃肯德基。

我们的编辑部坐落在一个八层楼的最顶层，占地三十多平方米，楼上没有电梯。我和小丁气喘吁吁地到达八楼，发现编辑部的门没上锁。这倒是很少见，马清远平时很少来这里，周文娟更是不见人影。今天门开着，肯定有人在。我和小丁径直入内，接下来的场景像极了小说或电影里。

"娟,东方钰的这1万吨柴油做成了,我们的协议也就生效了,娟,你的命运也从此改写。娟,你只要听我的,你再往下点低一点好不好嘛,娟。"我听见马清远颤着声音说。

又是柴油,我的耳朵已经对柴油变得相当敏感。惊愕不已的我一时不知进退,空气突然凝固。

周文娟这个时候正背对着墙,马清远紧贴在她身上做着努力。这么冷的室内,马清远涨红着脸,喘着粗气,拿着手中男人的物事极力要在周文娟身后找入口。两个人的姿势怪异而奇特。周文娟裸出的臀部这时略微向外翘了翘,正好给了努力寻求突破的马清远一个最好的时机……

他们的衣物堆在脚下,纠缠在一起。我和小丁看着他们四条肉白的腿交织在一起。

小丁突然大吼一声冲上去,正全身心投入的马清远适时转过身来,对准小丁想飞脚一踹,却没料到他的裤子还坚守在他的脚踝。马清远刚一伸腿,自己反而狼狈得几乎跌倒,这更令他恼羞成怒。刚转过身来的周文娟则低着头慌乱万分,她不知道是该拉上裤子还是护着胸口:她要拉上裤子,胸口就完全暴露在我们面前;她要护着胸口,则更令她羞愧难当。

我记得离开《青杨舫》那天,我收拾东西的时候见到一份甲方为马清远、乙方为周文娟的协议,协议内容大致为周文娟出任《青杨舫》的主编,马清远为社长,《青杨舫》又成立了广告部、发行部、通联部、编采部等部室,每一个部室主任的名字都不是我和小丁。

手拿着那份协议的那一刻,我突然有种锥心的疼痛。我想起四年前给《青杨舫》起名时,我两个晚上没睡觉绞尽脑汁想合适的刊名;我想起创刊时稿件奇缺,我想尽了一切办法;我想起为了改一篇习作,我几乎付出比自己写一篇还要多的心力;我想起每印出一期《青杨舫》,我总是第一个拿起来带着忐忑与不安打量它……当然我忘也不了小丁为它每天几乎要跑断腿,忘不了小丁不止一次雄心勃勃地规划着《青杨舫》的未来。我们一直以为，这个城市里，只有《青杨舫》是干净的，只有它可以让我和小丁容身，并允许我们一展拳脚，我们始终没有料到，对这个城市来说，容我和小丁这样的打工者暂时安身已是莫大的宽容。当城市张开欲望的大口时，我们挣扎着不被吃掉已是万幸，哪堪1万吨柴油像助推手，将我们一步步向着欲望的大嘴推进？

我忽然觉得东方钰真是一个好导演，他从一开始就在全面撒网，重点捕捉，他在无意识中成功地用1万吨柴油瓦解了《青杨舫》。然而，在欲望的城市里，土崩瓦解的也不只是《青杨舫》。当我最终明了这一切时，我开始了在这个城市的又一次失业。这1万吨柴油最终因为许多私人企业不具备资质没有做成，而那些大的企业，远不是小丁和我的能力范围所及的。

我的失业史上又多了一个插曲，然而我依旧怀念《青杨舫》——那个我工作时间最长的地方。我发现我突然苍老了起来，我想起曾经梦想自己扛旗单干的雄心壮志，感觉像做了一场梦。

离开了《青杨舫》，我也从此彻底失去了小丁。他和我告别的时候，甚至都没有和我拥抱一下。我们像风中随意飘落的两片枯叶，各自东西。这个长相奇丑的兄弟，我觉得我至今也没能彻底了解他。马清远，也从此消失在我的生活中。对于我和小丁的同时辞职，他仿佛早已经料到，他说这1万吨柴油没做成是他最大的损失。这是他对我和小丁说的最后一句话。

我再没有见过周文娟，东方钰也又一次长久地失去了消息。我之后在这个城市当过装卸工，当过销售员，还当过洗车工。其间我一次次回味在《青杨舫》的工作——那个我所从事过的职业中最体面、最高尚、我最喜欢的职业。

又一阵城市风骤然掠过，卷起无数碎屑飞上天，在沙尘中迷离的双眼里，一切都渐渐模糊。

杏花天

　　土墙是村子里最原始的风景：用黄土夯实的土墙加上两扇结实的门板，就围成了一个小小的世界。每一个小世界里都生长着故事，故事里的秘密，被一些人精心掩埋在时光里。

——题记

　　"你到底丢哪儿去了?!"
　　男人手脚并用，硬实的拳头冰雹一样落下，迅猛出击的脚尖比石块还要结实，痛得她不断咝咝呻吟。
　　男人叫李万福，她叫尚秋菊。
　　这个时候他们正在自己家中逼仄的小屋内上演这激烈的一幕。
　　院内的老杏树在这个日子里灿烂地绽放，四围的土墙苍黄破损，墙脚下经年的青苔泛着黑灰色，一味沉默。
　　男人是主攻方，气势自然逼人。她只是自卫，没有还击。
　　她自知理亏，所以不能还击，甚至连过重的话也不敢说一句。她一味隐忍，希望可以借此平息男人的怒火。
　　男人愈加凶猛，全不是早前她眼中温和平顺的样子。
　　体力不支的男人渐渐弱了下去，出击不似之前那样有力频繁，她知道她等待的一刻来了。男人喘息的当间，她赶紧倒了杯水给男人，巴巴地端到男人面前。男人并不正眼看一下水杯，烦躁中男人一把将水杯打出老远，滚烫的热水落在她右手的手背上，顿时一片通红。

她不自觉地哎呀一声，男人转过头来看她，目光虽是愤怒，仍有怜惜。

男人的这一眼令她泪眼婆娑。

男人之所以暴怒，还得从半年前说起。

那时家中这株老杏树撑着一树光秃秃的枝干，有的准备拼命戳向天空，有的准备随时扎到地下。

那天，在几千里外的戈壁城干了三个月活的男人李万福回来了。

憔悴异常的他黑了，也瘦了，整个人变了样不说，鼻尖和额头上的皮都爆起来，零星突兀地乍着，头发也荒草般随意起伏。一双粗糙的布满伤口的大手伸出来，尚秋菊看到了满是污垢的黑指甲。

尚秋菊看着眼前两眼放光的男人，想象他在外面受罪的情景，禁不住落下泪来。

李万福倒不在意，呵呵笑着，露出的两排白里透黄的大牙齿。他不愿意看尚秋菊在那里抹泪，那会耽误他的正事——几个月没沾老婆，身体的欲望在一次次膨胀后憋足了劲儿，一顶小帐篷早早地支在了两裤腿之间。虽然之前曾做了无数次见面时的设想，但许多不必要的镜头都已过滤，直奔主题是最主要的。

"想我不？"李万福问道。满面通红的尚秋菊没有回答，但李万福仍看出了尚秋菊对他的想念——她湿漉漉的部位就是明证，虽然她还是往常一样克制着压抑着不出声，但喜悦很容易就传递到他的心里。

欢畅，淋漓，但时间短暂。李万福知道他是太想了。大炕上原本齐整的铺盖撒开了花，突然灿烂起来。

之后，李万福说他捡了个东西。

尚秋菊见到那是一个泛着绿光的佛头挂件，边缘镶着一圈带着镂空花纹的银白色金属边。李万福说："男戴观音女戴佛，这个给你吧。"说完很随意地把手中的东西扔给了尚秋菊。

尚秋菊拿着佛头细打量，那金属镶边污损不堪，镂空纹缝里的污迹刺目乍眼。她是个爱干净的人，对这样来路不明的东西，她总是有些排斥。她拿起毛刷把它放进清水盆里刷洗，毕竟是个腌臜东西，见了水也不清爽。

在李万福又一次不断摸索的双手下，尚秋菊随手将那个物件放进了自己的挎包。

之后的日子还是和往常一样，李万福又回到工地长驻，尚秋菊一有空闲，就去城里找活干。

他们的家位于这个西部城市东北郊的一个偏远小村落里，近郊进城的路虽然不是非常远，但从他们家中出发乘车非常不便——没有从家门口附近直达省城的班车。如果要出去挣钱，尚秋菊不到五点就得爬起来，用前一天晚上的剩菜冷馍加一杯滚烫的热水匆匆填饱肚子，然后去村西头的打碾场上乘坐马三旺的车——一辆五个轮子的带棚电动车。

马三旺是个精明的人。原来能坐4个人的小车被他改造成坐8人后还能蹲几个人的车。车内的逼仄与拥挤自然不用多说，最有意思的是大家在车中互猜哪位今天的早饭是什么。比如李广兴，他们家酸菜居多；比如马三旺的老婆，是炒洋芋片；再比如村里的老秦，他们家有时会吃油炸馍——老秦媳妇最疼老秦，天不亮就从被窝里钻出来给老秦炸新鲜的油饼。插科打诨的时候，马三旺的车就在混合着各种早饭味道的空气中快乐地行进了。大家一路上不停地说笑，从不冷场，一天的日子有滋有味地开始了。

大约四十分钟后，马三旺会把车开到一条宽阔的大路边。大家集体下了车，或者给马三旺两块钱，或者让马三旺记下天数过一段时间结一次账。接下来大家开始等待通往省城的班车。等到了城里，大家便停在固定的点上等人来找他们干活。

他们的眼光在日复一日的历练中变得犀利精准——他们一眼就能分辨出哪个是雇主，哪个是闲扯淡的。

那天尚秋菊一眼就看出眼前的男人不是放套子的，而是要寻猎物的——他手里一定有活，而且他相当挑剔。梳着大背头的男人身着一件对襟的米黄色唐装，看起来气度不凡，这都不是主要的，关键是男人有一双不断巡游的眼睛，那是一双耐心蛰伏、等待目标的眼睛。

尚秋菊那天主动向男人出击后，找到了在一家大型公司做杂物的活。工资还是以往的标准，每天50元。早八点到晚七点，中午休息一小时，午饭自理。想到午饭要自己解决，尚秋菊那天原想把工钱绷到55元或者60元，但是看到周围有许多人已经瞄准男人要扑过来，尚秋菊当机立断和这个男人达成交易，叫上那个还在嘟囔的马进芳，赶紧跟着这个男人走了。

如果不抓紧时间，随着日头越升越高，他们的一天白白浪费不说，还要白搭上6块钱车费。

那天尚秋菊做工的地方非同寻常。

那里有枝干修长挺拔、叶子阔大翠绿的热带树，这些树在北方极少见到。那里的几十株热带树围成一圈，圈内是白玉色大理石叠加的八个边角，构成巨大而美丽的圆形水池。圆形水池的中央又是一个正方形的小池，四个明黄色木制浮桥从大水池通向小水池，浮桥向着外围的圆形池延伸，一直延伸至热带树围成的圈内。

这是一个大型的室内喷泉，多个喷头闪烁着幻彩，水花在池中跳跃。尚秋菊的工作是在这里清理之前装修时留下的杂物。

已经做了七天的尚秋菊跪在喷泉的浮桥上，拿着抹布，用心地擦拭木质浮桥的一根根木拼条。一不留神，一根锐利的木刺扎伤了尚秋菊的右手中指，那不长眼的尖刺扎在她的中指指根。剧烈的疼痛中，跪在浮桥上的尚秋菊捏着受伤的右手中指，忍不住流下泪来。

其实尚秋菊的眼泪并不多，生活早就教会了她坚忍和顽强。小时学习不好挨老师打，她没哭过；后来中学没毕业上不起学辍学，她也没哭过；再后来，嫁了男人，按理说，出嫁的姑娘离家前都要哭一场的，她还是没哭；还有，男人打她骂她，她更没哭过……可今天这一根木刺，却让她的眼泪收不住线。实际上尚秋菊并没有任由眼泪往下落，但是当她憋足了劲儿想把眼泪咽回去时，眼泪却像倒在下坡里的豆子——一个劲儿不听话地往下滚落。

尚秋菊知道，她并不是因为那一根扎进手里的木刺而哭。她哭，仅仅是因为她又看到了这个女人。

这个女人尚秋菊已经见了好多回。今天，这个女人上身穿了件玫红的宽松毛衫，下身是一条黑色的短裤，露出了半截紧裹着小腿和膝盖的肉色丝袜，她看起来时髦又惹眼。前几日，这个女人穿了件两只袖子不对称的灰褐色毛衫，也是十分好看。

这一天，尚秋菊看着女人不疾不徐地上到喷泉上的台阶，然后缓缓地走过浮桥，正是这个时候，尚秋菊不小心把手扎到了。当尚秋菊本能地抽回手时，这个女人正满脸错愕与不解地打量她。其实这个女人长得倒不是很好看，无非是脸白了些，时髦的栗色长发卷曲着披在肩上。尚秋菊曾细细打量过，这个女人眼角细细密密的鱼尾纹并不少，可是她就是那么耐看。

尚秋菊今天穿了件结婚不久时买的姜黄色的开襟外套，这件衣服刚买来时也挺好看，只是这些年自己不下架地穿着，所以在磨损和掉色的双重攻击下自然难显当初的亮丽。尚秋菊记得刚和男人李万福在城里买这件衣服时，那几个售货员都紧着夸尚秋菊漂亮。那个时候，尚秋菊的肤色水润光鲜，眼睛又黑又亮，是下庄村里难得一见的漂亮媳妇，男人李万福那时对尚秋菊也要比现在疼爱得多。

尚秋菊收起联想，低下头来，她身上的黑色裤子因为沾了木拼条的油漆，有一处处扎眼的明黄色；跪久了，膝盖处的包鼓得老大；她脚上那双白色的旅游鞋，虽然是新买来不久的，但是现在看来臃肿而丑陋、蹩脚又刺眼。

尚秋菊勾着头，紧紧捏住扎了刺的手指，侧了身子，想让这个女人过去，却没想到，这个女人停在了她面前。

一包纸巾递了过来。"手怎么了？严重不？"女人带着关切的神情问她。纸巾上玫红包装的花色和女人身上的毛衫一样惹眼，尚秋菊曾经想买些这样的小包纸巾放在家里，又想到一包要五毛钱，就有些舍不得，于是她买了散称的大卷不带包装的卫生纸。

就是这样一包纸巾，这个时候也能成为尚秋菊流泪的理由，她的眼泪在那一会愈发汹涌。同伴马进芳在另一个地方忙碌，今天下午尚秋菊的任务就是擦这些木拼条。这个喷泉水景足足比自家院子的大半拉还要大一些，喷嘴口上还装有彩色的灯，将喷出的圆形水花打上了好看的颜色。喷泉池子里还养了金鱼，红的黄的，自在地在水中摆着尾巴游走。

尚秋菊一个上午都在喷泉水景的浮桥上忙碌,那些木拼条其实并不脏,只是工管要求再擦一遍,尤其是要求把拼条间的拼缝也要擦一下。这个活看起来简单,做起来却不容易。每一根拼条全是固定了的,尚秋菊就得用扳手和起子将那些已经固定的拼条一个个卸下来,把它们擦干净然后再装上去。比起平时抹灰和栽树的活,今天的活相对来说要轻松得多,一是不用在室外风吹日晒雨淋,二是工作量也不大。但是这个活并不好做,尤其是那些固定了的木拼条拆卸起来困难重重。由于长期受水气的影响,许多固定处的螺丝早已锈迹斑斑。尚秋菊拿着扳手,费了好大的劲,那些螺丝就是纹丝不动,而且出于设计的原因,那些螺丝都是向下朝着地面的一侧,这样尚秋菊就得趴下身子来做,时间一长,腰都有要拧断的感觉。这还不说,高原的天气在这个季节里仍滴水成冰,尚秋菊虽然是在室内,但由于整个浮桥是在水面上,她整个人都快冻木了,冻硬的手无法像平日伸展自如,两只脚更像是装在冰窟窿里一般。

内心里一阵窘迫后,尚秋菊接过那个女人递来的纸巾,道了一声谢。

女人并没有就此离去,她说她在三楼的档案室,有事可以来找她。望着女人远去的窈窕背影,尚秋菊内心里感慨成分。她曾去过一楼的办公室,里面亮堂而舒适,干净漂亮的办公室,电脑、饮水机、电风扇样样齐全。她曾奢想,如果有一天,自己也能在这样阔亮的地方干活挣钱,那可真是几辈子修来的福气呢。

她特别留意了那个女人的手,纤细的手指一根根像葱根一样白嫩,指甲修剪得非常美观,更加衬得她的手形修长而美丽。反观自己伤痕累累的双手,每一根指头又粗又短不说,那黑黑的指甲缝更让尚秋菊自卑又羞愧。同样是女人,为什么各自的命运却有天壤之别呢?这个女人可以在温暖舒适的办公室里从容地坐着,喝着茶,吃着零食,一边办公一边谈笑风生,而自己只能在外面饱受风吹和日晒,偶尔可以到室内干活,却还要经受这些苦楚。

尚秋菊并没有过多地沉浸在关于命运的联想中,她得赶紧干活。

快要过年了，自己一直外出打工，家里的活一样都没顾上，年货也还没准备。年根眼看着到了，等领了工钱，她先得把家里的年货备上。今年一定得买好点的木耳，去年的木耳自己图了个便宜，买了十几块钱一斤的，发出来跟树叶子似的，咬在嘴里还有脆响，实在难以下咽。而同伴马进芳买的木耳，四十多块钱一斤，口感细嫩，味道纯正，十分好吃。

尚秋菊在这个大楼里一共干了21天，每天50块钱，到结算工钱的时候，尚秋菊共领了1050元钱，这些钱，应该够办置年货吧？尚秋菊有些拿不定主意，物价天天涨，单是日常要吃的粉条、芹菜，都比往年贵了许多，更别说其他。她想买一个电磁炉，这样自己就不用每天早起在大灶上烟熏火燎地做早饭；她还想买一个电饭锅，这样做米饭就再也不怕糊不怕粘锅了。

领工钱的时候，尚秋菊又见了到那个女人。她现在知道了这女人叫尚敏，尚敏和她同龄。尚敏又一次和她主动打了招呼。

那天的尚敏在尚秋菊眼里还是那么时尚和惹眼。

尚秋菊想起尚敏递来的纸巾，想起这些天里尚敏有意的几次关照，尤其是见到她带的馍块冻硬时，尚敏就从他们的食堂里专门给尚秋菊带了几回饭——虽然每次带回来的饭已经冷了，但是尚秋菊那几天吃得非常开心。有几天，尚敏总会借中午休息的时间来和尚秋菊说几句话，虽然都是不咸不淡的，但也令尚秋菊觉得温暖和感动。女人与女人之间，有时候，不需要太多的语言，就有贴心和温情，这绝对不是尚秋菊能在下庄村里体验得到的，也不是男人李万福能给的。当尚秋菊在这个城市里，用双手和汗水换来微薄的收入时，却换不来尊严。她经受了太多城里人的冷眼与鄙视，那种高人一等拒她于千里之外的傲慢和轻视，使尚秋菊更加敏感、更加自卑，也使她更容易为生活的不同际遇而深深伤怀。

尚秋菊在这里做了20多天活，只有这个女人和自己搭过话。尚秋菊看着室内的草皮和喷泉，感慨自己曾经在这里洒下的滴滴汗水。这边的活做完了，同时意味着今年的活都完了。过完年，还不知道能不能有这样的幸运，这种既不太累人又可以按时拿到钱的活可不好找。更令尚秋菊惋惜的是自己从此再见不到尚敏，这个城里女人，她温和亲切，眼睛里总是含着忧郁，周身透着无法言说的气息，让尚秋菊放不下。

准备离开的时候，尚秋菊突然很想送尚敏一件东西，但搜遍了全身，居然找不到一件像样的。自己随身的焦黄色挎包里，有手套，有为了省下饭钱从家中带出的饼子，这些都不是可以送出手的东西。

尚秋菊下意识地在那个挎包里寻找，忽然就触到一个硬硬的物件。手指在上面摸索着行走时，尚秋菊知道那是什么了。

这个佛头就在恰当的时间出现了。

大概挎包的里衬有破口，这个物件便随破口进入里衬和外皮的夹层里。

尚秋菊找到破口然后将佛头拿了出来，便急急地向着尚敏的办公室走去。

尚敏正埋头在一堆纸张中，尚秋菊小心地敲门。抬头的尚敏见到是尚秋菊，赶紧放下手中的活走了出来。

尚秋菊有些紧张，她甚至不知道怎么开口。尚敏也是满脸的疑惑。

考虑了许久，尚秋菊还是开口了。"妹子，我要走了，这里的活干完了，这里我就认识了你一个人，这个给你。"

尚敏接过玉佛头，表情里全是意外。她很快从自己的手腕上褪下一只镯子放到尚秋菊手里，说："这个你留着，人和人遇到不容易，你又是个有心人，留下做个念想。"她说完将那个银制的镯子戴到尚秋菊的腕上，又说："你等一下。"之后她急急地进了办公室，不一会儿拿着一个纸条递给尚秋菊，说："我们是同姓，五百年前还是一家，这是我的手机号和我家的住址，有时间来我家玩。"

尚秋菊拿着纸条，抚摩这精美的银镯，越发觉得尚敏可亲可敬。

转眼到了年根，尚秋菊再没有时间外出干活，大扫除、预备年货，几乎天天在忙碌。虽然城市的年味在商家精明的包装下显得更加浓郁，但在农村，这年更有味道，杀年猪、祭灶神、大扫除、做年食……从这时开始，年味便开始在村头巷尾飘逸了。

李万福过年回来有一个月时间休整。这段时间里，他睡觉打牌看电视置办年货，尽情享受生活的快乐。尚秋菊在这一个月里也为生活的琐碎不断忙碌。过年的氛围虽然一年比一年淡，但在下庄村，过年仍是一个重要的、不容轻视的节日。李万福不时被人邀去帮忙杀猪，有时还帮人家打粉，总是有得忙。

和往年一样，过年尚秋菊和李万福有许多亲戚要走，虽然平日里联系不多，但过年时是一定要走动的，尤其是一些长辈的家里，一个也不能落下。等把一些重要的、来往频繁些的亲戚都走得差不多时，时间已经是大年初五。尚秋菊突然很想到尚敏家中走一趟，想到她送自己的银镯子，心里面感激犹存。

尚秋菊思忖该给尚敏带些什么，她知道城里人什么都不缺，重了自己拿不起，轻了又让人家笑话。过年时自己炸了些油香，今年的油香李万福说格外好吃，一个个不但色泽金黄、皮酥里嫩，而且比外面买来的发酵粉发的面炸的油香，更加酥软可口，加上她在里面垫了香豆子粉、鸡蛋，吃起来另外有一种味道。尚秋菊决定给尚敏鲜炸些油香带去。

打通尚敏的手机，听到那一头尚敏标准的普通话时，尚秋菊还是紧张了一阵。当尚敏知道是尚秋菊时，略略迟疑了一下，最后约好了第二天早上见面。尚秋菊于是开始忙碌，筛面、发面，虽然自己常做，但是今天做得格外精细些。晚上她一直想着发面的事情，怕发不好面炸不出好味道，心里面添了些焦躁，居然一夜没有睡好。早上不到五点，尚秋菊就起来了，她不想叫李万福，就一个人在厨下忙碌。一面要生火烧油，一面要调面、打鸡蛋、加香豆粉，样样都比平日花了心思，等那酥黄香脆的油香一个个出锅，尚秋菊满身都是油烟味了。

当尚秋菊站在尚敏家逼仄的客厅兼卧室时，尚秋菊几乎不能相信这就是尚敏的家。那斑驳的墙壁、掉了漆的门、破损的家具、洗得辨不出颜色的沙发布和床单，虽然收拾得一尘不染，但因为时间久了，到处透着陈腐的气息。

眼前略带倦意的尚敏，全没有在单位时的干练和精神，尚秋菊见到了尚敏眼角细密的鱼尾纹和鬓间的白头发。

见到尚秋菊，尚敏异常高兴，她不停地张罗，一会削水果，一会倒茶，一会又去拿糖。她家虽然不大，但收拾得整洁清爽。一间紧闭的小门里不时传来男人的咳嗽声，面对尚秋菊的疑惑，尚敏告诉尚秋菊，那是她的老公，说他身体不好。说话的时候，尚秋菊看到尚敏的无法掩饰的忧伤散在小屋的每一个角落。尚秋菊没想到她眼中时尚靓丽的尚敏在家里会是这种样子。尚敏两鬓间夹杂的白发虽然被染成了栗色，但发根仍掩盖不了那丝丝银白。那一刻，尚秋菊庆幸自己的男人身体很健康。

"身体才是本钱，身体没了就什么都没了。以前我老公小张扛起米袋子爬六楼都不说累。现在是不行了。"尚敏说。

原来尚敏的丈夫几年前患了直肠癌，从早期的腹胀腹痛到便血，等到确诊时已经耽误了最佳治疗时机。虽然丈夫进行了根治性手术，但是癌细胞又穿透肠壁。说起一次次的化疗以及病痛的折磨，尚敏的眼中泛起了泪花。"我们原来在同一个单位，但七八年前都买断工龄下了岗。这几年前后几次手术加化疗的费用，家里早就债台高筑。眼看着四期化疗丝毫不起作用，他满头的头发都落了个精光，现在只能硬挺着。只希望老天爷眷顾。"尚敏说着叹了口气。那一声叹几乎重创尚秋菊。

尚敏接着说"我现在所在的单位也只是聘用制，说不准哪天就解聘你，让你回家，一点保障都没有。你看，这是他原来的样子。"尚敏拿出一个相册。

尚敏从一个衣橱里取出相册时，尚秋菊看到了两件最打眼的衣服——就是在那家公司干活时，尚敏穿的那件玫红色的宽松毛衫和灰褐色的不规则毛衫。尚敏的衣服并没有她想象得多。

尚秋菊拿起相册仔细端详，照片里的男人眉目英挺，高大魁伟。

"有啥别有病"，尚秋菊在那一刻深切体味到这句话的含义。

尚秋菊进屋看了一眼尚敏的丈夫小张。看着眼窝深陷面色苍白的男人躺在床上，看着屋内小桌上琳琅满目品种繁多的药品，尚秋菊有说不出的难受。

男人对着她微笑了一下，说"你好。"他伸出一双瘦骨嶙峋的手要和尚秋菊握，她不知道自己该用左手还是右手和他的手相握，于是伸出了两只手，将那只温暖的手紧紧包在自己的手中。

正说着话，一阵"噗噗嚓嚓"的声音传来，一个女孩子细弱的声音在叫门。

尚敏说她女儿回来了。

尚秋菊见到了一个异常瘦弱的女孩，细胳膊细腿，扎着马尾辫，一双杏仁样的大眼睛黑白分明。女孩的手腕细到让尚秋菊心疼，她真想把这个孩子抱在怀里。细看起来，女孩的脸型、五官和尚敏的丈夫小张有很多相像，想到躺在床上的小张，尚秋菊的心里波涛汹涌，一些浪头排山倒海般压下来，让她呼吸困难。

女孩并不认生，甜甜地叫她阿姨，主动给她添水。之后女孩就到另一屋去陪她爸爸，父女俩的笑声不断回荡在尚敏50多平方米的家中，落在那些泛黄的墙壁和破败的陈设上，每一声笑里都有阳光的味道。尚秋菊注意到，她送尚敏的佛头就挂在墙上的挂历下，闪着熠熠光芒。

和尚敏的再一次相见，坚定了尚秋菊要一个孩子的信念。

不知怎么回事，他们结婚五年，尚秋菊一直怀不上。夫妻二人也曾分别到医院检查过，结果显示一切正常。于是这些年，夫妻俩便将辛辛苦苦攒下来的钱一点点全用在医院了。有些医院据说是治疗不孕不育的专科医院，二人便满怀信心地一次次往返。不论是3D孕育技术，还是27GMS排查法，传统的，现代的，他们用心虔诚地去诊治。

刚开始时，夫妻二人还满怀信心地听那些诊断结论，比如李万福的精子成活率低，再比如尚秋菊的子宫壁太薄，比如精子着床困难，这些结论让他们疑惑重重的同时也渐渐消磨着他们治病的热情。但是那些专业的、晦涩的词汇在冲击二人大脑的同时，也让他们明白了世界上的事五花八门，无奇不有。关于夫妻二人间无数说不出口的生活方式，医院都提出了许多令尚秋菊脸红的做法，这给李万福打开了另一扇门，虽然钱投进去了，虽然尚秋菊的肚子一直不见鼓起来，虽然他也失去了信心，但是医生的建议也让他放下了许多禁忌，夫妻二人只要在一起，就会竭尽缠绵之能事。李万福本来就是个性欲旺盛的人，老婆怀不上，他更有理由努力加劲，况且这其中的快乐远不是语言能形容的。尚秋菊自然更是全意奉迎，她心里愧疚，想要弥补，想要一个孩子。

虽然二人竭力为自己的下一代努力，但总是有限的。二人聚在一起的时间并不长，刚结婚时还好些，至少是聚多离少，而现在刚好相反。下庄村里的许多青年男女大多离开这里去别的地方打工，孩子就留给家中的老人。李万福的母亲在他少年时就因病离世，父亲也在他结婚后不久身染沉疴，撒手西去。当初为治父亲的病，他几乎倾家荡产，这几年慢慢才缓过来，如今尚秋菊的不育又让他绞尽脑汁，辛辛苦苦攒下来的钱全搭了进去，家中几乎没有积蓄。李万福托村邻找了挣钱多点的活去干——在几千里外戈壁城的一个工地上挽钢筋，劳动强度不大，挣钱却不少，每日管吃住100元。钱不是烫手山芋，谁也不会嫌多，李万福更是。男人有钱了就气壮理粗，有了君临天下的威仪，李万福更不会拒绝来钱的机会。唯一不足的是夫妻二人要分开。分开也有分开的好，虽然工地上苦，但心里有牵绊，日子有盼头，总是幸福的，况且李万福对生活的要求并不高。

一个月的时间匆匆而过，院里的老屋还是老屋，土墙还是土墙，杏树还是杏树。唯一有变化的是那院子里的小花池，其中的一小垅地上，有一溜去年埋下的老葱，已经露出了喜人的绿尖儿，给土灰色的院子里添了不少春意。

早起的尚秋菊已经备下了早饭，去叫李万福起床。下庄村的女人，大都和她一样勤劳而良善，伺候男人、拾掇家院、侍弄庄稼，哪一样都是行家里手，尚秋菊也不例外。娘家母亲曾说过："男人，面叶儿烫嘴了也会打老婆的。"母亲的一辈子是在粗暴的父亲的拳头下过来的，母亲隐忍、善良、本分、朴素，使尚秋菊明白自己在李万福这里是享着福的。

明天男人又得去那偏远的工地了，接下来又将是分别。白天尚秋菊有忙不完的活，没有时间想太多，一到夜晚，男人宽阔的臂膀、粗糙有力的大手，还有温情的举动，都令她感怀万分。她开始恐惧男人不在的日子。

　　屋子里有一只蛾子，扑打着翅膀乱飞，尚秋菊怕它落到男人的脸上，满屋扑打它。蛾子笨笨的，黄灰的翅膀拖着肥胖的身躯跌跌撞撞，刚好落到男人床铺一侧的墙上，尚秋菊蹑手蹑脚地向着床上扑打蛾子，没想到惊醒了男人。男人一把抱住她，说闻到她身上骚骚的味道了。尚秋菊一下子红了脸，却任凭男人手和脚和嘴一起并用在她身上不断行走。如果男人不跑到那么远的地方做工，该有多好啊！可以两人一起守着日月过日子，送走日头下山，再盼着月牙儿东升。渐渐地，尚秋菊心里就有了许多的不舍，眼中不由蓄了泪。

　　其实要男人留下的念头不止一次起过，也提过，但仅仅只是提过而已。他们的小家欠下的债到现在还没有还清，如果要生孩子还要备下更多的钱准备开支。土地仅仅解决了肚皮的问题，太多的问题需要钱来解决：他们想搭一个温棚，可是材料钱就是一笔不菲的支出；老屋要翻盖，水泥、沙子、砖块还有木材全都要钱。前阵尚秋菊的兄弟骑摩托不小心翻下山路，在医院里花了不少钱，尚秋菊心疼兄弟，又把自己辛苦打工得来的钱全部交给了娘家让兄弟治伤。尚秋菊并不是每天都能到城里干活，也不是去了城里就能挣到钱。农忙时，她一个人分成三个还忙不过来，男人也不是总能找到活，找到活要不到工钱的时候也很多。他们只是寻常的小百姓，只有在逆来顺受的当间讨取几分满足与欢乐，天塌下来只得自己顶着扛着。

　　清明节后不久，天渐渐暖和起来了，高原的春天虽然来得晚，却迅猛热烈，比如杏花，几乎是一夜时间就绽开了。尚秋菊院子里的杏花带着粉白，密密匝匝，开得欢畅无比，引来蜜蜂和蝴蝶不断纷飞忙碌。

　　李万福走了有2个多月了，尚秋菊惊喜地发现自己怀孕了，先是例假没有来，然后早上开始泛酸水。她找了下庄的老中医号了脉，明白自己期待已久的终于来了。

　　李万福这次出门不久又返回了。

　　这次进得家门，他不似往常先要抱着尚秋菊亲热。他劈头盖脸先是一句："那个翡翠佛头在哪里？"目光灼灼，带着闪电在打火。

尚秋菊一时想不起他说的翡翠是什么，满脸不解地看他，他却已经急得直跺脚。"就是那个我捡的绿色的佛头啊！镶着边的，你还洗了的。"

尚秋菊想起来了，现在那个佛头就在尚敏家的挂历下呢。

看她还在沉思，李万福说："老婆，赶紧把它找出来。我们发财了。"掩饰不住的兴奋在李万福的脸上不断闪光。

看着还在疑惑的尚秋菊，李万福一把抱起她说："我们发财了，老婆，你知道不？那是个马来西亚的翡翠，镶的是铂金边。几十万、几百万都有可能！我当初怎么就没看出是宝贝呢？也该我们撞大运，再也不用过苦日子了！"

尚秋菊的脑子里仿佛有一枚深水炸弹轰然开炸，将她搅得天翻地覆。尚秋菊不知道是不是在做梦，看着眼前喜笑颜开的李万福，尚秋菊一片混乱。

李万福是在工地上捡到的佛头，因为被一堆废料压着，打扫工地时李万福发现了它。李万福原以为只是破烂玩意，却不料最近竟有人四处张贴寻物启事，说是不慎丢失了一个翡翠佛头挂件，是家传之物，重金悬赏。提供线索者，奖励十万元。

"你想想啊——你想想！老婆，光是提供线索，就重奖十万！我的乖乖！要是真把东西给人家，那不就得是数不完的钱了吗？"

"你快拿出来让我看看，那么个破玩意怎么就值这些钱？我还真看走眼了？你说这事整的。"

尚秋菊不知道说什么好。她嗫嚅着，楚楚可怜地盯着李万福发光的脸，口齿不清地说："丢了，我给弄丢了。"

李万福张大嘴"啊"了一声半天没合上。

他紧紧捏着尚秋菊的两臂，不断地前后摇晃，语无伦次地说："你说什么？再说一遍！"

尚秋菊无比小心地重复了一遍。

"你这个败家娘们——"话音还没落，李万福突然发力，把尚秋菊掼倒在地上。

倒在地上的尚秋菊身子打着颤，像下庄村里低矮的土墙上那孤零零的一根草，在风的摆弄下不由自主地抖动。

李万福又扑过来，一把揪起她。"到底丢哪了？你说话呀！"

看着始终沉默的尚秋菊，李万福没辙了。她硬是刀枪不入了吗？他疑惑这个温顺的女人竟有如此耐力忍受他的拳脚，他像是张开大口要准备出击的狮子，可他面对的是天，从哪里下口呢？

有时李万福觉得这个女人大概真是给弄丢了，于是不甘心地在家里四处寻找。炕角，被单下，每一个桌子后面，窗户的缝隙中，所有尚秋菊的衣物中，甚至还有自己才带来的铺盖卷中……他突然觉得这个家实在是太大了，大得可怕——处处都有陷阱。那个佛头藏在哪里都有可能，它在挑战他的耐力，同时在考验他的眼力。

可是头绪全无。这个哑巴女人始终说不出东西丢在哪里了。她和自己一样眼拙，看不出那背后硬扎扎晃眼的钞票。

他不知道怎么办，所有的心劲都没有了。他很快就找到了令自己麻痹的方式——青稞大曲。浓烈清亮的43度青稞白酒有着无与伦比的热辣劲儿，不似尚秋菊那么死眉瞪眼的。

杏花的花期并不长，下庄村的风很大。

每一次卷着尘灰和土腥任意恣肆的风，总会把刚刚暖和起来的日子吹冷。

这一天，李万福又喝多了，摇摇晃晃地回来时，看到尚秋菊正在那株老杏树下发呆。

杏花儿落了一地，薄薄地铺在地上，浓密，松软，芳香。她就踩在杏花上面出神。

他越来越见不得她发呆的样子了。

这个女人，固执地选择了和他对抗到底，甚至不说一句她自己的不是。她生生将到手的大把钞票弄没了，还要摆出死猪不怕开水烫的架势来，不是在挑衅他李万福吗？

她是送给相好的了？她是真弄丢了？无数猜想在李万福心里结出一张网来，尚秋菊就是那网中的虫子。

他的心劲儿让她的姿态给挑了起来，他走到她面前盯住她，眼睛里蹿着火苗打量她。这个女人瘦了，下巴都尖出来了，脸色也粗黑，嘴唇上硬是翘起了干皮。这个女人有一种奇怪的表情，他根本无法形容这种表情，这种让他绝望的表情。

她硬是要和自己扛到底吗？她做错了事还摆出这个姿势是什么意思？

"如果你废了、残了、我养活你。"她对着他倒下的身子说，她目光如炬，表情坚定。

疲惫突然蹿了出来，像是缀在双腿的铅锤，令她挺不起腰、直不了腿，她坚定地向着一个方向走，那里有下庄村的公用电话。

时间接近黄昏，暮色还没浸过来，阳光洒下一片橘红。她的影子爬出巷道又爬到打碾场上，宽阔的场地上堆着积年的麦草，在风中簌簌作响。她向着太阳的方向走，不得不半眯起眼。一块石头或者一个塄坎，都是她可以摔倒的理由——她的双腿无法承受起她的身体。她"扑踏扑踏"的脚步声，伴随着鸟叫打破寂寞。是各家生火做饭的时候了，下庄村里开始飘起了饭香，她能闻出哪家做的是葱花饸面叶儿，哪家是炕洋芋。炕洋芋用泼了油的蒜泥蘸着吃才有味。她想。

她很快就拨通了尚敏的电话。

"那个佛头，你收好。"她幽幽地说。

隐 深

王家强递出一个字："烦！"

崔美兰不由打了个冷战，然后又迅速点头，表示同意。

一切尽收于他的眼底，一览无余，崔美兰知道。她依旧机械性地拿着手中的小盆，一次次轻掠过水的浅表面。很快，一层灰白的、肮脏的东西集中在手中蓝色的小塑料盆中。这些东西如密集的鱼儿，却没有鱼儿的优美身姿，有的已散成碎沫，水色因之更显混浊。这些东西是从王家强身上搓下来的泥垢，看着这些，心中蓄着嫌恶的崔美兰安慰自己：也许这就是命。这样安慰自己的时候，她加大动作力度，转身把它们倒进了身边的马桶里，再转身继续先前的动作。她要把浮在浴缸水面的泥污打捞干净，然后洗一个热水澡。

有时候，崔美兰会觉得一切皆是徒劳。比如此刻，她刚觉得舀得差不多了，只是一个转身，又有一些污垢浮上来，她不得不再次继续。如此反复多次，心中的绝望就不断压迫着自己，一切还能继续的理由似乎只剩下一个，那就是一会洗完澡，她会到窗口吹一阵风。她发觉这个世上风是最好的东西，风会带走很多，只留下一个轻盈的她。

王家强只穿了一条大裤头站在卫生间门口，他端了一个大号的杯子，他们称这种杯子为"没良心"。他竟将小拇指伸进杯中，掠一片茶叶出来放进嘴里，还嚼出了声响。难道这一片茶叶他就不烦？

真烦！崔美兰在心里抱怨。为什么总是她最后一个洗，为什么她想放干净的水洗澡,他便横眉冷对、冷嘲热讽?有几回,他竟对她挥起了拳头,他说她是败家婆娘,不知道节约用水。他说每个月的水电费下来总有一二百,如果洗澡时一家人用一缸水,便会节省许多。

说这话的时候,他狡黠地笑着,说:"我第一,你第二。"他说因为她有妇科病,怕传染给他。

既然知道我有妇科病,就我和保持距离,为什么还要一次次无度地索要我的身体?崔美兰想不明白。她的身体早已干涸,没有激情,趋于麻木,他却自得其乐——哪怕她如石头一样冰冷。在他的快乐里,有一次次摩擦带来的疼痛,以至于有好几天小便时,她都十分难受,然而刚刚转好,他又来了……

早上离开前,崔美兰对王家强说:"晚上买棵花椰菜吧!"

"花椰菜?哪个牙想吃花椰菜了?你不知道这几天市场上花椰菜五六块钱一斤吗?都说全国物价青城高,青城物价安区高,你又不是不知道!"

他又抱怨着出门了。他总是抱怨,抱怨她挣不来钱,抱怨她不会生孩子(不知为什么,她总怀不上),抱怨自己取了一个败家的女人。

"一个晚上八次、八次。"刘二胖重复着说。

当刘二胖俯身站在崔美兰的左侧说这句话的时候,崔美兰想起了早上王家强因为一棵花椰菜的抱怨。刘二胖压低的脑袋让崔美兰无比厌恶,但他更加厌恶的是他的秃瓢脑壳和泛着油光的面皮,还有一嘴焦黄的大板牙以及从中散发出的葱蒜味混杂的烟草味。

一个王家强,一个刘二胖,为什么自己认识的男人总是这样?崔美兰不止一次想。他永远不晓得刷牙吗?她不敢直接张口问刘二胖。她知道,她不张口,他多少收敛些,如果她张口,他便越发肆无忌惮,除了眼睛不断向着她的胸口巡视,还有那双肥大、厚重、汗湿的手,会有意无意地停留在崔美兰的肩头、后背、腰部。总之,刘二胖时时在寻找机会下手,只是苦于她的冷漠和无动于衷。

崔美兰毕竟是有感觉的,譬如此时,刘二胖站在她旁边,一边用手扒拉着她正在忙碌的这条裤子的裤脚的锁边,一边兴致勃勃地告诉崔美兰，昨天晚上他和他妻子的幸福生活，崔美兰面红耳赤，她根本不敢回应一个字，也不能露出丝毫厌恶。

崔美兰不断地忙。拆、剪、缝、烫、穿针、换线、插拔熨斗、放置机轮皮带、一遍遍打开针线抽屉又合上，崔美兰不厌其烦地把每一个动作都做得无比虔诚、无比精细。

崔美兰多么希望顾客能排着队站在她的摊前，一遍遍催她快些，盼望他们埋怨她手慢。他们可能会抱怨，可能会生气，可能会想抬腿走人，这个时候，崔美兰一定会笑容满面地陪上不是，求他们再耐着性子再等一会。因为活太多了，她一直在努力做，她一定不会让他们等太久。她会建议他们到市场上转转，她会告诉他们哪家又开了新店，有哪些特色商品，绝对值得他们光顾。

然而，这一切，仅仅是崔美兰的想象。她的摊前从来没有出现过排队的现象，她这里冷落到她一整天无所事事，以至于有一阵她故意从家中拿了几条旧裤子，一遍遍拆了缝，缝了拆。她害怕别人看见她闲着，尤其怕刘二胖看见她闲着。

刘二胖只要看见崔美兰有空，就会走出自己的小店，站在她身边，向着她嬉皮笑脸地说黄段子。她知道刘二胖的居心，但又不敢得罪他，因为她的摊位就是通过刘二胖的关系争取的，刚好就安排在刘二胖的店前。对她来说，最大好处是晚上她不用太费力地搬运机子。刘二胖虽然招人厌，但也有大用处，他经常帮她搬机子，还有，他让她在这个市场里不至于太孤单。

所以，虽然崔美兰此时厌恶刘二胖所说的内容，但仍假装在听，不会赶他走。她认为，这样一来，也许路过市场的人看见了，就知道她还是有生意的，虽然她这个简易、粗糙的写有"锁裤边、换拉链"字样的木制招牌，早被风吹日晒得破旧碍眼。

崔美兰的摊位并不显眼。

这个市场有一个好听的名字：水缘。不知道当初命名的人何以会起这样一个名字——在这里看不到一点水的样子。市场也极是简陋，一条并不宽阔的小街，除了一家紧挨一家的商铺，中间又支起了一长溜的临时摊位。这些临时摊位包括各类仿制箱包、廉价衣物、日用小百货的经营，还有爆米花、烤香肠以及一些水果摊。这些小摊大都显得随意而散漫，所经营的商品也是五花八门，杂乱繁多。崔美兰的摊位就夹在其中，她的对面，就是刘二胖经营的床上用品店，刘二胖通过他的关系，把崔美兰的摊位支到这里，给了崔美兰极大的方便。不出摊时，崔美兰可以把自己的东西寄放在刘二胖的小铺里，这样就省了她来回搬运的麻烦。可别小看了这搬运的活，崔美兰是体验过这种搬运的烦琐与辛苦的，每天一大早，要将一箱又一箱的东西装上三轮车，经过窄窄的、随时可能发生刮擦碰的小巷，运到这里，然后又将这些一件一件地搬下来再摆好，繁复又单调。天气好时还可以，天气不好时，手忙脚乱地收，还是会被雨水打湿，有些东西不怕湿，有些就麻烦了，这些折损，只能自己负担。到了晚上，她还要一件一件地收回去，搬到固定的位置放好，还要防着小偷——家中毕竟没有那么大地方，东西只能放在地下室。刘二胖还给崔美兰带来另外一个方便。天冷没有人光顾时，刘二胖还允许她到他的商铺里避风取暖。这个市场是东西走向，崔美兰刚好处在风口，又是露天，全无遮挡，冬天很是受罪。崔美兰的手脚全都长了冻疮，甚至有一处还破了，流着水，又痛又痒，有说不出的难受。

想起两年前自己告诉王家强，她准备挣钱养家时，王家强眉开眼笑的样子。崔美兰从心底里感到无奈，但也轻松了许多，至少自己再不用从这个男人手里近乎乞讨般地接过钱买米买面，也不用看他带着施舍又不舍的样子。

男人养家天经地义，但王家强似乎就是不情愿，总为自己的女人赚不来一分钱大发脾气。说来也是，现在物价这么高，他一个人的工资，要交水电费、物业费，还要预备将来有孩子的开支，加上柴米油盐，每个月几乎精光，根本存不了钱。作为一个普通技工，他的工资，一年才涨几十块钱，总是进少出多。他当然有理由生气发火——当初，还是在他们厂打零工的崔美兰主动找的他，如果不是崔美兰长得可以，这个没有工作的农村女孩王家强是看不上的。

崔美兰的家在一个极其偏远的小山村，结婚后虽然也曾打过几份工，但都不理想，不是不能准时拿到工资，就是工资太低而且工作又太累。现在，仅下岗员工安城就有几千，个个都在为工作发愁，这样一来，崔美兰便对打临工失去了信心，但家中日益拮据的经济，又让她不得不想办法为这个家增加收入。更加麻烦的是，自从她嫁给王家强，娘家的父母总以为她进了金窝，三天两头向她要钱，虽然都不是大钱，但钱得从王家强手里要出来，王家强就不乐意。是啊！凭什么他既要养活她，还要照顾她娘家人的花销？

当王家强知道崔美兰想挣钱养家时，自然是高兴的，但一听说还要他投资买锁边机和缝纫机，还要交一年的摊位费时，他不高兴了，他嘟囔着，那句口头禅又挂在了嘴上："这个败家女人。"这样的埋怨，崔美兰听多了，也不以为意，她一心想着赶紧把摊位支起来，想着自己可以自由地支配时间，想干时多干些，不想干时少干些，甚至可以不干。她一想到这，心里就难得兴奋和快乐起来。

但想象和现实永远是两样。自崔美兰支起了这个摊位，麻烦接踵而来。

天下没有免费的午餐。因为刘二胖提供的这些便利，崔美兰就得忍受刘二胖没完没了的骚扰，还不能流露出不满或生气。崔美兰知道自己多少还是有几分姿色，眼睛又大又圆，头发也浓密，牙齿整齐白净，身材虽然偏瘦，却也起伏有致，还是耐看的。崔美兰知道刘二胖看中的正是这些，这些是资本，是崔美兰在这里安身立命的资本。

水缘市场商铺多，生意少，加上安区本来人就不多，自然决定了崔美兰生意的清淡。更加麻烦的是，这个市场里，锁裤边换拉链的不止崔美兰一家，有的还直接带一个小商铺，兼营内衣生意。他们的机子摆在店里，风吹不上，雨淋不到，顾客来了，不但可以自在地坐在小凳上等待，而且可以顺便看看那些小小的精致或不精致的衣物，买或不买，都可以，总之比站在崔美兰的露天的简易摊边等待强许多。

这也罢了，那几家做生意的，对崔美兰极尽冷嘲热讽之能事。都说同行是冤家，在这么个狭窄的竞争激烈的小市场内，同行更是冤家，那几家都是你看我不顺眼，我看你就来气，更有甚者，互相贬损，恶意攻击。有一天，崔美兰做好一条裤子，顾客刚拿走没一会，又返了回来，指着她的鼻尖大骂，说这条裤子应该做滚边的，她给做了圆边，这条几百块钱的裤子就下了档次。崔美兰后来才知道，原来是另一个做裤边的同行向她的顾客灌了汤。

崔美兰实在没想到还有这些麻烦。顾客来时并没有明确说明做哪种边，也是她自己大意，没有多加询问，于是她只能低声下气地给顾客赔了钱，白辛苦半天不算，还受了不少气，真是有苦无处诉。晚上回去说给王家强听，哪知王家强说，没有金刚钻，就别揽瓷器活。他对自己投资几千元给崔美兰支摊本来就有不满，见几个月过去，崔美兰每月所挣不过几百块钱，除了营业税费的开支，并没有多少结余，就更加不满了。

不管怎么样，既然已经备好鞍鞯，就得让马儿上路。崔美兰想，虽然收益不多，但毕竟开始时间不长，况且每日倒也不是赔着本在做。生意有时不好，但也有一天还过得去，辛苦下来，能抵得过几天的清淡，这样一想，就多少有了信心，强撑着下去。

这一天，和往常一样，崔美兰刚摆好机子准备工作，就有顾客直奔她而来。

来者是个浓妆艳抹的女人，脸上那一层厚厚的粉不但填平了所有的褶子，还将脸和脖子的颜色断然截为两种。女人有一张阔而薄唇的嘴，抹了鲜艳的唇膏，张嘴说话时，牙龈全露了出来。

崔美兰觉得女人的嘴太像一朵喇叭花，这种人，一看就是不寻常角色，崔美兰心里打着鼓，带着莫名的怯意招呼女人。

"您好！请问是做衣服吗？"

"来这，当然是做衣服的！难不成大清早的来看风景不成？"女人果然不是善茬，每一个字都含着刺。

崔美兰挤上满脸的笑。她听说，做生意的若是早上不顺，则一天不顺，所以早晨的生意千万可不能大意了。"来，我看看，哪里不对？"

女人拿出一条黑色的雪纺阔腿裤说："太长了，上楼容易踩裤边，走平路还可以，你稍稍做掉一点儿。"

"好的，我看看。"

崔美兰拿着裤子仔细翻看，心里不由暗暗叫苦，这种材质的衣物裁剪和熨烫最是麻烦，但生意来了不能不做，于是硬着头皮接过来。

"多少钱？"

"这种裤子，得五块钱。"

"不是三块吗？"

"那是普通的，这种雪纺的要贵点。"

"贵点就贵点，也没什么，反正做好就是了，我一会来取。"

喇叭花说完就走了。

先拆，后剪，然后再锁边，再收边，然后熨烫……

没想到在快做完的时候，出了麻烦。崔美兰还没明白过来，熨斗还在她的手上，刚刚她习惯性地让手中的熨斗走过那条裤子，并有意识地在裤脚处停留了一下，本想烫得更理想些，却坏了事。

她还不及想这件事的后果，喇叭花突然出现在面前。后来，崔美兰不止一次觉得，那朵喇叭花就在暗处观察她，只等她犯错，然后突然出现，以便她逮个正着。人赃俱获？她想起这样一个词，虽然她不是贼。

一切以迅雷不及掩耳之势发生——喇叭花突然伸手从熨衣板上拿走了那条裤子。接下来，惊雷炸开。喇叭花高分贝的声音响彻整条市场"——她把我的裤子烫出了洞！"

崔美兰想起来了，熨斗走过的时候，似乎有点黏滞，还有一丝异味，她并未在意。哪想到会出这样的事？

喇叭花的声音还响彻在上空："这条裤子我花了六百八十元。这么一条裤子，我还没穿一天，你就把它烫出洞来。没有金刚钻，别揽瓷器活。你居然光天化日之下，弄出这样的事情！你说，怎么办吧？"

随着喇叭花的话音落下的，是她那条价值六百八十元的裤子，裤子刚好落在崔美兰的前额，然后滑下来，崔美兰机械性地用手接着。

喇叭花继续她的咆哮："怎么办？你以为你不出声，装哑巴就没事了？便宜了你！"

装哑巴？这确实是崔美兰没有想过的，她真没想过装什么哑巴，她只是不知道该如何回应。

她想起了刘二胖，用眼光四处寻他，却发现，有不少人已经聚集在她周围。

"让她赔，美得她！"

"当然应该赔，这手艺，居然还敢在这里亮相。"

"打呀，让她以后少丢人现眼。"

刘二胖无影无踪，众人都站在喇叭花周围，个个义愤填膺，简直要将崔美兰生吞活剥。

崔美兰拿起那条裤子，想仔细看看到底哪里出了问题，哪想喇叭花又冲上前来，抢走了裤子。

"这是证据！"喇叭花说："你别想消灭证据。"喇叭花的话掷地有声，令崔美兰措手不及。

"吵什么？不就是一条裤子？"

听见有人这样说。崔美兰赶紧向着声源投出感激的目光，但那个人很快被喇叭花压下去了。

"一条裤子？你说，你要开个食品店，天天卖变质食品？你要开个五金店，天天摆上假冒伪劣？这个市场，要人人像你这样，岂不天下大乱了？"

这些，与这条裤子有什么关系？崔美兰的世界里，这条裤子实在很难和这些扯上关系。但是喇叭花这样说了，就有人声援她，也有人起哄，还有发出笑的。有一个女人，提着一兜重物，面色沉重地向他们各自看了一眼，似乎要说什么，结果什么也没说，抬腿走了。

刘二胖在哪里？这个时候，崔美兰只想见到刘二胖，他不是总围在她身边转吗？可是这会，却不见他的影子。

如此孤立无援，崔美兰突然想哭，眼泪马上就充满了眼眶，落了下来。

刘二胖掏出了五百块钱给了数钱的女人，女人很认真地将零钱找给刘二胖。喇叭花拾起裤子扬长而去，一场风波就此平息。

"进去洗洗，我收拾这里。"刘二胖体贴地说。眼泪早将崔美兰淹没，她只有依从的份儿。

刘二胖的商铺里带个仅容转身的小卫生间，里面的镜子映出一张血色全无、满是血污的脸。崔美兰的头发乱成疯草，洗手池上有一把小梳子油腻遍布，她也顾不上许多，赶紧梳头、擦洗。收拾完了，她却不想出门。她的嘴角红肿，脸上的有四道细长的血痕洗不掉，那是喇叭花做过美甲的指甲留下的。

过了许久，刘二胖突然出现了镜子里。

"怎么这么不小心？"刘二胖问她。

崔美兰不知道该如何回答这样的提问。一切都以猝不及防的方式发生，哪里容她多想？脸上的血珠又冒了出来，王家强伸出手来轻轻替她擦拭，然后将带着血渍的手指送到他自己的嘴里。

崔美兰惊愕地看着刘二胖吮吸手指。

他一把将她揽在怀里。

这么突然，似乎又合情合理。那一刻，崔美兰那么软弱，刘二胖用她温暖的怀抱和宽阔的肩膀抚慰她，轻轻地说："没事，有我呢！"

崔美兰所有的委曲、疼痛、惊恐，全都化成眼泪尽情流淌。

"没事，有我呢。"他依旧轻声抚慰。

他的臂膀越来越有力，不断压迫着她，令她呼吸困难。

他轻轻将她推到墙角，让她靠在墙上。

"没事，没事，有我呢。"他的声音，带着急促的呼吸，呼在她的脸上。

"没事，没事，有我呢。"紧接着，是他的嘴唇，一起落在她还打颤的双唇上。

崔美兰眩晕了片刻。她记得自己在挣扎，在反抗，她说了不要，但是在这间小小的卫生间里，他的身体那么强硬、霸道、有力，不容分说。她的推搡、锤打，全无意义，她用手抓，用膝盖顶，用肩膀扛，用牙齿咬，都没有用。

很快，他扯下了她的长裤，以站立的方式强硬地进入了她的身体。

直到他的呼吸变得更加粗重，更加有力，直到他停止了所有的动作，靠在墙角喘息，崔美兰才回过魂来。

"畜生，你不是人！你怎么这样！"

她反复说着这两句,她下颌打战,浑身颤抖。

没有人回应她。刘二胖穿好衣服径自走了。

世界陡然裂开,又骤然愈合,仿佛一切未变,然而早已天翻地覆。

当崔美兰拖着抽了筋的双腿回到家时,王家强仿佛见到了外星人。

"你怎么了?脸上咋了?谁打你了?"

崔美兰说不出一个字。

"出什么事了?你别这么吓人好不好?"王家强说。

崔美兰还是说不了话。

"咋了你?哑巴了?"

哑巴?这个词如此熟悉,崔美兰想起来了,喇叭花也曾这样说她。

她崔美兰好好的,怎么就变成哑巴了?不就是一条裤子吗?那条六百八的裤子,她需要换三百四十条拉链,或者做二百二十条裤子的裤边,才可以换来的一条裤子,却在今天,被她一个不小心,演变成这样的结果。

诉说吗?崔美兰不想。

王家强看她不说话,又端起他那个没良心的杯子喝水了。喝下半杯水后,王家强说:"放水洗个澡吧!"

他只是说,却不见有动静,因为他知道她会去放水,会乖乖地等着他洗完,会在他洗过的水里洗她有妇科病的身体。

这一切,多么荒唐!为什么总是我最后一个洗澡?为什么会遇到刘二胖?为什么要选择做裤边?为什么要每天趴在缝纫机、锁边机前,不断地踩踏,不断地弯下腰,不断地低下头,不断地用手去放那条已经松了很久却舍不得换新的皮带。为什么自己买不动蒸汽挂烫熨斗?如果有这样的熨斗,就不会有这样的问题了。可是没有如果,为什么?

放洗澡水的时候,看着瓷白的浴缸,崔美兰突然想,为什么不来风？

风来了，会吹走一切的吧？

接好了水，她像往常一样去阳台打开窗户，平时她都会在这里，把晾干的衣服收进来。

窗户不高，崔美兰很容易就坐在了窗檐上，她把双腿搭在窗外了，轻轻地甩两下腿，粉红色的硬底塑料拖鞋碰在玻璃上，发出嗒嗒的响声。

有风吹了进来，拂过脸上，那几道抓痕有隐隐的疼，并不强烈。

这一瞬间，崔美兰渴望风再大一些。风会吹走所有的挣扎，所有的疼痛，所有的恐惧。风是最有能耐的东西，风会把许多东西都吹走，吹到远远的隐秘的深处，吹到连自己都找不到的深远处。难道不是？这么些年来，是什么让自己一直坚持下来？在庄稼地里没日没夜地劳作的时候，在王家强的巴掌落在自己身上的时候，在父亲母亲的叹息落下的时候，在找不到工作心灰意冷的时候，在城里人投向自己的目光充满了鄙夷不屑的时候……一些东西，不正是被风一样的东西吹到那个地方，然后自己睡过一觉不就一切都好了吗？

当王家强发觉崔美兰坐在窗台上的时候，他吓得腿抽了筋，站在那里一声也不敢出。

当崔美兰回过头来看见脸上写满了恐惧的王家强时，她突然莞尔一笑。

王家强不知所措，冷汗瞬间遍布。

"求你！千万不要——"看着崔美兰动人的笑脸，王家强艰难地吐出这几个字后，咽了口唾沫。

"风来了。"崔美兰突然说。说毕，崔美兰跳下了窗台。

跳下窗台的崔美兰迅速走到卫生间，她以最快的速度放完了王家强洗过的脏水，冲洗干净浴缸，然后接了热气腾腾的一大缸水。她准备好好洗个澡，她还准备明天就去买个蒸汽熨斗。

不是麦子就是豆子

1

二爸来找我的时候，正是我们安村家家户户准备开饭的时候。安村的太阳那个时候刚刚在西边铺开一道橘红光芒，把周围每一朵云彩都打上了金边，煞是好看。

二爸对我说："我要开个粮食银行。"

二爸说这个话的时候，正背对着太阳。我坐在小凳上左手和右手下五子棋，抬头看见二爸的耳朵边廓也被太阳光打上了金边——是柔和的金粉色，让人简直要怀疑那是不是人的耳朵。但是二爸耳窝窝里的污垢很快让我明白，眼前这个矮个子男人的的确确就是我那不招人待见的二爸——那个一到吃饭时间，就挖空心思来蹭饭的男人。

这不，现在不是刚好到了吃饭时间吗？他居然打着什么开粮食银行的幌子来蹭饭，真是太可笑了。

尽管我们不喜欢他，但是他不找理由，我们也会给他一碗饭吃，谁让他是我二爸？谁让他还种着我家的那一亩三分地呢？安村所有人都明白，我们不会拒绝他。

我把左手中的棋子慎重地落下后，长吁了口气。要知道，一个左手和右手下棋的人，既要防又要攻，既要能守还要能进，那可不是平常人所能做到的。

我在自己布置的棋阵里还没真正回过神来。今天我原计划下满棋盘的四分之一，现在生生被我二爸和他的粮食银行给打断，我心里自然有点不舒服。但是不舒服有什么用？谁让他是我爸的二弟？哪怕他个子比我还矮两分，长辈就是长辈，我不能不叫他二爸，还要客客气气地请他进门，请他吃饭。

我嘴头上客气着请他去吃饭，心里却无比强烈地厌恶他，同时悄悄地唤着他的另一个名字：古而怪。

不是我有意在心里这样讥讽他，而是他现在这副打扮实在让人不敢恭维。你看他，穿衬衣也就罢了，却偏把两件衬衣摞在一起穿，还把里面那件衬衣的领子翻了出来——那两层衣领实在是累赘。他在两件衬衣上面又套了一件有领子的夹克，这样一来，生生有三层领子在他脖子里悬着。还有，他的深色长裤上密布的斑斑点点似乎也还说得过去，但是，他偏又没系裤带，他用一根藏青色毛线绳将裤腰环和裤扣眼拴在一起。唉——也难为他，身边没个女人，居然还能找到一截毛线绳给自己拴裤子。

这个时候，安村的那些顽童果然就当着我和我二爸的面，一边拍手，一边跳脚，又大声喊起了那一句："古而怪，古而怪，皮子在里肉在外。"

二爸听到后，有些恼，但又不好当着我的面发作。

其实这些孩子们说的是一个谜语，谜底就是产在我们安城的豌豆瓣，又叫豆果儿。这种豆瓣，还没完全成熟时，豆粒大而饱满，水分很足，生吃起来十分香甜。尤其值得一提的是，它的豆皮脆甜可口，透着一丝丝豆腥，既可生拌，又可炒熟了吃，非常美味。但是这种豆瓣的皮可不好剥，有经验的人通常把分成两片的豆瓣放在手里，取其最顶端处的一个角向内折，于是脆生生的豆瓣便折断了，然后还得将豆皮里朝上，大拇指按紧挨着豆皮的折角一点点向下顺滑，于是豆皮上面那一层不能入口的韧性薄皮纤维就与肉层剥离开来，这样剥出的肉质豆瓣皮才可以食用。有意思的是，这种豆瓣外层的豆皮肉厚可食，内层的薄皮却粗糙坚韧难以下咽。这就是那些顽童所说的"皮子在里肉在外"。

安村老少都知道我二爸的口头禅："不是麦子就是豆子。"谁都无法理解他这句话的真正含义，他却总说这一句，由此他便得了"古而怪"的外号。

果不其然，话还没说两句，二爸又来了："不是麦子就是豆子。"他又说："良子，我这回说的可是真的，我真的要开个粮食银行，我要请你做帮手。说实在话，请别人我还不放心呢！"

二爸的粮食银行就这样拉开了序幕。

2

我家就在安村。安村在安镇，是安镇的四个城中村之一。安镇属于安城。

我爸爸弟兄仨，我爸马保国是老大，他常年开着一辆小双排汽车在安镇跑货运。我爸开车技术娴熟，为人实在，不会欺生排外，所以安镇的马保国马师傅，自然美名远播。

我还有个三爸，叫马保丁，在安镇上开了个杂货铺，经营各类五金土产及百货。说实在的，除了吃的和穿的，你在我三爸的杂货铺里就没有买不到的东西，扫帚、拖把、水桶这一类的东西是不用说了，碗筷锅勺也不缺，还有炮仗、竹椅、小孩的玩具、学生的书包、针头线脑、粗细麻线，以及被束之高阁的各种农具，不一而足。我想，单是从这些货物的繁杂，你应该可以看出我三爸是个什么样的人，他自然是精明能干，心细如发，会盘算还会过日子的人。

我二爸马保民最是赢弱，身高不及一米五不说，样子也是瘦弱无比，完全不是平常人眼中男人的形象。他不但不是膀大腰圆，反而细弱苗条，简直就是风吹柳摆。我二爸不仅长得没有男人相了，他做事，更是没有男人相。讨不到老婆的他似乎对种庄稼情有独钟，我家的地和我三爸的地，全是我二爸在种，他坚决反对两个兄弟拱手把地让给别人白种，他同时还提出一个条件，在他没有娶妻成家之前，他的吃饭问题由我爸和我三爸负责,他会将收成等份分给我爸和我三爸。这样一来,我们好歹能混个收成不说,我二爸的吃喝从此不愁,这样的好事我爸和我三爸自然不会拒绝。

我二爸虽然喜欢种庄稼,但是现在种庄稼人不敷出的现状这谁都知道。都说一年的庄稼二年的苦,除去化肥、种子、农药,还不算搭上的人工,一年到头,也打不到多少粮食,所以即使他的两个兄弟并没有实打实地要那份收成,二爸依然穷得叮当响。安村是个城中村,人均地少得可怜,况且现在人人的心思全在搞副业上,真正把心思投在庄稼地里的人家都穷得一分钱掰成两半花还不够用。

我二爸虽然喜欢种庄稼,但对于种庄稼,他却绝对是外行。你不得不承认,这个世上,有些人实在是笨拙,哪怕在一个行业搭上一辈子,也是外行。你们没见过我二爸种庄稼,可能不相信,如果你亲眼见到他在扬种时和手中盛种子的盆子摔跤,收割时和手中的镰刀打架,打碾时和那些成捆的麦捆子一起翻跟斗,那你就不会不相信我的话了。我二爸的这些事迹在我们安村广为流传,简直就是许多人家茶余饭后的谈资甚至笑柄。有些人,不但说,还要学,这样一来,我二爸在安村的形象可想而知。

3

我二爸的粮食银行说来也很简单,他早就瞅中镇子里一家外地人开的快要倒闭的两元店,他准备把那家店盘下来做他的粮食银行。二爸的粮食银行主要吸收各类粮食的短期存储,然后进行短期粮食借贷,性质和现在的那些商业银行相似,不过人家的银行经营货币,而我二爸经营粮食。

但凡有一点点头脑的人都知道,这是绝对行不通的。别的不说,单就个人来说,国家怎么会允许私人随便开银行呢?那些监管部门肯定不是吃干饭的。虽然民间借贷普遍存在,但真正要合法、合规却不是说说就能解决的。除此之外,我们通常意义上理解的银行,本来就是高高在上的国家性质的存在，一如政府的许多机构和部门，我们不可能私人随随便便设一个乡政府或镇政府。所以设立一个银行，自然也是行不通的。如今民间小额信贷公司倒是遍地开花，但是我二爸坚决要办一个粮食银行。异想天开的二爸居然想一口吃天，他想借机调整安镇的粮食短缺，实现安镇粮食产业结构调整。

你可别不信，他真的是这样说的。他那天来我家蹭的那顿饭，那绝对不是平常意义上的蹭饭。在吃下两大碗我妈亲手做的擀面条后，我二爸放下碗，把筷子搭到碗上，然后一抹嘴，就说出了一番惊天动地的话。请不要怪我夸张，我平常说话是很实事求是的，但我二爸那天说的话，简直是在我家撂下一重磅炸弹，炸得天翻地覆。

我有必要将过程重新演绎一遍。

二爸说："我想开一家粮食银行，你们得支持我。"

"什么？我爸没听清。"

"我想开一家粮食银行。"二爸提高了声调。

"什么？你是不是脑子又进水了？"我爸生气了。

"反正我就是想开一家自己的粮食银行。你们也见了，现在种地的人越来越少，是农民，就得种地。没了地的农民，还叫什么农民？安村是城中村，眼下许多地方虽然在征占和拆迁，但仍有大片的农田不在征占的范围内。许多人打工搞副业是好事，但不能撂荒了地，如果我办一家粮食银行，把安村种地人的收成直接换成钱，或者换成他们急需的其他粮食，那肯定会使安村的许多人乐于再种地的。毕竟是世代在土里刨食吃的农民，我知道他们并不乐意白瞎了好好的地，只是苦于粮食变不成钱，或者粮食不值钱。如果我能够通过这种方式使安村人种地的积极性提高了，那可是一件大好事。"

"你可真是闲吃萝卜淡操心。"我爸眼皮都没抬一下，继续说："你有那工夫，自己成个家，生个儿，好好过日子。你也不看看现在你过的是什么日子！"

"人如果只顾眼下，如果人人只顾眼下，那日子也没办法长久地过下去。不是麦子就是豆子。"

"你是不是又要烧慌了？"我爸问。问完后他生气地将手中的碗撂在桌上。我爸性格温和，平时绝少发脾气。他这一生气，碗中的汤溅出不少，我妈赶紧找了抹布来擦，却被我爸一把推开。我妈吓得再不敢有动静。

我爸的意思，在场的我妈和我以及我二爸全都听明白了。

我爸说的"烧慌"，只有我们安镇人能听懂，就是说这个人又想跳弹着做一些力所不及的事惹人笑话。

我爸说二爸烧慌，自然是有来头的，因为二爸做过不少烧慌的事情。

谁都知道，我二爸是个固执到简直病态的人，举个例子便可说明。以前我二爸还年轻，自然也想做年轻人想做的事，比如恋爱。别人恋爱，那通常是两个人你来我往，你情我愿的，我二爸却是一门心思地单相思。女方不是别人，正是安镇另一个村的姑娘，名叫李改莉，小名就叫改莉。

那个改莉，在我看来，也没什么特别出彩的地方，不过是姑娘有的她全有了，别的姑娘没有的，她也有了。比如她比别人多一个手指头，再比如，她还比别人胖出几十公斤的肉来。其实这些倒也没什么，哪个女的不想生得花容月貌、倾国倾城？哪个男的不想貌比潘安、才比子建？但是人各有命，爹妈能给你的，自然是你命里就该有的，只是有的人并不这么看这个问题，比如我二爸。他喜欢李改莉，就一厢情愿地认为李改莉就是他的人，会随他的心。他于是主动出击，向李改莉发动全面的爱情攻势，向许多人散布他和李改莉好上的消息不说，还一次次登门拜访。

虽然这个李改莉自己长得不怎么样，但我二爸根本入不了她的法眼。她也知道我二爸喜欢她，却偏不给我二爸机会，更不给我二爸好脸色看。

我二爸那时候也不知道被李改莉灌了什么迷魂汤，一门心思要讨李改莉的好。他隔三岔五就到李改莉家的门前守着，结果他没守到李改莉，却守到了李改莉家的那条大狗。那可不是一般的狗，是一条特别凶猛巨大的土狗，平时被一根粗铁链拴在院里，那天也不知道是怎么回事，这条突然脱缰的大狗看中了我二爸，张口就要扑上去。幸亏我二爸机灵，跑得快，最后掉进一条死水沟里。那条狗看我二爸跑了，倒也乖乖地听从李改莉的呼唤回了家。

我二爸被李改莉放狗咬的事情从此传遍了我们安村。我二爸到底不死心，看蹲守不成，便改为送礼，他今天托个学生送去一条丝巾（当然不是真丝的），明天又托个姑娘送去个发夹，再或者从墙头偷偷扔进去一本包得严严实实的日记本，扉页上有一首他新抄来的情诗之类。

我二爸如此痴心，倒是打动了一些乡亲，有人主动向李改莉的爹妈提出要撮合他们两个人。李改莉的爹妈倒也没说什么，无奈李改莉就是铁了心，说她一见我二爸想死的心都有，哪能过日子？这缘分的事，真是说不清楚。按说话说到这个份儿上，我二爸应该认命了，可他偏不。眼看着我二爸如此穷追不舍，李改莉提出了一个条件：她要"浑身转"，还要一套面积在九十平方米以上的商品房。

在我们安城，这"浑身转"可不简单，那可是从头到脚几身时新穿戴不说，还要金项链、金耳环、金戒指、金手镯，外加两条金脚链。天哪！天哪！安城只有那些当官的或者大老板娶亲时才有可能满足女方这样狮子大张口的要求。一般人，通常只送得起金项链、金耳环、金戒指，总克数还要严格控制，而商品房，更是想都不敢想。农村都是自己盖的砖木结构的土房，有几个能买得起商品房？

这李改莉分明是在为难我二爸，想让我二爸知难而退。我二爸简直中了邪，他心心念念想凭诚心与爱心打动李改莉，这怎么可能？现在可是讲究唯物主义的，唯心的那一套吃不开的。

有一回，我二爸听说李改莉不知得了什么病，他竟然就将自己这些年辛辛苦苦攒下来的血本全部给了李改莉她妈，要给李改莉治病，还不要她妈声张。李改莉后来病好了，也没嫁给我二爸，居然远嫁到另一个村子，甚至连娘家也很少回，这钱自然就有去无回。

更加可气的是，这李改莉的良心真是让狗给吃了，她居然说这些钱就算是我二爸给她的感情补偿费，毕竟我二爸那样下死力气追她，让她面子上并不好过。

唉！这世上的事情，真是说不清也道不明。

我爸知道我二爸把钱白送给李改莉之后极为生气，因为他原是想着让我二爸用那些钱成一门亲的，现在钱没了，姑娘也嫁别人了，他是长兄，哪能不生气？但我爸生气能怎么样？打也打了，骂也骂了，但我二爸说："他就是喜欢李改莉，什么也改变不了。"

我爸那时就说过，如果我二爸再烧慌，他就做主断了兄弟关系，再不管我二爸的死活。

毕竟生存第一，为了吃饭，我二爸自然不敢再违拗我爸，何况李改莉已经另嫁他人，我二爸也只能鸣金收兵。

这就是我二爸烧慌的来历。这件事让我二爸很是抬不起头来。如果李改莉貌似天仙，那是我二爸癞蛤蟆想吃天鹅肉。可这个不起眼的李改莉敢这样对我二爸，说明我二爸在她眼里是连癞蛤蟆都不如的。从那以后，安村人对我二爸的看法就彻底改变了，如果说以前我二爸仅仅是不会做农活，长得不够男人，那现在，我这个二爸可是连男人都不是了。连李改莉都瞅不上的人，算哪门子男人？

我二爸心眼多，老想做一些惊天动地的事儿。他自己曾开过一家免费的修车铺。为了那个修车铺，他广发英雄帖，上面印着免费修车的字样。再傻的人也知道，天下没有免费的午餐。我二爸的修车铺，说是免费，其实并不是完全免费。说起来我二爸也只是免收修理费，配件费照收不误，他不过想借机做个广告，拉点儿客户而已。但是我二爸的心思哪个不明白？于是他的免费修车铺没多久就关门大吉了。修车铺关门后我二爸并不伤心，他说他再不修车了，从此只修地球。他的意思是说他要安心种地了。

说起我二爸的故事，真的是有一箩筐。不说也罢。不知道从什么时候起，一个关于我二爸的外号就传开了，就是我前面提到的"古而怪"。

"古而怪，古而怪，皮子在里肉在外。"村里调皮的孩子经常这样说着笑着走过我二爸身边。

我曾和几个人私下讨论过这个"古而怪"，有人说是"古儿怪"，也有人说是"古而怪"，莫衷一是。反正现在那些调皮的孩子，一见我二爸，就喊开了："古而怪，古而怪，皮子在里肉在外。"

4

　　我义正词严地拒绝了我二爸的请求,拒绝出任他粮食银行的帮工。倒不是因为我忙,虽然自从中专学校毕业后我一直没找上合适的工作,就在家待业,但我就是不想给我二爸帮忙,我也看不上我二爸。

　　二爸看我不回应他,十分生气。我知道他生气是什么模样,他那垂下去的右手的拳头说明了一切。我二爸生气时有一个习惯,就是他的右手会不自觉地、无规律地一会儿紧握,一会儿又松开。在那一松一握中,他的心潮起伏可见一斑。我二爸虽然生气,但一时也没办法,只能在我面前进进出出地干着急。

　　这几天,我二爸天天看我一个人左手和右手下棋,看了几天之后实在无计可施。他一次次将两手的五指分开,然后深深插进头发之中,低下头来回一阵猛抓,揪下无数青丝来,放在手中研究一会儿,最后让根根青丝自由落地。如此反复无数遍。

　　有一天,我二爸居然在安村那排柳树下威胁我说,如果我不答应给他帮忙,他就把我的糗事说出来,让我臭一镇子。

　　我心里一直有个大秘密,就是我曾做过一件见不得人的事,还偏偏让我二爸撞见了。我二爸倒也仗义,答应替我保密,可是现在,他却拿这件事来要挟我,想让我答应他,为他的粮食银行助一臂之力。怎么办?我可不想年纪轻轻名声就臭了,只能答应助他办这个粮食银行。

　　其实协助过程也不复杂。我二爸的粮食银行,到头来也不过是一家杂粮店而已,经营各类杂粮的借贷业务。比如你家有二升白面,你突然想吃点豆面,你就可以到我二爸的粮食银行进行交易,换回你想要的豆面。你刚收获的麦子不想存在家里,你就可以放到我二爸的银行里,交纳一定的管理费。如果是罕见稀缺的粮食,还可以得到一定数量的利息——一些青稞面或者一些芝麻或者红豆一类的粮食。我二爸毕竟常年务劳庄稼，虽然种庄稼的业务不是十分娴熟，但对于各类杂粮，倒是认得全，也识得货。

我二爸后来又专门订制了一些粮仓，用来存放各类粮食。他还买来专业的书籍，准备对这些粮食的存放进行科学管理。除了这些，为了便于更多粮食的存贮，他还特地找到我们安村第二生产队早先存粮的仓库——现在闲置着任凭老鼠和蛛网成灾——租下来备用。关于我二爸用什么钱来支付租用仓库的费用，我也不需要操心，我只要他兑现当初答应给我的工资就行，当初为了请我出山，他答应的工资可不是小数目。我倒没什么，有钱不赚是傻子，只是他这些钱从哪里来，实在令人费解。我不是怕人不敷出，而是怕他的这个店子倒闭，我的工资就没有着落。

我二爸固执地将他的保民粮店称为粮食银行，这实在是太可笑了。不过他本来就是可笑之人，所以也没什么更可笑的。当初他差我去办工商和税务手续时，特地嘱咐我一定要把店名注册为"保民粮食银行"。我早就知道这行不通，工商不可能给办理。你想，如果谁都可以随随便便地开个什么政府、银行一类的，那天下岂不是要大乱？但我也没说破，等最后二爸的小粮店手续批下来了，就叫保民粮店。

当我把工商营业执照、税务登记证和卫生许可证等相关证件拿给我二爸时，我二爸把所有的不满意都挂在了脸上。那几天他的脸色极其不好，仿佛刚刚形成的泥塑尚未干透，却被一只无情的大手从头上往下狠劲地抹了一把，眼睛、眉梢、鼻头、嘴角，甚至下巴，全都向下吊着——吊成难看的哭丧脸。他坚决不承认这是粮店，他十分坚定地称其为保民粮食银行。其实不管是保民粮食银行还是保民粮店，反正我二爸就是个"古而怪"，他怎么叫是他的事，并不影响店子本身。

5

在我二爸的不懈努力下，他的粮食银行终于开始营业了。开张那天，倒也有几个往日相熟的人前来祝贺，当噼里啪啦的鞭炮声响起，当看热闹的人拥在我二爸的粮食银行前说着言不由衷的话，时不时指指点点一番时，往日并不太繁盛的安镇在一片喧腾中迎来了崭新的一天。那些拖拉机依旧"突突突"地招摇过市，而时髦的小轿车自然会风驰电掣一般驶过，也有骑着自行车车轱辘挂满泥巴的，在蹬车人吃力的踩蹬中徐徐前行。街道两旁的店铺有的冷寂，有的热闹一些，但门庭若市的并没有几家，倒是一家音像店内，传来高分贝的《爱情买卖》："出卖我的爱，你背了良心债，就算付出再多感情也再买不回来……"

我二爸安排给我的工作就是当一个营业员，我的工作是每天守在店里招呼顾客。说实在的，除了开张那天有好几个人好奇或真是有需要才进进出出以外，接下来的日子，这个店里真是门可罗雀。生意时有时无也就罢了，也许只是时间的问题，过一阵就好了，但我二爸的心思，竟然全不在店里，除了开张那几日能见到他的人影之外，之后的很长一段时间，我几乎很难见到他的人影。虽然我见不到他，但我知道他并没闲着。他天天走东家串西家，在做一个工作——那就是动员安村的人种地，种啥他收啥。

于是有人就开他玩笑，说："那我种大烟，你也收吗？"这个时候，我二爸的表情，一定非常难堪。我不止一次想象，他那张风霜满布的老脸上，刻着被别人有意刁难时的表情。他本来就不是善于表达的人，当他有满肚子的话说不出来，难以解释，又一心想做自己的事时，他的为难，他的心痛，没有几个人能真正体会。可是说实在的，我并不因此而同情他。

没有金刚钻，就别揽瓷器活。一个人，为什么要自不量力，总想扭转或改变那铁一样的现实呢？二爸实在不能让人理解。

不理解也罢，说风凉话也好，反正做任何事，想要众口一词地保持赞同那绝对不可能。我二爸是固执的人，这从他的恋爱史就可以看出来，所以其他人说什么都没用，包括我爸和我三爸。

我爸和我三爸对我二爸开粮店倒也不是不同意，但一听他说开什么粮食银行就生气。他们说三升的皮袋装三升（这是安村人的流行语，意思是不要不自量力，做力所不及的事情），他们异口同声地要我二爸看清自己的模样再做事。说来也怪，我爸和我三爸都属于体格健壮、眉眼分明的人，但到了我二爸这里，偏变成了瘦弱伶仃、手无缚鸡之力不说，一张脸还缩到一起，完全是一副没进化完的样子。这也罢了，毕竟人不能自己选择长相，但让我爸和我三爸尤为生气的是，我二爸尽做些莫名其妙的事，开粮店就开粮店嘛，说什么开粮食银行？这不是硬给自己一顶大到无边的高帽子戴吗？这样行事，岂不是要让安村乃至整个安镇的人都笑话死？

但我二爸的的确确没把自己开的粮店放在心上，因为他认为他开的不是粮店，而是粮食银行。他有义务调整安村甚至安镇的粮食产业结构。如此宏伟的大计划，凭我二爸一己之力，如何能在短期内实现？二爸看来过于眼高了，但是谁都点不醒他。一个人，如果要真正清醒，外力固然重要，自身的醒悟更为关键。

九月二十八日开张一个月后，我二爸粮食银行的生意大致如下：

1. 张包家5斤白面兑3斤玉米面；
2. 王红旗100斤麦子换走64块钱（他原想把他家的麸皮换成钱，但我怕钱一时周转不开没同意，后来汇报给我二爸，他也没同意）；
3. 售出绿豆153斤；
4. 售出红豆78斤；
5. 售出芝麻5斤；
6. 售出玉米96斤；
7. 售出大麦30斤；
8. 售出黄豆103斤；
9. 售出花生213斤。

至于我二爸的那些仓库，除了老鼠和蜘蛛，至今没有一粒粮食光顾，毕竟现在家家有粮仓，把粮食存在这里并不能让人放心。另外还有一个原因，那就是粮食存进去不但不会变多，还要收一点保管钱。谁还愿意掏这个钱？虽说我二爸还给一点绿豆或芝麻一类的当利息，但扣除保管的费用，剩下这点零星的小钱并没有几个人放在眼里。

6

我二爸的失败是从一开始就注定的。如果他从一开始就只开粮店，其实日子也能过得下去，或许有年轻姑娘瞅上他的小店，给他当老板娘。但是，他的心思不在开粮店上，他要办的是粮食银行的大事，那可就不一样了。

安城的征地和拆迁工作还在进行中，城中村的项目改造势在必行，如今前期工作已是如火如荼。我二爸手中的几片地，包括我爸和我三爸的，有一部分已经在征占之列。今年形势不错，县上给每亩地的补偿是七万元。往年补偿四万元时，已经有人家争相想让自家的地给征占了去，想早点把补偿款拿到手，好做点别的事。另外，县上给出的征占条件非常优惠，有些人家，到规定的年龄，还可以办养老保险。如今看病有了农村合作医疗保险，老了有养老保险，这农村人，不种地，日子也能过得下去，如果再出去打点零工，那日子简直可以用滋润来形容了。

但我二爸就是古怪，他死活不同意将自家的地纳入城中村的规划开发中，不愿意拿上那几万块钱离开庄稼地。他说庄稼地生来就是长庄稼的，变成商业大厦或是工业区对一个以种地为生的农民意义不大。我觉得这是他目光短浅所致，他还说："农民如果离开了土地，那就不是农民。"

在我看来，是不是农民，关系都不大，日子只要过得下去就行。当我就这个问题和我二爸探讨时，他骂我目光短浅。他说这个话的时候，语气和神情极为气愤。我和他争也没意义，况且他自身难保，我听说上回工作组来丈量时，他竟然在麦地里当着无数人的面撒泼打滚，想借此阻挠工作的进行。他不过是螳臂当车而已，他不同意能改变什么呢？安村的开发已经是县上定了的，他一个不足七尺高的男人能怎么样？

我二爸固执于子孙后代没有地可种的问题，说现在的形势就是明摆着爷爷吃了孙子饭，那孙子岂不是要饿死？安村许多人笑话他连家也没成一个，就计划到孙子的身上来。我爸和我三爸也是笑他说话不知道分寸，总是说傻话办傻事。

"不是麦子就是豆子"，我二爸的这句口头禅如今广为流传。他其实是想说如果这样不成，就那么办。可他总是把话说不到点子上，于是就变成了这句"不是麦子就是豆子"，简直可笑至极。

牛圈里伸出个马嘴来，谁都不理睬我二爸，觉得他不识时务。那天工作组的人见丈量工作开展不了，就上门做我二爸的工作。话没说两句，我二爸的口头禅又出来了："不是麦子就是豆子。"

工作组的人一时不理解我二爸说这个话的含义，有点摸不着头脑。我爸那天专门留在家里为这个事操心，他出来打圆场，说我二爸的意思就是这样不成，想要慢慢来。

工作组的人一听，那个带队的组长先就火了。慢慢来？我们现在一天丈量七八十亩地，上面还嫌我们进度慢。马上要公示了，如果我们一个组的工作进行不下去，就会拖了整个工作队的后腿！

怎么办？我爸知道我二爸的脾气，软的硬的我二爸都不吃。

到底是我爸心思活泛，他说不行就先把他和我三爸名下的土地先丈量了，我二爸的最后再说。组长知道也只能暂时这样，便悻悻而回。

我爸知道这回征占势在必行，许多村民都争着抢着要工作组进入自家地界进行丈量，给工作组买上高级中华烟备上名贵好茶，即使这样，工作组的人也未必肯马上去。到哪都受欢迎的工作组，偏就我二爸这个不识货的，愣是要让工作卡在他这里。

于是我爸对我耳授机宜，让我如此如此行事。

7

我二爸的粮食银行生意突然空前火爆，许多人家把自己的贮粮拉到他这里，要求存贮。那场面之热闹，简直赶上曾经上交公粮的时代了。只见我二爸的粮食银行前人头攒动，人们争相上门，不是兑换，就是要求存贮。

我二爸终于出现在店子里了。那天，我二爸再没有将手放到头发内，而是将他的手放在粮店的粮仓里。一溜儿纯杨木制的仓号神气地排成两排，里面分别盛有小麦、青稞、蚕豆、豌豆、玉米、黄豆、绿豆……我二爸纤弱的双手一次次在那些仓号上掠过，又一次次停留在上面。他又将手一次次深深地插进仓内，不断摸索着，寻找着……他能找到什么？"不是麦子就是豆子。"他说话了，开口就是这一句。是啊！现在，这里不是麦子就是豆子。

有一回，他不止把手伸进仓内，他还将自己的整个脑袋放进红豆仓内，用鼻子可劲儿地拱着、嗅着，用脸面来回蹭着那些粮食。等他抬头的时候，鼻洞口粘了两粒红豆，鼻头上还有些灰污，他的目光迷离而模糊……紧接着，他连打了两个非常响亮的喷嚏。这两个喷嚏动静之大，简直要把他自己掀翻在地，当然他也没有被掀翻，他说："爽性。"大意是爽快吧，这是这段时间以来他说的最为舒心的话。

更加爽性的事情还在后面。

安城开了第一家杂粮食府，虽然主营的饭菜与其他饭店区别不大，但他们的主打食品是各类杂粮，什么青稞面条、杂面搅团、豆面撒饭、玉米发糕、绿豆香饼……简直应有尽有，有些我们连名字都叫不上来，但也好吃得要命。这么好的事情就在自家门前，我二爸自然不会错失良机，于是向来不安分的他赶紧登门拜访，想主动联系业务。

我一直不知道我二爸具体吃了几回闭门羹，但从他一次次乘兴而去然后失望而归中我清楚，他是又一次没遇上经理。但我二爸是什么人？他从来不会轻易放弃自己的计划。于是，他又一次次找上门去。他的目的不过是想把自己粮食银行中的存贮粮低价给家门口这家杂粮食府，想薄利多销，但这件看似简单的事情做起来异常困难。

随着我二爸吃闭门羹的次数越多，他越来越焦灼和失望，但他从不绝望，他锲而不舍地登门，只求与这家大型的食府形成业务上的往来，哪怕少赚点，他也在所不惜。要知道，我二爸的初衷并不是为了赚钱。

直到有一天，杂粮食府的一个面点师或许是被我二爸不达目的不罢休的精神所打动，或许是实在看不过我二爸如此频繁地上门骚扰，总之他告诉了我二爸一个惊天大秘密：原来杂粮食府根本不用杂粮，他们的所有杂粮食品根本就是靠现代化的技术手段制作出来的。说明白点，你想吃绿豆饼是吧？他们有的是办法将面粉变绿，然后做出饼，吃起来口感和正宗的绿豆面粉加工的一样，甚至有过之而无不及，真正的绿豆食品的口感反而不如这样制作出来的食品。

"天啊！"惊闻此事的我二爸惊愕不已。我是没见到我二爸吃惊的样子，倒是那个透露消息给我二爸的面点师着实被我二爸吓坏了。虽然泄密前他曾三番五次要求我二爸保密，但此时，他担心的不是自己可能丢了工作坏了名声，而是他自己要被眼前这个其貌不扬的矮个子男人吓个半死——那一刻我二爸脸色灰白，眼珠子直直地定在那里，两只手不停地凭空抓放。任面点师怎么喊，我二爸都不应声，甚至他告诉我二爸他日思夜想的经理来了也不行，报警也不起作用。情急之下，那位面点师只好找来几个关系好的服务生，硬把我二爸给抬了出去。他同时后悔不迭，认为自己不应该跟我二爸说这些事，恨不能给自己俩耳刮子。如果世上真有后悔药，他肯定第一个买来服下，发誓今生再不做此类事情。

8

我二爸从此失了斗志。然而不幸的事情接踵而来。

我二爸的粮食银行很快走到了濒临倒闭的边缘。许多在我二爸这里存粮的人纷纷上门要求把存粮兑换成现金,我二爸为了开这个店早已经倾尽囊中所有,现在店子营业额本来就少得可怜,哪有现钱给他们?我二爸提出折中的办法,就是先把利息给他们,但那仨瓜俩枣的,如何入这些人的法眼?不得已,我二爸只能兑付一部分。这下可好,兑得多的人家虽然不乐意,但毕竟已经将钱拿到了手中,便也不再生事。而兑得少的和没有兑的人家,怎么也不肯答应。一时间,我二爸的粮食银行乱纷纷像捅破的马蜂窝,我二爸疲于应付就窝在家里不出门。我是营业员,我能怎么办?我只能硬着头皮赶鸭子上架,但那些人不依不饶的样子,实在不是我所能应对得了的。不得已,我只能关门大吉。

但长久地关门不是个事儿呀!我二爸的家就在这里,跑得了和尚跑不了庙啊!

怎么办?

我一天跑八趟去请示我二爸。第一次见我二爸时,脸上撒了霜的他见了我也不给我打招呼,他只顾坐在他被褥散乱污垢遍布的单人床床沿上,低着头深思或发呆。

我开门的时候,看见两只耗子仓皇逃窜——我二爸对所有的一切视而不见。

他受的打击一定在他的预料之外。但这有什么?关了保民粮店又饿不死他,不过面子上并不好看而已。何况他本人的面子,在安村值不了什么。

"二爸,他们又来兑钱了。"我说。

"兑。"他只说了一个字,但有气无力。

"怎么兑?拿什么兑?"

他不说话了,他又陷入了沉思。

我等了许久,不见他应一声。我知道等下去也没结果,只能回家。

再一次见到我二爸时,他依旧在他被褥散乱污垢遍布的单人床床沿上,低着头,脚下有许多他掉落的头发。他似乎更瘦了,脸上像被刀剐过一般,他本来颧骨高,现在他的颧骨简直是要飞出来了。还有他那双手，青筋暴突，像正在开发的安村最近挖出来的那些老树根——分根密集，枝桠丛生。他的眼窝深得像我爸那边刚给拆迁组登记过的那口老井。他的一个眼角还挂着一粒体积不容小觑的眼屎。

我看出了他眼中的绝望，混合着拼死的挣扎和失败的疼痛。

他的手无规律的握放已经成常态了，他一言不发，头发根根倒竖。他整个人，仿佛安城野地里常见的一种紫穗穗草，很容易就被路人的脚踩倒。

这一回他和我说话，再不似第一次那样气若游丝，他带着斩钉截铁的口气，对我说："兑，谁来了都给兑。"

"可钱从哪来？我问。"

"把粮食贱卖给饲料公司。"他说。

9

我又有的忙了，我的业务又增加了一项——跑饲料公司。

你一定明白，这个世界上，别人求你，似乎容易，但你求人，就有登天的难度。比如我找饲料公司，遭白眼受冷遇还是小事，关键是他们那个业务科倪科长，总是看我不顺眼，以为我找他搞歪门邪道。

"你的粮食，来路可对？我可不要转基因的。"他说话的时候，很熟练地用他的两根手指转动他手里的那支中华烟，跟孙悟空舞金箍棒似的，很有看头。

"转基因？安村的农民，世世代代在自家的土地上播种，用自家收获的粮食做种子。就是想要点转基因的种子，他们可没那个门路。"我可不敢分心在他的手指头上，更不敢因为他说话没来头就生气，这可是事关我的工资大事，我赶紧耐着性子解释了一番。

倪科长不以为然，他时而前后晃动他臃肿而结实的身躯，时而以他粗壮的腰为圆心，转动臀部做着圆周运动。

"你们的粮食，来路可正？"他又问。

说到粮食的来路，我更有理由生气，他其实是知道我二爸的保民粮店的，现在却端着架子摆着派头故意糟践我，但我也只有忍受的份儿。

"你们的粮食，我只能按市场价的七折给你。"他说，仿佛下了很大的决心。他是一口气吸完了手中的中华烟后说的，连烟圈都没有吐，就冒出这一句话来。他说话的时候，那些烟就随着他嘴巴的一张一合不时冒出阵阵青烟，他闭嘴后烟又从他的鼻子里冒出来。

七折，天哪——这不是活活杀我二爸吗？这一来，他要亏多少？我满脑子里打着转儿算着差价，一时说不出话。

倪科长又说了："行了就行，不行就拉倒。"

我不敢擅自做主，只能找我二爸再商量。

这一次，我二爸分明是愤怒了。

他的眼中布满了一道道血红的闪电，仿佛随时会炸开。他的手，在无数次频繁的握放中机械而狂躁。他不断将双手深插进头发中，不时揪下一大把灰白夹杂的头发——我忘了说，他的头发在这短短的几天内白了许多。这几天，他变得像鬼一样了，那两只浑浊的血红眼睛眨巴得十分迅速，他说话也总是前言不搭后语，令我摸不着头脑，他说得最多的，还是那句："不是麦子，就是豆子。"

我怕他真的犯了我收拾不住的病，赶紧回去向我爸汇报。

我爸现在后悔不迭。当初就是他出的主意要安村的人到我二爸的粮食银行去存贮，然后又在短期内兑换出来，他原是想通过这种办法，让我二爸彻底死了心，赶紧把自家的地让拆迁工作组的人丈量了，然后一心开粮店。他哪想到，我们动员起来的人最后我们自己都收拾不住。

更加没想到的是，二爸的粮食银行突然起火了。大火是在我们准备开晚饭的时候起的，那一天，我二爸没来吃饭，其实他有好几天没来我家吃饭，我们早就习以为常，以为他在外面自己凑合吃了。

那一天，冲天的大火烧红了半边天。简直和西天边灿烂的红霞有一拼。大火伴着浓烟，将整个村子笼罩在一片烟雾中。

当火中传来噼噼啪啪的声音时，我仿佛听见我二爸的心炸裂了一地。

等消防队赶来时，我二爸的店子被烧得七零八落。正当那个消防队的小队长准备排查，想找到失火原因时，我二爸却从此失了踪……

10

也不对，我说我二爸失了踪也不对，他也不是音讯全无，他还给我写了信（这是后来的事），寄了钱。信上说我的工资先欠着，说先把大火中损失多的人家赔上。他说火是他放的。他说他会为他的行为负责。到底要怎样负责，他没细说。

我二爸说他现在更加深刻地体会到了饿肚子的感觉，他恨不能吃完饭后把碗翻过来舔上一遍——可惜所有的碗都太结实了。这也让他更加明白土地的重要性。我二爸在信上还回忆了安村的许多久远了的物事。这些事情在我看来，仿佛就在昨天。我二爸在信的末尾说，他特别想念安村的那种紫穗穗草。

我二爸这封信的地址非常模糊，我想，他大概是怕一些人上门讨债吧。他一直不知道，这些人，是我和我爸撺掇起来的。如今我爸后悔不迭，因为许多人上门在找我爸的麻烦呢！

看过那封信之后，我不止一次想起安村的那种紫穗穗草。这种草，长在安村以及安村以外的许多地方。这种草其实非常单薄弱势，但是每一次被无情的大脚踩倒后，它总是顽强而坚韧地活下来，无比执拗，最后结出紫色的穗子来，在阳光下，有惊人的美。

春尖尖

"等到了春尖尖头上,就好了。"这是周蕊的母亲常说的一句话。

周蕊从来没有在别处听到过这三个字,母亲臆造的这三个字莫名其妙不说,简直土到掉渣。

有时候周蕊觉得母亲这"春尖尖"的说法有说不出的古怪与可笑。今天,当周蕊无意中说出"春尖尖"这三个字时,小祁、大强、老秦都笑了。小祁尤其笑得夸张,她不说话,只一味大笑,咧着嘴,也不知道拿手掩一掩,就那么恣意地放声,浑身都在抖,还抬了脸儿,捂了肚子,仿佛听到了天大的笑话。她身边的两个男人见小祁笑,便也跟着笑,一个个挤眉弄眼的,令周蕊更加不快。

只有李先生没有笑。是的,李先生不但没有笑,他还学着周蕊说了一声:"春尖尖。嗯——春尖尖。"李先生说完就走了。

李先生待自己就是和别人不同,周蕊想。

平常有人来洗车,有些男顾客总喜欢与小祁调笑。小祁也大方,和他们说说笑笑,打打闹闹,全无生分感。每当这个时候,周蕊的心里总不是味儿。其实周蕊也知道自己没有小祁皮肤白,没有小祁那样曲线分明的腰身,没有小祁会说话。有一段时间,周蕊甚至觉得,让小祁在这个洗车行实在是委屈了她,小祁不应该像她一样在这里干这种体力活——出力却不讨好,小祁似乎更适合做个酒店前台或者大堂经理一类的。但有时候周蕊又不这样想,因为周蕊打心底里看不上小祁。倒不是她周蕊和小祁有什么过节,而是这个小祁对工作太马虎了。

　　比如说，水枪压力的调整，这对于一个洗车技师来说，是必须明白的：水枪压力绝对不能大于7个压强。但是小祁不管不顾，她拿起水枪就冲，常常不是压力过小冲不干净，就是压力太大把她自己弄个手忙脚乱。这也罢了，小祁冲车的顺序也有问题。如果换作周蕊冲车，她通常会从车顶的门缝结合线向另一侧冲水，并严格按照车侧窗、车身腰线上半部、车前窗、车引擎盖等部位的顺序一一进行。但是小祁不，她拿起水枪，对着车身一通乱喷。什么顺序，她全然不管不顾。还有，小祁的洗车毛巾从来不会分类处理，一块抹布用到底。周蕊却不，她的洗车毛巾一直是分类处理的，这是因为她知道，擦过车体下部的毛巾里有大量洗不掉的细沙，这样的擦车毛巾极易划伤车漆。

　　虽然小祁心粗，但许多男性顾客并不在意这个。当小祁在那里撅着屁股低头擦车时，他们的目光经常在小祁身上来回扫描。当小祁直起身子，与他们的目光对接时，那些男人总会和小祁没话找话。这个时候，同时在另一侧擦车的周蕊偶尔也会直起身子，但这些男人，全当周蕊是空气。不，连空气也不如！毕竟人离开了空气没法生存，但是那些男人，没有周蕊也照样生龙活虎。

　　虽然周蕊心里有小小的不平，但时间一长，便也习惯了和小祁搭档。西城格桑洗车行总共有四个洗车师傅，除了周蕊和小祁，还有老秦和大强。老秦那张布满麻窝窝的长脸总是板着，一副苦大仇深的样儿。大强是个肌肉男，长得不赖，但是抽烟、喝酒、赌博他一样不落，老婆也跟人跑了。一个每月挣千把块钱的洗车技师，仅抽烟、喝酒、赌博三项，就得耗去工资的一半，这样的男人，实在不值得一提。所以说下来，周蕊还是喜欢和小祁搭档。虽然有些小小的不愉快，但也不会造成太大的影响。周蕊明白，自己在这里只是一个打工的，况且她相貌平平，个头矮小，身无曲线，又无技能，哪里还敢挑三拣四？

　　男人们喜欢和小祁调笑，无视同样在眼前的周蕊，虽然这件事令周蕊心有不平，但是时间长了，周蕊也坦然。毕竟那些调笑带不来什么实惠，反而让人觉得无礼。所以，现在周蕊但凡看到有男人当她的面挑逗小祁，小祁眉飞色舞地应对时，周蕊便昂首挺胸地走开，当他们是空气。

李先生和那些男人不一样，周蕊始终这样以为。李先生第一次来格桑洗车行时，穿着雪白的衬衣，扎进深色长裤里。理着板寸的李先生脸型、头型还有五官在阳光下让人一览无余，那张方方正正的青白色脸庞，让周蕊无由地产生亲切之感。那天李先生看周蕊做车内清洁时，对着周蕊说了一句："你很专业，也很敬业。"

那天轮到小祁不高兴了，她嘟着嘴，小腰一扭一扭地走开，把手中的抹布甩得啪啪直响。周蕊红着脸在那里手足无措，她不敢搭话，于是开始洗车的最后一道工序——检查。周蕊仔细地察看，生怕遗留有没擦干净的部位。她比平时更加认真和细致，只为了李先生那一句话。

后来李先生什么也没说就走了，周蕊的心却很难平静。她在这里做了一年多，第一次有人给予她这样的评价，这在她的心里掀起不小的波澜。

日子照样在每一日繁复而辛苦的工作中一天天流走。让周蕊没想到的还在后头——李先生成了格桑洗车行的常客，不但如此，李先生对周蕊的工作赞许有加，还在老板面前表扬周蕊。

李先生所做的这些，令周蕊大为感动，也让她更加用心地投入工作。虽然一天当中的大部分时间都在阴冷、潮湿的工房里度过，虽然许多男性顾客依旧对周蕊视若无睹，依旧不断和小祁显山露水地调笑，但周蕊再没有觉得有什么不好。毕竟，每天干得多就拿得多。周蕊在这里的底薪是每月八百，但是洗一辆车，她可以拿到六元钱的提成。这样一来，每个月加提成，周蕊可以有近一千五百元的收入。在这里，除了累些，比周蕊以前在家闲待着好多了。现在她每天早上八点上班，晚上六点下班，每个月有四天休息日。工作不忙的时候，她还可以做点自己想做的事。周蕊喜欢打毛衣，只要有时间，她就拿起针线，一针一针地编织，把那些无聊和空闲全部编进手中渐渐成形的毛衣中。

李先生似乎格外关照周蕊,这不,李先生还给了周蕊一张体检卡——只给了周蕊,小祁、大强和老秦都没有。

周蕊拿着体检卡,心怀感激却什么也说不出来。李先生似乎知道周蕊的为难,他微笑着说:"没什么的,一张卡而已。现在不是提倡健康生活吗?身体健康更加重要!可别弄错地方,是市体检中心。"

得说说周蕊自己了。周蕊的身体当然不是铁打的,自从离开了农村,周蕊就觉得自己的身体时不时在向自己叫板。肝区和胃部偶尔会不舒服,吃不下饭是常事,加上这段时间没来由的胸闷、心慌、气短,周蕊觉得自己的身体肯定有大问题。尤其是在洗车行,每天和冰冷的洗车水、洗车液打交道,向来畏寒的周蕊觉得自己快被这些水泡透了,膝盖和踝关节处,寒气简直浸入骨髓。周蕊曾经问过小祁有没有这些感觉,小祁说她从来没有觉得。

虽然有这些疑惑,但是周蕊从来没有去医院做过一次正规的检查。说实在的,不是她不想做,是她做不起。她认为自己是农村人,是生就的苦命人。如果不是被疾病放倒起不了身,周蕊绝对不肯进医院,一是花不起钱,二是没时间,更别说只是进行体检。有时候,连治疗都未必能做。当周蕊回到家中向母亲李秀芬说起这件事时,周蕊对李先生的感恩之情达到顶点。

"体检?都怎么体检的?"母亲放下筷子,目不转睛地盯着周蕊。

"就是检查身体,化验尿啊、血啊什么的。"

"是吗?我从来没有体检过。"母亲说完后,微弱地叹息。

这声叹息像一记重锤,虽然微弱,却无比生猛地砸到周蕊的心里。母亲平时总喜欢说"春尖尖"三个字,在她眼里,春天是很容易就到的,哪怕仍在隆冬。但是今天,母亲没有说这三个字,母亲说天气越来越冷了,她的身体越来越不行了。母亲在叹息。

这个晚上,周蕊又一次失眠了。母亲的身体是不行了。母亲这辈子从来没有体检过,母亲也从来没有住过一次院。这一刻,周蕊觉得自己打工再难,再不容易,比起母亲来,实在好过太多。

母亲长期生活在农村。在高原瘠薄的土地上，汗珠子掉下去能摔成八瓣，哪怕累弯了腰，也未必能换来好收成，有时候甚至连温饱都成问题。母亲生育了四个子女，老大刚落地就没了呼吸，周蕊下面还有两个弟弟。他们两人如今都在外地，大学毕业后两人到处打工，居无定所，找对象和买房这两件事像山一样压在他们身上，让他们翻身困难。周蕊的父亲早早地离开了这个让他一生负重的世界，留下周蕊的母亲守着三个子女过日子。寡居的母亲操劳一生，在庄稼地里寻找她和几个孩子的衣食。周蕊知道母亲的艰难。中学毕业后，周蕊早早就嫁了人，丈夫李小波是西城东郊炼油厂的工人。他们结婚没两年李小波就下岗了，从此开始双双打工的日子。有一段时间，活不好找，两人连吃饭都成了难题，更别说养老、医疗保险金的缴纳。他们两个人也曾想着自己做些什么，还开过一家小店铺，但是由于地段不理想，生意并不好做，而房租却连连上涨，不得已，他们又将小店盘了出去，开始四处打工。转眼十几年过去。如今，李小波常年在工地上跟着包工头搞工程，每个月挣些辛苦钱，一年在家待不了几天。周蕊在离家不远的洗车行打工，虽然辛苦，但家中每个月都有进项，小日子倒也风平浪静。

周蕊一个人既要打工，还要照顾孩子，便把母亲从农村接到了她们在西城五十平方米的小房子里，一则免去母亲独居的孤单，二则母亲还可以在周蕊加班时帮忙照管一下孩子。

在农村生活了大半辈子的母亲，虽然并不十分情愿离开居住几十年的老屋，但是家乡的老房子破损不堪，下雨时漏雨，刮风时走风，一个人在那里居住多有不便。在周蕊的几次劝说下，母亲搬到了城里。

母亲习惯在田地里忙碌，如今离开她熟悉的庄稼，如同在鸟笼子一样的楼房中生活，每天只能睡在客厅沙发上，心中虽有不快，但并没有表现在脸上。母亲时常把"春尖尖"三个字挂在嘴上。比如天气冷了，母亲会说，"快走到春尖尖上了"；比如看到青叶子菜，母亲会说，"这是长在春尖尖上的"；比如出门，看到花开，母亲又会说，"这是从春尖尖上来的。"

母亲是个一辈子要强的人，这把年纪，仍然把腰挺得笔直，把衣服洗得干干净净，把自己打理得平平整整，头发更是梳理得连一丝都不乱的。

周蕊庆幸自己和李小波还算有眼光。虽然只是个五十多平方米的旧房子，但是空间格局的设置倒也合理，公摊面积很少，二室一厅虽然逼仄，精心收拾了，也可勉强容四个人居住。只是如今这物价天天在涨，打工工资却永远跟不上物价的涨幅。在西城，哪怕吃一片菜叶，喝一口水都得花钱。水电暖，还有物业费，全要钱。每个月的进项与出项一抵，月月精光，不过勉强把日子过下去而已。

工作并不好找。西城没有几家像样的大企业，几家企业在改制后让工人全部下岗，其中就有李小波。如今这小小的西城，有万余名下岗人员。许多人下岗后再就业的过程真可用艰难二字来形容。这些人，大都是上有老下有小的年纪，生活负担一个比一个重，平日里最怕的就是生病。

周蕊运气算好，找到洗车行的活。周蕊觉得有一个地方可以朝九晚五地上班，能够给她一种归属感———一种除却家庭的小集体和社会的大集体之外的归属。上了班，她就再不用像院中那些养老的老头老太太一样，在上班时间出现在院中无所事事。她可以背着包，有规律地早出晚归，可以迈着匆匆的步子赶时间上班。她还拥有了几位同事，可以和他们偶尔聊一些可有可无的话题。如果没有班可上，周蕊真不知道自己该做什么好，她觉得没有班上的日子懒散又毫无规律可言。

周蕊现在最讨厌听到的是那句话："不想上班。"

不上班你吃什么喝什么啊？周蕊想，不上班你哪来工资？不上班你做什么啊？养鸟遛狗不是她这个年龄的人可以做的事，带孩子虽然可以成为理由之一，但是自己的孩子毕竟已经上小学，不再似婴幼儿时期那样缠人。孩子上学以后，除了做家务，周蕊便无事可做，所以她还是喜欢上班，哪怕再累、再苦、再难。周蕊是体验过没有班可上的苦楚的，这绝对不是那些说不想上班的人可以理解的。

对着李先生的这张体检卡，周蕊着实悬着心，唯恐自己的肝功能或者心脏出问题。据说全国每分钟就有六个人被诊断为癌症，什么肺癌肝癌胃癌食道癌子宫癌，甚至还有什么鼻癌骨癌皮肤癌等，有些周蕊连听都没听过。一想到这些，她就直冒冷汗。倒不是周蕊怕死，更重要的原因是她怕一场大病会让她和丈夫从此倾家荡产，回到刚结婚准备买房的那段日子。她忘不掉那个时候，她和李小波为了省钱，连吃一周青菜白水面条，不见荤腥的饭食把胃都吃出酸水来。周蕊也觉得自己没做的事太多，比如孩子。她觉得自己至少应该把孩子陪到她大学毕业找到正式工作以后。至于孩子再结婚生子，她做母亲的能顾到最好，顾不上也没关系——会有人替她的孩子操心，即使没人操心，以后社会发展了，总有办法解决。但是现在，孩子离了她一天也不行。还有，周蕊觉得自己还没有真正体验过人生呢，虽然自己已经经历从懵懂无知到经历磨难，但她觉得人生的画卷才刚刚展开，她能够做的事情还有很多，她可不想这么早就结束了。还有母亲，母亲吃了一辈子的苦，周蕊觉得自己还应该再好好孝顺母亲。母亲的身体现在看来还可以，毕竟上了年纪，过一天就少一天，她做女儿的没有能力，给不了母亲太好的生活条件，这是周蕊的心病。

想起母亲，周蕊心里愧疚不已。自己虽然总想着为母亲做点什么，但现在连给母亲买一件小摊上的衣服都要顾虑再三。品牌的衣服是好，但是价格贵得让人咋舌，她周蕊不吃不喝，打几个月工的工资都未必能将一件品牌的衣服买回家穿在母亲身上。地摊上的衣服倒是便宜，可是便宜没好货，粗针大麻线的不说，那些衣服，料子一摸就让人不舒服，样子也不是时兴的。母亲这个年龄的人，最不好买衣服，想找件合适的衣服并不容易。

想起母亲说她从来没有体检过，周蕊觉得自己做女儿的实在太不孝顺。这么些年，竟没有带母亲检查过一次身体。

也是母亲硬气，偶尔有个小病，母亲会自己扛过去。如果实在扛不过去，就自己到药店里买"两毛钱的药"（母亲的原话），吃了就好了。母亲的一生，没有因为生病住过一次医院，唯一的一次打吊瓶，还是在周蕊的坚持下打的，当时母亲得了炎症，化脓性扁桃体炎导致耳鸣耳痛，连听力都迅速减退，她连续几天吃不下饭，高烧三十九度七。去医院挂吊瓶前，母亲都被烧糊涂了，她一会说胡麻花开得好看，一会说院墙上的草被风吹走了，一会说父亲的鞋子上全是泥巴，直听得周蕊一身鸡皮疙瘩。

那一次，母亲再没有坚持不看病，其实母亲也无法坚持，她已经意识混沌，不知道周蕊正心急火燎地带着她在医院治病。她在迷迷糊糊中有气无力地歪在医院门诊大厅的椅子上，任凭周蕊跑上跑下……

想起这些，周蕊的眼睛不由得湿润了。母亲今年六十一岁，她去年给母亲过了六十岁大寿。六十大寿，在农村那可是非同一般，通常人家都会宴请亲朋好友，大肆庆祝一番。可是到了周蕊的母亲六十大寿那天，因为是在西城，原先农村的亲朋好友都不方便来，所以一个也没通知。

在西城，周蕊也没有特别铁的朋友。说起交朋友，周蕊感慨不已。现在交朋友，你来我往中，绝对不是只跑两步腿打几个招呼就可以的。现在交朋友，哪个不是三天两头找个理由撮一顿？周蕊不能，周蕊没有这个能力。周蕊的工资，得全部用在家中日常的支出，就这样每个月还入不敷出，倒欠着呢。孩子上学，现在学费是少了，但是那些零碎可不少，今天要订一份报，明天要到指定的店里买学习资料，后天还要书包、文具、本子等等各类学习用品，每一样都是钱。现在的小孩，还流行互相过生日。这过生日花销更是不小，得请上几个关系好的小同学，大家又吃又喝又玩又闹，零食、小吃、菜品一样都不能少，一个生日过下来，二三百块钱都打不住。给别的小孩子过生日还要送礼物，十块二十块的小玩意儿都拿不出手，至少也得三十左右。说起这些，周蕊总是头痛。自己因为过于拮据，连朋友也交不起了。你不来，他便不往，这交际的圈子就越来越小。而自己的孩子，甚至也因此和同学关系紧张。

这是怎么了？周蕊责怪自己，明明是想着母亲过寿的事情，怎么又想到自己交朋友和孩子过生日的事情上去了。周蕊再次想到母亲过寿那天，一家人原准备到饭馆里吃点好的，怎奈母亲死活不同意，说是太费钱，于是买了菜在家中张罗。虽然也七碟八碗地做了不少，但总共就四个人，没有那种热闹的气氛。母亲那天穿了周蕊给她亲手织的一件大红色毛衣，虽然喜庆，但这鲜艳的大红色，反而衬得母亲的面容皱黑粗糙，更显苍老。母亲夹菜时不小心滴了一点汤汁在上面，她一迭连声地叹息，说可惜了这样好的衣服。周蕊赶紧找来毛巾擦，但油渍依然醒目地挂在衣服上，母亲的脸上便有了阴云，虽然母亲极力挤出笑脸，不想搅了大家的兴，但是装出来的就是装出来的，总是不自然，周蕊看了更加难受。

这些事情，琐碎而陈旧，周蕊平时尽量不让自己去想，可是今天因为母亲的一声叹息，容不得她不想。

母亲没有体检过一次。母亲一生和庄稼打交道，土里来泥里去，将整个身子给了高原的土地。母亲年轻的时候也是笔直而窈窕的，记得有一回，父亲给母亲买了件黄白格的外套，母亲穿了出去，竟有一些年轻人冲着母亲打口哨。母亲那时羞红了脸，她看起来那么年轻那么鲜亮，仿佛刚要转红的苹果，刚被雨水滋润过，在斑斑点点的阳光下，显出生动而撩人的气息。那个时候，"春尖尖"这三个字的出现频率尤其高。现在，如果母亲还是苹果，那也一定是掉在地上，被风吹干，又被雨水侵袭，委委屈屈地缩成一团，失去了所有水分的苹果。还有，似乎很难听到母亲说"春尖尖"三个字了。

无论如何都得给母亲体检一次，周蕊暗下决心，这张珍贵的体检卡，就让母亲用。

转眼就到周末。每天忙得屁股不落座的周蕊这几天非常开心。一想到要带母亲去体检，心下就格外兴奋，母亲再也不会说她这辈子没有体检过一次了。

周末，安顿好女儿，周蕊赶紧带着母亲往体检中心赶。体检中心在北区，而周蕊的家在东区，必须坐公交到了西区再往北区赶。

体检要求空腹，母亲便依照周蕊的要求没有吃早饭。当母亲提出喝一口水再走时，周蕊说早上必须是空腹，这样检查的结果才最可靠。母亲一听连水都不能喝，问了一句："那咽口水进肚中行不行？"

周蕊哭笑不得。她从来没有发现母亲居然如此幽默，不由觉得母亲实在可爱又可笑。但见母亲是一本正经在问她，就说："口水随意，本来就是你身体里的东西。"

公交车并不好坐，虽然是周末，但人似乎并不少，尤其是西区到北区的车，一路上不断有人上下，周蕊和母亲一直没有得到一个座位。看着母亲略显疲倦的神情，周蕊盼着有人发扬风格给母亲让个座，但始终没有人这样做。

一路没有话。母亲今天特地穿上了那件过生日时周蕊织的红毛衫，鲜艳的大红色更衬得母亲的脸色青黑。

到达体检中心已近十点。母亲那副谨慎的样子让周蕊难过，而母亲对自己那种毫无保留的依赖，更让周蕊为之心碎。周蕊不是矫情的人，平日里吃再多的苦、受再多的累都不怕，只要自己能为母亲做的，就要尽十分力。周蕊却无法抗拒母亲日复一日的衰老和虚弱，一如她始终抓不住青烟一样的日子。她努力想挽回，期待时间的脚步走得慢一点，但都没用，一切都以无可抵挡的势头迅猛而来，周蕊无力攻击，甚至连招架的力气都丧失殆尽。

体检中心的小护士有着职业性的微笑与热情。填表的时候，有单位一栏，周蕊不知道该给母亲填什么单位。她嗫嚅着问服务台上的医生，农民怎么填单位。对方说填"农民"就可以。当周蕊写下母亲的名字——"李秀芬"三个字时，突然觉得这几个字竟是如此陌生。这个十月怀胎生下周蕊又抚养周蕊长大的女人，周蕊其实是陌生的，陌生到她同母亲的名字都有隔离之感，因为母亲自己几乎从来不用这个名字。除了身份证和户口本上必须有的那个姓名符号，母亲的一生和这个名字的关系并不大，这名字几乎可以用可有可无来形容。父亲从来不叫母亲的名字，记忆中父亲从来只称呼母亲为"哎"，或者连"哎"也没有，只说"你"。即使父亲没有称呼地和母亲说话，母亲也知道那是父亲在叫她。村邻们称母亲为周嫂，或者周家的。母亲常年在家围着灶台转，出门围着庄稼地走。在这些有限的活动空间中，母亲用不着她自己的名字。母亲在春种秋收中把庄稼一茬茬务弄到自己再也干不动了，当母亲再摸不动镰刀、犁铧、铁锹、插锨这些母亲摸了一生的农具时，母亲的名字，始终没有与这些事物有过直接对接。

"又一个李秀芬。"周蕊听见服务台上的医生小声说。周蕊听后不置可否。母亲的名字，再普通不过，像那些地头或山道旁的小花，不起眼，不芬芳，甚至连花朵都那么寻常而单薄，只是为了开花而开花，从来不会在意有没有人欣赏或流连，默默地绽放出自己的灿烂。

护士一定见过太多的名字，虽然只是个符号，但护士也一定能从这些名字中判断出名字主人的身份与地位。当护士招呼周蕊带着她的母亲拿了表上二楼的时候，说不出的卑微压在周蕊心上。

母亲晕血。周蕊今天才发现母亲晕血。

连抽了三管血。当浆红的液体注满透明的塑料管，周蕊并没想到该安慰一下母亲。母亲一生吃了那么多的苦，经了那么多风浪，甚至亲眼看着自己身上掉下来的血肉（周蕊的大哥）带着温热和呼吸、转眼就趋于冰冷时，母亲也是十分坚强的。所以周蕊想当然地以为，从血管中抽出一点血用于检查这样寻常的事情，不会出现什么问题。但是当护士开始抽第三管时，周蕊这才发现，母亲在发抖。这不是寻常的发抖，那有规律的、次数频发的面部肌肉和牙颌以及双腿的抖动，让周蕊觉出异样。母亲从来不是这样的。周蕊站在一旁仔细观察母亲，发现母亲的鼻尖和额头转瞬冒出了细密的汗珠。面色转为苍黄、嘴唇发青的母亲，在抽完第三管血准备起身时，连护士压在针眼上的棉球都掉到了地上，血马上从针眼处往外冒，眨眼间就变成鲜艳的红珠子——不断在增大。护士重新给了一个棉球使劲压在针眼上，说胳膊弯起来就好。母亲似乎并未听见，只顾自己摇摇晃晃地起身。母亲想找个地方坐下来，那一双腿每出去一步，几乎是强行将脚拖过去，绝对不可以用"迈"字来形容。周蕊赶紧搀扶着母亲，察觉异常的护士说："她可能晕血，坐下来缓一会就好。"

周蕊让母亲紧贴着自己坐下。母亲在那一刻虚弱而无力，像一个需要人抱的孩子。周蕊心酸极了。

缓过一阵的母亲有点不好意思地说："这是我第一次抽血。没想到抽这么多，整整三管。"母亲用手比画着，眼睛里余悸犹存。

接下来是心电室。护士不让周蕊跟进去。母亲进门前回头望了周蕊一眼。周蕊觉得这一眼里有太多的内容，其中无助居多。周蕊坚定地想陪母亲进去检查，但是护士很有礼貌地阻止了她，告诉周蕊说一个人没问题，里面还有两位医生。

周蕊满心忐忑地在心电室外的走廊上坐等。她心中全是不祥的预感，充斥在每一根神经的末梢，不断地打压着她。

很快心电室的门开了，母亲出来了。母亲面色潮红，神情扭捏，这难得见到的情形让周蕊心中更加不安。

"还好吧，妈？"

"唷——要把胸口全露出来，怪丢人的。"母亲说的时候，用手低低地比画着打开的方式。

明白了原因的周蕊不由想笑，却笑不出来。母亲从没有这样检查过心脏。母亲的心脏向来习惯于承受生活给予的一切，母亲的乳房哺育了周蕊和两个弟弟，它们都和母亲本人一样任劳任怨，从来也没有想过罢工，如今要赤裸裸地袒露在陌生人面前接受这样的检查，对母亲来说，自然是不可思议的。

妇科常规比较麻烦，首先是 B 超要憋尿，阴超的探头还要放进身体内检查。这两项对母亲来说，都极其麻烦。

母亲憋不住尿。母亲说她不能憋尿，稍感到憋，就得立马去厕所，否则就会不由自主地排出来。当周蕊向护士解释的时候，有个圆脸的小护士捂着嘴偷偷笑了。敏感的母亲早就察觉到了，脸上写满了不安和窘迫。周蕊不得不恳求护士让母亲早点做妇科 B 超，否则会出麻烦。护士最终答应了，但也经过一番小小的波折。先是之前排队的其他人不愿意，说她们早憋不住了，再不检查膀胱就会出毛病。还有的人说："总有个先来后到，凭什么让你们插队？"也许是周蕊的恳切与焦急打动了护士，最终母亲先做了 B 超。

B 超后要排尿。护士给了一个小容器，让母亲去卫生间接尿。周蕊注意到母亲从卫生间出来时手里是空的。周蕊赶忙问母亲："妈，尿接到哪里了？要交到小窗口。"母亲马上紧张起来："这可怎么办？我给忘了。"

"那就再排一下，有一点就行。"

"唔——好，好。"

母亲去了许久，周蕊在外面等着，看着好几个人进出，就是不见母亲的身影。结果母亲出来时，手中还是空的。周蕊急了，说无论如何必须得接上尿液，这个很重要。母亲苦着脸进去又出来，这回出来倒是很快。周蕊问怎么这么快，母亲得意地说："我没有尿，尿不出来，就在排便池直接舀了一点。"周蕊哭笑不得。

之后是阴超，这更加麻烦，母亲不愿意脱衣服，在检查室里的母亲只是坐在检查床上不动，她让医生就这样做检查。

医生无计可施，只得让家属进来做工作。

周蕊自然明白母亲的坚持。长期生活在农村的母亲，一生只为一个人宽衣解带，那就是父亲。父亲去世这么多年，长期守寡的母亲，怎么会习惯对着一两名医护人员轻易露出她身体最隐秘的部位，让那些冰冷的仪器一探究竟？但是既然来了，检查必须得做，母亲的年龄，应该是子宫最容易出状况的时期。这样的检查，十分必要而且也迫切。年龄不饶人，小问题早发现早解决，问题大了就麻烦了。周蕊耐心地向母亲解释。母亲最终勉强答应，但又提出一个条件：她要求周蕊守在她身边，不能离开。

探头工作的时候，周蕊发现母亲的双脚在不断抖动。医生说了好几回不要紧张，但紧咬牙颌的母亲始终未曾放松。

检查终于结束，母亲以最快的速度穿好衣服，头也不回地快步走出检查室，似乎忘了周蕊还在里面……

待各项检查做完，时间已近午时，母亲说她饿了。体检中心有免费的早餐，周蕊带母亲去用餐。当冰凉的小米粥端上桌时，周蕊看着凉透的粥碗，对母亲说："妈，这么，再别喝了。"母亲却端起碗来很快喝光，带着得意的神情说："都到春尖尖上了，土里刨食吃的人，还怕这个？"

春尖尖，周蕊明白母亲的意思，冬天已经过去了，气温开始回升，一切都向着春天的方向走呢。吃碗冷饭，并不要紧。

母亲的"春尖尖"又回来了。周蕊打心底里高兴。

接下来的一周便是等待结果的日子。其间李先生又来了一次，照样还是那个微笑，当他得知周蕊带母亲进行体检后，沉默许久，未置可否。周蕊看着他刮得铁青的脸，胸口里就像装了兜蚂蚱，不停蹦跶。

一直心怀忐忑的周蕊，内心里的波澜在拿到体检报告的那一刻被掀到了最高峰。

报告封面以绿色为主，上面标有市体检中心的字样。体检中心的徽标是两只白色的手里捧着一颗红心，那颗心在此时的周蕊看来，简直是定时炸弹。

周蕊拿着母亲的体检报告几乎是战战兢兢的，她迫切地想打开它，却又害怕打开。矛盾重重的她知道自己此时必须面对，哪怕她始终都没有做好足够的准备。

这份报告的封口处慎重地标着：尊重个人隐私，未经本人同意不得开启。

周蕊撕封口的时候，她那双劳作惯了的双手始终使不上劲，她埋怨这份报告的封皮制作者竟把封皮做得如此结实。转念一想，如果做不结实，轻易就被撕开也不是好事。本人的身体状况岂能被他人轻易获取？到底是正规体验中心，在这些细节上倒真是做足了功夫。

打开来的报告只看了一眼，周蕊的眼前便开始天旋地转。

检查结果的医生提示那一栏上，明确写着：

"子宫恶性肿瘤：1. 子宫内膜癌；2. 子宫颈癌。"

虽然报告上明确标明只是初检结果，但是那两个可怕的"癌"字瞬间就将周蕊击中。如果真是恶性肿瘤，那可怎么办？想到手术、化疗，想到那日检查时母亲的窘迫与不安，周蕊心里面充满了对母亲的愧疚。

母亲罹患如此严重的恶疾，自己做女儿的，竟一直没有察觉，周蕊觉得自己真是大不孝。她转念又想到死去的父亲，自己曾经在父亲坟前承诺过要好好照料母亲，而今母亲身患绝症，让她情何以堪？难道以后真的再也听不到母亲说"春尖尖"三个字了？

怎么办？怎么办？周蕊不知道该去问谁。丈夫李小波在工地上那么辛苦，几个月都难得回来一次，周蕊不敢将这个噩耗告诉他，扰乱他的工作。可是自己一个人，又该怎么承受？都说天塌下来有地接着,如今天真的塌下来了,周蕊却不知道该找哪片地去接。她唯有自己默默地承受。这样一来,最直接的影响就是第二天的工作。

那二天,周蕊像往常一样背着包出去工作了。如果不去工作,面对母亲,周蕊怕自己随时会垮下来,她得趁工作的时间好好想想该怎么办。

这一天,周蕊无法让自己像以往那样专心投入,她手里的抹布好几次掉到地上。她清洗过的车,有两次因顾客严重不满。顾客直接反映到老板那里。

老板倒没有多说什么,他只是安排大强和老秦重新清洗,让周蕊下次注意。

下次?还有下次?周蕊的现在,每一分每一秒都那么难熬。这只是得知检查结果的第一天,接下来该怎么办?

小祁还是那样不冷不热的,她所有的精力,全部放在和那些男人调情上。周蕊永远都和她说不上话。老秦还是那萎靡不振的样儿,大强呢,老毛病不改。周蕊突然发现,在这个洗车行,自己竟找不上一个可以说心里话的人。

李先生又来了,周蕊的失魂落魄落在李先生的眼里。他关切地问周蕊是不是发生什么事。

见到李先生的周蕊,顷刻间泪水汹涌。她哽咽着说出了母亲的体检结果。

李先生也大为震惊,他劝周蕊不要惊慌。说现在要做的应该是到医院详细检查,进行确诊。"还有个春尖尖呢。"李先生还说。

这三个字从李先生嘴里出来,仿佛有了新的含义。简直就是带着支架的,顿时将周蕊发软的身体支了起来。

是啊,要详查确诊,自己怎么就没想到呢?说不准就真有个万一出现。抱着一丝希望的周蕊又开始忙碌起来,请了假带着母亲进医院开始做各项检查。楼上楼下地交费、拿化验单、送标本,周蕊忙得不可开交,几乎心力交瘁。母亲见她神色凝重,自然疑心上回的检查结果,一遍遍追问她。

周蕊极力瞒着母亲,她既要努力掩饰心中的担忧和恐惧,还要说服母亲配合着进行检查。周蕊看着疑心重重的母亲从这门道刚出来又得进另一个门去检查，周蕊知道母亲心里有许多个"为什么"想问，母亲的隐忍和克制，使周蕊既感激，又感动。

接连几天食不知味，睡不安枕，周蕊不敢把担忧写在脸上，只想对母亲好一点，再好一点。

终于到了取化验结果的一天。当专家门诊的医生说周蕊的母亲并没有什么大问题，只是有些妇科炎症时，周蕊一下子懵在那里。

"医生，您是不是弄错了？这是我母亲的体检报告。"周蕊战战兢兢地将母亲的体检报告交给医生。

医生拿着报告看了半天，又详细进行比对。他突然问："你母亲体重和身高分别是多少？"

周蕊回答："身高为一米五六，体重一百零九斤。"

有一回周蕊和母亲上街时，看见许多人在那里电子量身高，称体重，便顺便也给母亲称了一下。她所以记得如此清楚，是因为母亲那天格外开心，母亲说她第一次知道自己的身高和体重。周蕊把那张电子测量单压在了家中桌上的玻璃板下，她决定用这张单子时时提醒自己：她这个做女儿的是多么失职！

医生指着体重、身高的一栏说："你仔细看看，这个人的体重是148，身高是150，和你母亲偏瘦的身形明显不符。一定是体检中心给你们拿错了。"医生肯定地说。

周蕊还是不放心，离开医院安顿好母亲后，又马不停蹄地赶到体检中心，想证实一下。

当护士带着无比歉疚的神情，重新拿出一份体检报告，再三地说着"对不起"时，周蕊的手忍不住微微颤抖。当周蕊的目光落在那一行妇科炎症的检验结果上时，她觉得一切都和梦一样，悬着的心终于坠地。可是没几秒，周蕊的心又重新悬起，这下子，又该轮到哪一位儿女，为哪一个和自己母亲同名的老人揪心？那个母亲，会不会也和自己的母亲一样，说类似"春尖尖"一样古怪可笑却妥帖又温软的话呢？

八月雪

那一天之前，我似乎一直未曾留意到，从打碾场运到家中的麦子中竟有如此多的杂质。

你们把麦子拣出来，正在和父亲一起筛麦子的母亲扭头对我们说。天色微曦，母亲和父亲已经筛出的麦子如一个小山包。

母亲的表达并不准确，其实不是把麦子拣出来，应该是把麦子中的杂质拣出来。这些杂质包括为数不少的小石子、小土块，还有小黑豆、燕麦的种子、带着麦衣的麦粒，甚至还有干硬的甲壳虫的尸体和长着无数只脚的干蜈蚣，等等，不一而足。

母亲说话的时候带着满身的尘灰。她把自己秀美的长发包在一块半旧的头巾中，顶着鲜艳的姜黄色拉开膀子和父亲一起摇筛子。

筛子里盛着父亲刚从编织袋中倒出的麦粒。这个时候的麦粒中有许多杂质，最多的，当属没有完全褪去麦衣的麦粒，在一片黄色中显出突兀的白色。

我也会摇筛子，但是我不会旋。摇筛子通常是蹲在地上，然后将长方形筛子的把手握在手里，手臂前后拉动，这样可以把麦子中的土灰等杂质通过筛子细密的网眼滤下去。当然，你也可以站着摇筛子，但这样一来，你得忍受那些扑面而来的呛鼻的土灰，蹲着筛土灰自然就小了很多。旋筛子可是个技术活，你得把和打开的两臂距离等宽的筛子把紧紧握在自己手里，然后划出有规律、快节奏的半弧形，然后那些麦秸和带着麦衣的麦粒以及瘪谷就会在这个过程中渐渐集中到筛子的中心来，等积攒到一定数量时，母亲和父亲就会停止筛动，放下筛子，将这些杂质用两手小心地捧到一边的空地上，然后继续之前的一系列动作。

母亲和父亲筛出的麦堆渐渐增大，很快在我们面前堆积如山。

我和弟弟那一天的任务就是把这些已经筛出的麦堆中的杂质挑拣出来。

意外在这个时候突然发生。

小虎挣脱束缚它的绳索，开始在院中狂奔。狂奔的小虎将院中弄得一片狼藉。

小虎！弟弟站起身厉声喝道。弟弟还没到变声期，他的声音带着男童特有的清脆，他有意加大的音量很快吸引了小虎，小虎径直向他冲来。

这个时候的小虎，已在我家养了几年，长得膘肥体壮。小虎是一只非常结实的毛色黑白相间的大狗。小虎吐着粉色的舌头喘着粗气在院中狂奔几圈之后，以迅雷不及掩耳之势，扑向对着它喊的弟弟。弟弟那时还没有料到事情的严重性，而父亲，已经开始大声呵斥小虎。

"狗！"父亲的声音带着威严与震慑的气势，不但对小虎不起丝毫作用，反而让弟弟更加惊慌失措。不断跃起的小虎一次次向弟弟的脸扑去，弟弟本能地伸出手臂抵挡。眨眼间弟弟的手臂和腿部有多处被小虎咬伤。见了血腥的小虎，更加疯狂地向弟弟扑咬。

父亲箭步向前，一手撕住小虎脖颈中的皮毛，将它狠狠地掼在地上。摔在地上的小虎又转瞬间腾空而起，再次扑向弟弟。情急之下，父亲又一次用手将小虎悬空提起，扭过头来将父亲反咬一口后的小虎再一次被狠狠地掼在地上，元气大伤的小虎，将它大张的嘴巴又一次对准父亲……

那一天，父亲让我带弟弟去打狂犬病疫苗。我问父亲，那你呢？父亲说："我没事，今天要把磨物拉到磨坊。"磨物正是让父亲和母亲忙碌了一早上的那一大堆麦子。

磨坊是金柳家的，这是下营村唯一的一家磨坊，许多人家早早准备好了磨物，排着队伸长脖子准备开磨。大多数人家在这个时候早就断了面粉，这好不容易盼来的新麦可得早早送到磨坊变成雪白的面粉，再变成面条和馒头，代替那在地窖中放了大半年，长了无数或白或红还纠缠不清的嫩芽的洋芋。我们家也是。

因为连天的阴雨，父亲和母亲没有多余的空房收拾从打碾场运来的麦子，只能苦等老天开眼。好不容易盼到雨停，父亲和母亲早早铺好一块块的塑料布防潮，然后开始收拾这些麦子。

幸运的是，今年父亲去磨坊抓阄时抓了个第二，这意味着我家的麦子要第二个开磨，许多村邻眼巴巴看着手中排在后面的号，心里虽然恨得牙痒痒，但是不得不遵从这抓阄的手气决定的顺序。

每年这个时候，是下营村的磨主金柳最忙的时候，因为人人要用他家的磨坊磨面，人太多当然就免不了有争抢，有的人甚至为此争到头破血流。金柳是厚道人，最后他想出了一个两全的办法，他自制了一些小纸蛋蛋，上面写着序号，然后大家就在金柳家开始抓阄碰手气。抓到号排在前面的人当然喜不自胜，因为马上就可以将辛苦了大半年的麦子变成口中的吃食，而排在后面的自然不免垂头丧气，因为眼睁睁地看着别人家有白面吃，而自家只能咽口水过日子。虽然也有平日里关系相好的村邻互相借粮，毕竟只是杯水车薪，解决不了问题。这当中还有一个不足为外人道的原因：借时好说，还的时候就容易出问题。比如张三借李四的面粉白些，而李四还来的面粉却要黑些。再比如张三借出的时候是实实在在的一升面，李四归还的时候却是虚虚的一升面，如果有人这时把那斗方的面升子使劲往面柜上一撅，竟是要撅下去小半升。这些零碎的小账，一般只有主妇会紧紧挂在眼里，不肯让自家吃亏，毕竟事关吃饭的头等大事，谁都不敢马虎，自然也不容自家吃一分亏。有时候，在这样的借与还中，本来关系相好的两家就此伤了和气，严重些的，发展到后来，甚至老死不相往来。也有的人虽然心大，但毕竟还是在心里装着一本账，就把那些亏空记在心头上，时间一长，那点亏空就发了酵，再发作出来，就成了怨气，最终还是损害了往日乡亲的情谊。

那时，我从一家财经学校毕业有一年了，让父亲和母亲得意了许久的我是村里为数不多的考出去的大学生——虽然只是省内的一所三流大学。这几年，为了我的学费，父亲和母亲勒紧裤腰带，东借西贷让我上学。我当然是争气的，功课门门全优，但是这全优的成绩换不来毕业后的一个正规工作单位。"毕业即失业。"——我成了这句话的亲身体验者。

我可没有被动地等在家里待业，我上过大学，有专业知识，我得用我所学到的知识养活自己，再挣钱让父母还债——偿还当初为我上学父母所欠下的费用。当我雄心满腹地在外面打拼时，我做了许多和我的专业无关的工作，比如当业务公关，比如当保险推销员，再比如在肯德基兼职做服务生，还有做五金店店长。这期间，当属这五金店店长的工作还算做得顺利。我这个店长的工作非常繁琐，包括给那个瘦得没有人形的老板和他胖成一坨的老婆买早餐，给他们的五金店站柜台、送货、取货、当出纳、售货员以及会计，有时还要兼做炊事员、采购员，甚至包括给他们买避孕套和紧急避孕药。

第一次去买避孕套的时候，我还没有这方面的经验。我的目光在名目繁杂、品种繁多的避孕物品中游走时，我根本不知道该给他们选哪种避孕套。那个店主——一个个子矮小且谢了顶的大眼睛中年男人——用暧昧的目光在我身上不断巡视，并殷勤地推荐那些带香味的、超薄的、特大的、夜光的以及摩擦型的避孕套，他激动地询问我要哪款。他的大眼睛是双眼皮，在向我热情地推荐他的商品时，他的那双大眼睛里闪着无数的火星，让我不敢直视，只能透过眼角的余光看他。

我说："随便哪个都行。"他说："妹子，可不能随便说随便。"

他说"随便"两个字的时候，语气极其轻佻，还带着许多莫名其妙难辨其意的发音，让人一头雾水。我哪敢再接茬，在他的密切注视下顺手挑了一盒，然后落荒而逃。那个盒子上的性感女郎，正向我抛着媚眼。

我在这一年内做的时间最长的工作大概有四五个月，最短只有十天。这一年中，我遇到了形形色色的人，我所体验的完全不是在象牙塔内那样的,交了学费然后看书上课写作业,也不是学到知识就可以派上用场。当然我也在这个过程中渐渐掌握了一些技巧,比如怎么谈工资,如何夸大自己的能力和经验。

这里有太多的大学生和研究生,找不到工作的他们一个个乖张而跋扈,像吃了火药,稍有不慎就会被点燃。总之,工作不好找,尤其是像我这样没有工作经验刚从学校走出来的姑娘。可是所有这些已经做过的工作,无一可以让我产生半分留恋之情——除了那家五金店。在那家店里虽然忙些,但管住宿,而且工资按时发不说,每个月可以休息两天,这算是一年内我所从事的最好的工作,可是最终也没让我做长。原因是那个老板又有了女人,老板娘和他一天争吵无数次,最后发展到两人随时大打出手,没有人顾及我的存在,更别说要发工资给我。

当我提出要走时,老板娘对我说:"幸亏兔子不吃窝边草,要不你的麻烦就大了。"她充满怜悯的目光令我如芒刺在背……

那个时节,弟弟无比迫切地想收到我的信。弟弟是老来子,小我十一岁,在家可是父母倍加疼爱的对象。父母自然不希望他将来也在土里刨食吃,期待他和我一样上大学脱离农门吃公家饭,所以在我考上大学以后,父母不止一次要我好好教育弟弟,让他向我学习。

当我终于在五金店安顿下来时,我马上就给弟弟写了一封信。信的内容不外是让他好好学习,别惹父母生气。弟弟和以前一样以最快的速度给我回信,说他很想我,还说他想来城里在我这玩几天,让我带他去公园。我哪敢让他来,我自己尚处在打游击的境地,自己的住宿都难以解决。我最后找借口说我借住在别人家里,不方便他来。

收麦子的时间到了,我知道家里父亲母亲根本忙不过来,我们家没有太多的钱可以像别人家一样雇人帮活,现在帮活的费用早已水涨船高,像我家这样债台高筑的情形是无法承担的。父亲和母亲只能像牛一样,在这个季节吃着简单的伙食,干着繁重的体力活。他们早出晚归,和我早年在家读书时一样辛苦,我自然不能在城里只想着解决自己的温饱,却让他们受累,于是,领到微薄的薪水后,我连夜回了家。

　　虽然在学校养尊处优了几年，但我对农活并不陌生。我跟着父亲和母亲一道收麦，把麦子扎成捆，再运到打碾场，打出粮食。这些活说起来只是几个词就可以概括，但是做起来并不容易。我们家的几块地位置很偏，仅仅要把已收割下来打成捆的麦子运到地头，就已经大费周折。这运麦捆可是个力气活，我们一趟趟背起比自己身高还高出许多的麦捆，靠肩膀和手臂以及双腿将它们运到远处地头边的便道，等拖拉机来装好运到打碾场。这些过程繁复异常，仅靠力气远远不够，还要技术，要巧劲。干这些活，我自然比父亲和母亲逊色很多，所以往往是他们背出去了十几个麦捆子，我才背了他们的零头。父亲和母亲总是体谅我，尽量让我做一些轻的活计。其实，即使是父母眼里的轻活，真正做起来，也不轻松。

　　父亲和母亲那时非常的失望，他们没想到这个大学生女儿会在毕业后没有公家饭可吃，没有铁饭碗端。他们以为他们辛辛苦苦供读出来的我很容易就会有正式的工作，可以从此跳出农门吃公家饭，再不用在地里面摔汗珠子。

　　我打算等麦子磨成面粉后再去找工作。

　　那一天，心焦的父亲，要我赶紧带弟弟上城里打狂犬病疫苗，他担心弟弟被小虎咬伤后可能会感染狂犬病。那一天的小虎，两只眼睛血红，狂暴异常，全不像往日那般平顺和可爱。父亲在制伏小虎的时候，手臂上的伤口流着血洒在地上，很快被土灰吸收，转眼变成褐色的土皮。

　　母亲催我快去，同时找来布条要给父亲的伤口包扎止血，父亲粗暴地打断了母亲："赶紧拣粮食，都什么时候了！"

　　我知道父亲心焦的原因，我家向对门的桂桂家借了二升面，父亲想早一点还给人家，父亲欠账欠怕了，不想总欠着人家。

　　桂桂是我同学，我考上学那年，落榜的桂桂通过她在城里当官的表亲自费上了一所大学，然后和我同一年毕业。我听说桂桂进了一家很好的事业单位，羡慕她有如此好运气的同时，我只能怨恨自己没有那样一个当官的好表亲。人各有命，纠结于这些当然没有意义，自己的问题得自己解决，我没有太多的时间抱怨。

我带弟弟去省城打狂犬病疫苗。

"姐，为什么阿大不来？"

"你没看见吗？阿大忙不过来。"

"姐，阿大也流血了。"

"嗯。"

"姐，我们把药带回家给阿大吧。"

"如果可以，我会带。你疼吗？"

"疼。姐你看，我的腿和胳膊全是血。"

我没敢再看。弟弟身上的那些伤口，仔细看，全是一个又一个流着血的洞眼，简直触目惊心。我们在家根本无法处理，只能把大的伤口用布包着，走出村子搭乘三轮去往省城的路口，然后再乘班车到省城。已经在路上折腾了两个小时的我，疲惫和担心在心里结成了石块，压得又重又疼。弟弟早起连水也没喝一口，又受了这多惊吓，他虽然没哭，但毕竟只有十一岁。他的脸色煞白，我能想象他的心情。在路上我给他买了个小面包，要在平时，他一定欢天喜地，今天却蔫蔫的……

"姐，你说，小虎怎么了？"

"也许小虎有狂犬病了。我也不知道。"

"小虎不是挺乖吗？总和我玩，我给他喂食，他最喜欢我。"

"是啊，可是狗毕竟是狗。"

"姐，小虎会不会被咱大打死？"

"应该不会吧？小虎也不是天天咬人。"

"姐……"

我们在卫生防疫中心排队挂号，等了许久才轮到我们。医生处理伤口时说："小弟弟你别哭要坚强。"弟弟咬紧牙关没有吱声，医生手里的棉签在那些伤口上不断滚动。医生说："还好伤口不深，只是分布点多。那条狗，可不能再养了。"

弟弟的眼泪一下子流了出来，但他没有哭出声。

打完针,我和弟弟准备返回时,竟意外地碰到了桂桂。

桂桂变了,比以前洋气多了,她身上穿着好看的连衣裙,头发烫成了小卷披在肩上。桂桂还戴了墨镜,看起来非常时髦。桂桂提着好看的手提包,脚上踩着白色的皮凉鞋。如果不是弟弟提醒,我差点没有认出桂桂。

"桂桂。"我喊她。

桂桂见我时满脸的诧异。"你们怎么在这儿?海林怎么了?"

海林是我弟弟的名字。

"他被我家的狗咬伤了。"

"再别养那样的狗了,我现在只养宠物狗,又不会咬人,还特可爱,和人亲。"

"桂桂你工作好吗?"我忍不住问了一句。

"工作啊,还可以,不是很忙,就是工资太低。"

"一个月能拿到多少?"

"也就一千五六。我都不想干了,可是我表姨父说,先干着,以后他再给我调个福利好点的单位。要不是他这句话,我早不干了。"

这一问,对我来说自然不啻个巨大的打击,我想起我在五金店的工作——那份我觉得最好的工作,一个月也就五六百块钱。我曾经很是留恋过一阵,甚至到现在还在担心再去找工作时,能不能找到这样工资稍高但稳定的、管住宿的工作。许多的不平涌在心里,让我疼痛。

弟弟满脸茫然地看着我们。

"桂桂姐你住哪里?"弟弟突然问桂桂。

我心下暗暗期待桂桂是自己租房住的,好歹也可以让我平衡一下。

"哈!看不出来,还挺关心我的嘛!"桂桂在弟弟的脑袋上撸了一把说:"我住在单位分的宿舍,只有一小间,说是明年可以调个大点的给我。反正刚开始,哪都不顺。我先走了,今天宏星打折,我去看看有什么。"

桂桂说完就走了。

桂桂自始至终都没有问我工作的情形，也许她根本没想起来，毕竟打折的衣物诱惑力更大。我知道宏星商城，那里的衣服动辄几千，哪怕是打折后的，我辛辛苦苦干一个月不吃不喝也买不到一件。

"姐，为什么桂桂姐可以住在城里？姐，你不是也上了大学吗？你上的大学不是比她的好吗？"弟弟问我。

"那是她有个当官的亲戚，她家的亲戚给她找了好工作。"

"姐，我们也让她家的亲戚给你找个好工作呗！"

"人家又不是我家的亲戚，凭什么帮我？"

"我们去求求人家也不行吗？"

"这个世上，许多东西是求不来的。"

似懂非懂的弟弟又问我："姐，世界上最最金贵的是不是面粉？"

"是啊，有了面粉，我们就能吃饱肚子不怕饿了。"

"姐，要是桂桂家没有了面粉，是不是就会来借我们的？"

"也许吧！你看，咱家不是还借了他家二升面吗？"

我们说着话，等到了家已经是星星点灯。下营村里，除了偶尔传出的几声狗叫，村子已经安静得像极度劳累后沉睡的妇人。

弟弟紧紧拉着我的手沉默着不再说话。

弟弟才上六年级，成绩并不太好。弟弟完全没有城里孩子的活泼和调皮，弟弟甚至有点少年老成。前几日，父亲刚给弟弟剃了头，我回来时看着他青白色发着亮光的大脑袋，心里有点酸楚。城里孩子，哪有剃头的？他们个个打扮得公子哥一样，穿着名牌，学着电视里明星的派头，举手投足间不经意中所露出的自得与优越。

家里没有亮灯，父亲和母亲已经去了磨坊，看着锅里放着的熟洋芋，我知道这是父亲和母亲的晚饭。我给弟弟拿了一个洋芋，他飞快地把温热的洋芋吞下肚，连皮都没有细剥。

我得去磨坊。安顿好弟弟，我一个人向着磨坊走。

没有月亮，也没有星星，村庄的夜晚一片漆黑，我深一脚浅一脚跌跌撞撞地行进，几乎是向着磨坊的方向摸去的，不时有横冲直撞的小飞虫与我打个照面后又惊慌失措地迅速飞走。

这个时候的下营村，弥漫着各种味道，有柴火点燃后的烟火味，有煮熟的洋芋味，有各家猪圈的味道，还有炝葱花的味道……下营村的人，日子虽然过得清苦，但也有滋有味，许多人家吃饭时，会在下饭的酸菜里撒一把采来晒干的野葱花用少许油炝上，那诱人的味道，能传几里地。

金柳家的磨坊离我家有十几里路，看着磨坊昏黄的灯光终于出现在视线里，我总算松了口气。自从工作以来，我再不像小时那样害怕，那些神神鬼鬼，相反，这个世界上，最让人害怕的，只有人。我知道有许多人在阴暗的角落里计划着怎样算计别人，或者为了自己的利益不择手段，更有一些人，做着损人却不利己的勾当。这个世界，只有这个生我养我的村庄，始终温热亲切。

父亲和母亲的脸上挂满了磨坊里雪白的粉尘，看起来像大戏里的丑角。磨坊里噪音大，母亲看到我，大声问我弟弟怎么样。我也将声音提高八度，说了打针和处理伤口的事。母亲说她担心了一整天，又问我伤口会不会感染。我说不会的，医生处理得很仔细，自己按要求换药就可以。母亲的眉毛和睫毛，还有未及包进去的几缕发梢上全都是粉尘，母亲的鼻孔也是一片粉白，她一定呛得难受，不时走出磨坊，使劲咳出嗓眼里结成粘块的粉痰。

父亲没有吱声，我知道他在听我和母亲说话。他看起来十分虚弱，加上头发上蒙着细细的粉灰，更显得苍老和憔悴。我的工作是他最忧心的事，尤其是桂桂有了好工作后，父亲非常担心我。母亲说，有一天晚上，父亲喝醉后痛哭不止，说他对不起我。

父亲的对不起让我心痛万分。这个给了我生命的男人，总因为没有给我们姐弟提供更好的生活环境而内疚。他说种地仅能混个肚饱，要想把日子过好，就得出去。可是母亲常年有病在身，离不开人，弟弟又小，父亲的负担异常沉重。我们家没有盖新房，那几间旧房在风雨中坚守这些年，早已经千疮百孔。我知道父亲一直在拼命努力，但是许多时候，个人的努力什么也改变不了。

磨坊里的电磨发出单调的转动声，麦子通常要磨上几道，最终分出麸皮和头道面、二道面以及黑面。头道面最白，家里一般存着，等有重大事情时才会派上用场。二道面是常吃的,虽然没有头道面白,但是也足够精细,所以我们家不会单单只吃二道面,母亲经常会将二道面和黑面混合在一起蒸馍或做面。这样一来,比单吃那粗硬难咽的黑面——就是掺着大量麸皮的面粉——要好很多,也省很多。

我帮着母亲拿起簸箕,将木仓里已经拌好的麦粒填进那咆哮着的四方形的一号磨口。这台磨有两个磨口,进行粗细不同的加工。我几乎不敢多从磨口往里看,那永远张开的四方大嘴发出震耳欲聋的轰鸣,几乎能吞噬一切。我飞快地填满磨口,然后下几级台阶,进入磨底的大池内,看机器将麦粒咬碎后细细地吐出下面的漏口。等这里的碎麦粒积攒到一定程度,这些碎麦粒就得用簸箕一次次端到阶上的二号磨口,这个磨口会将这些碎麦粒变成更为细小的粉粒。如此几遍之后,麦粒最终会变成品级不等的面粉,我们再把它们装进一个个布口袋中,用那个已经老旧了的平板架子车运回家中。年年如此。我看着面粉口袋上无数的破口被母亲精心地用碎布补上补丁,像开在那些破旧灰白色布袋上的花,一朵朵并不艳丽的花。

夜深了,母亲和父亲催我回去,说弟弟需要人照看。我知道他们不放心弟弟,但我也不放心他们。父亲的伤口没有经过任何处理,不知道现在变成了什么样。而且从早上到现在一直在忙碌的他们,几乎没有休息过,他们还要这样在磨坊里待几天,得一个劲地劳碌,因为后面有更多的村邻等着用磨。

深一脚浅一脚地踩着浓浓的夜色回去,我的心里装满了心事。在城里时,虽然艰难,但总不似父亲和母亲这样难,我知道他们长年累月、日复一日地这样劳碌习惯了,一如那出了洞口就不停劳碌着的蚂蚁,总习惯于用弱小的身躯扛起比自己大许多倍的东西。都说人各有命,难道这世上就有一些人,真的生就了蚂蚁命?

回了家,弟弟的小屋很安静,我怕惊醒了他,在父母的大炕上沉沉睡去。夜里弟弟那边似乎有响动,但累了一天的我,眼皮都抬不起来。

天还没有大亮,村庄已经很热闹了。勤快的主妇已经开始吆喝着给猪喂食。那些公鸡总是精力充沛,能从半夜打鸣到天亮。因为有了响动，有些人家的狗叫得更加响亮，几乎要将天喊破。更多的声音是早起的人们去村头那一口泉眼挑水的声音，空桶撞击出的哐哐声尤为刺耳，而扁担挑起盛水的桶时发出的吱吱呀呀的声音别有一种韵味。整个村巷便活络起来。

我拿起水桶和扁担要出门，临出门时先去叫还在睡觉的弟弟起床。

弟弟还在睡梦中，他也和磨坊里的父亲、母亲一样，脑袋上顶着细密的白粉灰，他的鼻孔里也是白色的一圈、满心疑惑的我问他晚上到哪儿捣蛋去了。

"姐，下雪了。"睡眼惺忪的弟弟突然说。

"什么，八月下雪？你莫不是没有睡醒说胡话呢？"问他话的同时，我抠去他眼角的一坨眼屎——连眼屎都是白色的。

"姐，你会有好工作的。我再睡一会。"他翻个身又睡去了。

我拉上门出去挑水。

还没走多远，一种破锣般的走了调的叫喊声拉住了我。

"天哪！这是怎么了？天哪——天哪——"

一迭连声的惊叹驱走了很多人的睡意，村巷子里的人不约而同地向着那个声音的方向走去。

"哪个天杀的！这样糟践我家的白面！前儿个才从磨坊拉回来，都还没来得及装面柜啊！"

声音是桂桂的母亲发出的，而她发声的原因是他们家的小院地面一夜间变得雪白——满院子的面粉，那些随意丢在地上的面粉口袋，像被遗弃的没精打采的孩子。

我一下子就注意到，一行清晰的脚印，从他家门口，带着粉白，向着我家大门的方向不断延伸……

我家大门的门板上，还有几行歪歪扭扭的用粉笔头留下的字迹，那是我弟弟海林的杰作：

　　　　小虎像老虎，就是爱咬人。要是再咬人，那也没办法。

我把蒋之菡丢了

1

"蒋中兴,我盼着你今天出门就让车撞死!"

和诅咒声一起落下的是两个瓷娃娃,随着那"啪——"的碎裂声,蒋之菡坐在沙发上大声地哭了出来。

我站在屋子门口,刚把蒋中兴送走。关门时,我听见蒋之菡咬牙切齿地说出这句恶毒的话,看见她恶狠狠地扔出那两个瓷娃娃。

我自忖蒋中兴一定听见了这句恶毒的诅咒,当他从楼梯上一层层往下走时,心里将会是异常愤怒,还是无动于衷呢?

这是我在这里的几个月以来,第一次见蒋中兴来这里看蒋之菡。我清楚地记得,蒋中兴离开时和蔼又亲切地对我说:"小江你早点休息,别理之菡。明天上班别迟到。"他说这话时语气平和,平日黄白的脸被酒醺得微红,整个人看起来精神焕发。他高大的身躯离开这里时,和往常一样泰然自若。

2

其实今晚所有的事缘于一管口红和一支睫毛笔。

今天蒋之菡回家很晚,一到家,她便显出异常兴奋的样子,先是自得地拿出一支睫毛笔和一管新口红不断地向我炫耀,说那支睫毛笔不掉色、不掉渣,而且价格也不贵,说那管口红的颜色很适合我的唇色,还很有经验地向我说起如何在化妆品店挑选类似东西的诀窍。

当蒋之菡拿着那管口红,非要向我唇上涂抹时,我十分强硬地拒绝了她,她当刻便显得兴味索然,当然她的情绪也没有马上降到零点以下。之后她又拿出睫毛笔要给我涂睫毛,这时我更加强硬地拒绝了她,她明显有点不高兴,但她并没有过多地表露出她的不快和不满。

她非常严肃地对我说口红和睫毛笔是特意给我买的,花了三十多块钱,是她一周的零花钱还另加了六元。

"我不会要你给我的任何东西,以后也不要给我买。我需要的东西我会自己买。"我说。

我之所以态度如此坚决,是怕她以此为借口向我要钱。一是我没有太多的钱可以支付她的零用;二是她的爸爸蒋中兴曾当着全公司职员的面,十分慎重地说过,谁给蒋之菡钱,谁就是公开和他蒋中兴作对。我当然不会和公司老总公开作对,所以也就不会给蒋之菡一分钱。

蒋之菡十分不高兴,她开始向我借手机。

我问她做什么,给谁打电话。她嘟起嘴说:"还能给谁啊——蒋中兴呗!"我问她的手机呢?她说早停机几天了,她爸爸一直没有交钱,所以只能借我的手机用。

一次、两次、三次……我心里默记着今晚蒋之菡借我手机打电话的次数,看看时钟已经指向十一点一刻,睡意上涌。当我的门再一次被蒋之菡敲开时,已经十分不耐烦的我更加心疼自己的手机话费。说实在话,我一月几百块钱的工资这样打电话,实在是一种过于奢侈的行为，况且这和我不相关的电话还要由我来买单。可是我没办法拒绝蒋之菡，她站在门口哀求我把手机借给她的样子楚楚可怜，沮丧和期盼同时写在她的脸上，她又黑又亮的眸子不由让我想起远在异乡的小弟，小弟的眼睛也是这样的亮。

我把手机再一次给蒋之菡，同时也极为不快：她的爸爸，我的老板，并不会因为她女儿用我的手机就给我增加一分钱工资，说不准还会因为我的多事而暗自生气。

蒋之菡的声音清脆细软，进出的每一个字都有悦耳的金属质感。她的样子也很耐看，脑袋略略侧着，一只手指弯曲着支在脸颊一侧，大眼睛不停地眨呀眨，既俏皮又可爱。

我把手机给她，她小心地在电话里问道："爸爸你几点回来？"

"忙完就回，你别着急，在家等着。"

"好的，爸爸再见！"

凌晨十二点四十分的时候，我听见敲门声。待我起身下床，在客厅我看见蒋中兴站在门口，蒋之菡坐在沙发上满脸不高兴。

蒋中兴见我，笑了笑说："我女儿让你操心了，还好吧？"

我说："还好，今天之菡可能等急了。"

他转向蒋之菡说："快说，你三番五次打电话让我来什么事？我应酬那么多，工作那么忙，你不是不知道！"呛人的酒气在空气里散开，蒋中兴喝酒了。

"爸爸，家里什么都没有了，你得买一点回来。"蒋之菡说。

"什么？你不是在电话里已经说过的吗？你那么远叫我过来就为了这么点小事？"蒋中兴明显不高兴地说。

"还有啊，明天学校开家长会，让你去一下。"蒋之菡说。

"你啊——你大半晚上，一遍遍打电话来就是为这事？你不会在电话里明说吗？"蒋中兴生气了。

"你是家长，应该你去。"蒋之菡不高兴地说。

"你知道我忙，我的应酬那么多，还这样烦我！真是不懂事！"

"你一天到晚除了忙就是忙。我是你的女儿，你连一个小时的时间都抽不出来吗？"

"我的乖乖！你知道一个小时可以做多少事情吗？就让我浪费在这里？"

"你再忙也得管管我啊，我是你的女儿。"

"你是我的女儿，所以我才这么卖力地工作。你知道我每天都是几点睡觉的吗？我都多少年没在凌晨一点前睡过觉了，如果我把时间像你一样浪费掉，那你吃什么？吃屎都没处找去！"

"我不管！反正你总得留出点时间陪我。"

"陪你！你当你是皇帝女儿啊！你又不缺胳膊少腿。这么大了，能吃能睡，要我陪？"

"有你这样做爸爸的吗？"

"有你这样的女儿吗？一点也不体谅大人的辛苦！"

"有你这样的爸爸吗？不管自己的女儿。"

"我就这样了，你想做别人的女儿就去做，做我蒋中兴的女儿就得这样。我看我上辈子真是欠你了。"

蒋之菡这时候哭了起来。

蒋中兴更加不高兴了。"哭哭哭！就知道哭，和你妈一个样，你有哭的时间，还不如多反省一下自己，把工夫和精力都放在学习上多好。"完了又补充道："明天中午到我办公室来。"蒋中兴说完这句话转身要走的当儿，看到桌子上的口红和睫毛笔，他拿起来问道："你又买这些乱七八糟的东西了吧？下次再让我看到，看我怎么收拾你。"说完他把它们扔到墙角里走了。出门时他应该听到了那句诅咒。

3

应该说说我在这里是怎么回事了。

我刚到蒋中兴的公司做事不久。蒋中兴有一个二十多人的小公司，我在这里写文案。蒋中兴说我是个有内才的人，适合在他的公司里做事，他说只要我努力，将来一定是美好的，但前提是我得牺牲一些东西，不要儿女情长，要把个人的私事和工作严格区分开。他还特别强调一点：在这里一定要收起眼泪，把感情打进包裹，只有这样，事业才有可能成功。他说他的公司还在创业阶段，需要我们齐心协力，过了这一关就是艳阳天。他说他现在非常忙，而我的家在离这个城市几百里的乡下，所以我暂时可以和他十二岁上初一的女儿蒋之菡住在一起，这样一来，可以顺便帮他照顾蒋之菡。他非常抱歉地说他的女儿非常不懂事，将会给我制造一些麻烦。我的任务只是每天给她做饭吃，其他一律不用操心。他还免收我的房租。

我和蒋之菡的第一次见面出乎我的预料。要知道，我来这里之前，我已经多次被打了预防针。公司里的人听说我要和蒋之菡住到一起，第一句话就是一定要小心这个姑娘。大家都说这个姑娘不简单，不好对付。他们大都在为蒋之菡摇头，说她已经赶走好几个和她住在一起的人，而我将很快成为被她赶走的下一个。蒋中兴则对我说："一定别理她！千万不要理她！那就万事大吉了。"他说这话时，把"千"字的字音拖得很长，给人一种非常夸张的感觉。

被打过无数次预防针的我当然有免疫力，在我做好应对一场大冲突的准备时，与蒋之菡的初次会面却比与任何一次与陌生人的会面都来得温馨。

当我只按了一下门铃，立即就有一个非常好听的声音问我是谁。

我说明来意，单元门很快就被打开。我来到三楼一号，在敞开的房间门口，我得到了一个非常热烈的拥抱，一个身高一米六五左右，瘦高个、大眼睛的长发美丽女孩抱着不知所措的我，说她一下午为了等我哪都没去。她长得很像一个芭比娃娃，微卷的黑色长发衬着她凝脂一样鲜嫩的肤色，那一身时尚的外衣使她看起来既帅气又神气。她特意申明她爸爸交代过，如果她再气跑我，她爸爸将不再管她，让她自生自灭，所以她一定会好好待我，一定不会让我生气，让我有什么事、什么要求就尽管说。

那天晚上，在热烈地拥抱之后，蒋之菡给我倒了杯热牛奶，找来几本书。然后,她领我到她的房间,非常无奈地告诉我,今晚我只能先睡她的床,因为我房间的钥匙她找不到了。她要我一定放心,她这张床上的床单、被套、枕巾都是她昨天刚洗过的。她还二十分歉疚地告诉我,她把这个房间的灯弄坏了,但她又迅速找来一个变形金刚的玩具,很快把它变成一盏小台灯,居然很亮。她告诉我这是她奶奶给她买的,这个世界上奶奶对她最好。

蒋之菡拉开被子让我看她刚洗过的床单的图案,上面有一只米黄色的卡通鸭,非常可爱。她特意指给我被套上的两枚小扣子,慎重地声明:这两枚小扣子一定要朝上,要不晚上盖着会不舒服。

她简直就是体贴入微、善解人意。她把床让给我,自己准备睡沙发,又说家里只有这一床被子,所以她只能和衣睡一个晚上。我听完很是过意不去,便执意要求她和我一起睡。她非常勉强地答应了我,然后去洗衣服。在这之前,她把我的牛奶和书放在床头,叮嘱我快点喝牛奶,说热牛奶有助睡眠。她给我推荐了几本字号稍稍大些的书,说对眼睛好。做完这些她便去洗衣服,她说不用我帮忙,这几年她已经习惯自己洗衣做饭。她让我先睡,等会她来睡时会尽量轻手轻脚的,一定不会吵醒我,让我别介意。

在这个不是家却也温暖的地方,我失眠了。我想起经常在灯下纳鞋底的母亲,她一辈子没有出过远门,没有朋友,她最远的一次出门是到大城市送我上学。她那时老说城里太乱,人太多,她怕走丢。她老说这里沾不到地气,闻不到庄稼的味道。她从来没有见识过城市的灯红酒绿。这里有旋转餐厅、霓虹广场,还有高耸入云的高层建筑、美丽时尚的青年男女,我喜欢这里干净的路面和浓烈的香水味。

蒋之菡不久便洗完衣服,上床时她果然轻手轻脚地,几乎是小心翼翼地,结果我一出声,反而把她吓了一跳。"小江阿姨,你没睡着啊?"她问我,语气间略带惊喜。我说换床了睡不着,她躺下后问了我从哪来,家里有什么人一类的,之后非常感慨地说,身边有个人一起睡着真好。她求我给她讲一个恐怖故事,我找不到拒绝的理由。

也许是我的恐怖故事起了作用,那晚蒋之菡是紧紧贴在我的身上睡着的,睡前她一直拉着我的手。她呼吸的气息有节奏落在我的手臂上，直到天亮。

4

"房间的钥匙？"小陈听我问完后一脸的不高兴。"我不是给蒋之菡了吗？她怎么还会说在我这？"她几乎有些愤怒："今晚我和你一起去看看，况且屋里还有我的东西呢！顺便拿回来。"小陈斩钉截铁地说。

下班时我和小陈一起走，她看起来非常忧伤。因为是刚接触，我不好直问她怎么了，可是心里总觉得有什么东西堵得慌，最后小陈先开了口："你一定要小心蒋之菡！她可不好对付。"

"我也听公司的其他人这样说，可是昨天和她见面并没有什么啊，她挺热情的。"

"这只是表面，过不了多久你就会发现了。"

我们进门时，蒋之菡正坐在茶几上看电视。见我和小陈同时进门，她脸上有几秒钟的不自然，但她依旧给了我一个非常热情的拥抱，她温热柔软的脸紧紧地贴在我的脸颊上。我看着小陈冷冷的脸，不知所措。

"之菡，我的钥匙呢？我那天可是交到你手里的啊？"小陈问。

"丢了。"蒋之菡面无表情地说。

"才几天，怎么这么容易丢？"

"那我怎么知道？丢了就是丢了，还有理由的？"

"我今天来取我的东西，以后我不住这儿了。"

"好，我给你开门。"蒋之菡说完出了门。

"我们看她演戏！"小陈说。我则一脸茫然。

没几分钟，蒋之菡拿来了改锥、榔头。

她将改锥对准了锁口，开始用榔头撬锁。见不管用，她便乱砸一气。

"不行就给你爸爸打电话吧？"我说。

"他不会来的。"小陈说。

"不用打,我会搞定!"蒋之菡坚定地说。

蒋之菡又找来一块薄铁片,想插进门缝顶开锁,结果还是不行。

汗湿的脸上沾着她散乱的头发,她的样子看起来滑稽而乖张。她有些疲惫地靠着门,脑袋紧抵着门。

"有办法了。看我的。"蒋之菡后退几步,开始用肩撞门。见门还是纹丝不动,蒋之菡抬起脚开始踹门。用足了劲的几脚下去,门仍旧顽强地紧靠门框。

"不行!还不行吗?"蒋之菡发起狠,退后几步,飞跑上前,两脚腾空跃起对准门——

门终于开了,我看见门锁边的木板断裂开来,惨兮兮地挂在门上。

小陈进门开了灯,以最快的速度收拾她的东西。她不要我帮忙,很快就装了几个纸袋。我听见蒋之菡在客厅说:"小陈阿姨再见!"语速很快。小陈没有应声。

我去做饭,小陈说她要走。我看她一人拎了五个大袋子,执意要送她,她没有拒绝。

在楼梯拐弯处,小陈突然哭了。

"这是个没有感情的城市。小江你怎么会选择来这个城市?我离婚了,孩子给了他爸爸,见都见不到。到这里工作,和蒋之菡住在一起,几个月来,每天给她做饭,帮她洗衣,督促她的学习,可是你也见她是怎样对我了,以后尽量离她远点儿。"

听着她的忠告,我一时无语。

5

小陈搬走后的第二天早晨,我去打扫卫生,却在客厅的桌子上发现了一把钥匙。我心里一动,拿着钥匙我插进我房间的钥匙孔,锁居然开了。

我拿着钥匙问蒋之菡是怎么回事。

"我后来找到的。"她说，后又补充道："我昨天只想让小陈阿姨快点走，我想和你住在一起，不想和她住在一起。"

只是为了要和我在一起，便要当着小陈的面砸锁弄坏门，闹出那么大动静？我想不出所以然。

6

白天我的工作非常忙，因为是刚接的班，手头有无数个文件得整理，还不断有新的文字要录入，一天下来我累得腰酸背疼。为了省钱，我三餐都自己动手做。蒋中兴在我初来时给了我们一百元钱，让我给家里购买一些米、面、油、蔬菜，我精打细算买回来，但还是早已超支。家里洗面奶、洗发膏、纸巾、牙膏这些日常用品都是我来负担，我自然再负担不起两人在外同时吃饭的开销，只能每天多跑路回来做饭，哪怕累到每一个脚趾头都软了，也不敢在外面吃现成饭。

自从第一天在单位见过蒋中兴一面之后，我再没有见他露过面。公司的职员都说他很忙，我见不到他也很正常，可是蒋之菡很想他，她几乎要每天打电话给她爸爸让他回来，蒋中兴却是无一例外地拒绝了。

无数次向蒋中兴要钱被拒绝的蒋之菡开始变着法和我要钱。

"小江阿姨，你能借我五元钱吗？我的护手霜没有了。"蒋之菡微笑着说，样子还是那么可爱。

"你可以用我的啊。"我想起蒋中兴之前无数次的叮嘱，果断地拒绝。

"好吧。"她面无表情地走了。

第二天我要用护手霜，结果发现一瓶新买的护手霜已经用完。我只得自己再买来一瓶，结果又是两三天就没有了。我问蒋之菡何以用得如此之快。

她一脸无辜的样子："小江阿姨，我没有用你的啊！我用自己的。"

"你的不是用完了吗？"我问。

"是啊，所以我又买了一瓶。"

"你不是没有钱吗？"

"我向我同学借了。"她眨着眼睛说。

我没有护手霜，只好先借她的一用。她的护手霜和我的不是一个牌子，可现在她的护手霜却是我常用的那个味儿。明明是不一样的瓶子和牌子，怎么会是一个味？我拿起盖子仔细一看，差点背过气去，盖子上残留的原先这个牌子的护手霜已经有些干渍，后来挤进瓶内的还来不及完全覆盖原先那些残迹。原来我的护手霜被狡猾的蒋之菡给换了个包装啊！

没过几天，蒋之菡又向我要钱。我问她做什么。她说买护手霜。

我问她原来的已经用完了吗？她说是的，还很委屈地解释说两个人用就是快，说完还拿用完的瓶子给我看。因为我的确也用过几天她的护手霜，又不好说她将我的护手霜挤进她的瓶子里，我给了她钱，她飞快地下楼，我做好了饭也不见她回来吃。

7

推日头下山的紧张日子过得波澜不惊。

有一天我下班回家，突然看见家里变得异常整洁。

我问蒋之菡怎么突然想到打扫卫生了。她一脸无辜地说干净："小江阿姨，我今天做了一件错事，为了表示悔过，我就把家里打扫干净了。"

"你做了什么错事？突然这样反省自己？"

"今天中午我到爸爸那里，结果来了一个我很不喜欢的叔叔。"

"然后呢？"

"然后爸爸让我给他倒水，我放了茶叶，然后添上水，端过去时发现茶叶里有一只虫子。可叔叔没有发现，端起来已经喝了。我趁着再次添水的功夫，看见虫子还在水里，觉得非常恶心。就把水倒进垃圾桶，重新换了一杯水。然后我慎重地告诉那个叔叔刚才的茶里有虫子，我重新倒了。结果他说：'没关系，孩子，茶叶里的虫子没有毒。'所以我又悄悄把刚才倒进垃圾桶里的水给滗出来，接到他的杯子里，给他喝了。"

"天哪，你怎么能这样？你不觉得很恶心吗？"我问她。

"是啊！是恶心。所以我又告诉那个叔叔，刚才他喝的最后一口茶水是从垃圾桶里滗出来的，结果那个叔叔什么都没说就走了。"

我不知道说什么，望着这个长眼睫毛的美丽女孩，奇怪她心里那些稀奇古怪的念头是从哪里来的。她粉白可爱的脸上没有我要的答案。

8

"小江阿姨，明天你去给我开家长会吗？"

"为什么我去开啊？我不是你的家长。你应该叫你爸爸去。"

"我爸爸肯定没有时间，而且以前小陈阿姨在的时候也是她去开家长会的。"

我不好再拒绝，经过短暂的相处，我知道这是个非常固执的孩子，如果她已经认定要做的事情，就我个人的能力而言，肯定没办法拒绝。但我一定要让她先告诉她爸爸一声才肯答应。我也有我的固执，自私地想让蒋中兴知道，我不但在他的公司里尽心地工作，还在这里尽力照顾他的孩子。

"我马上给我爸爸说。"她说毕很快就给蒋中兴打了电话，我听见电话那头是心不在焉的哼哈声。

9

"你知道这是什么吗？"

在初一（3）班班主任王老师的办公室，我看见王老师从抽屉里拿出一只手工缝纳的千层底布鞋。我太熟悉它了，每一个夜晚，我的母亲在常年昏暗的灯光下，拿着那一根穿了线的针，在头上轻轻地刮一下后，用劲把针扎透另一只手中的这只千层底，和抽着旱烟不停咳嗽的父亲闲扯着家里永远入不敷出的拮据生活。我之所以到这里来，最根本的原因就是想彻底摆脱每一个夜晚在灯下缝制那一双双千层底的命运。

看着我疑惑不解的神态，王老师开口了。"你知道蒋之菡怎样在学校打架吗？昨天中午，她让两个男生架着一个女生，然后她手持这只鞋，用鞋底足足打了那个女孩子的脸三十下，那女孩的脸都成了紫花布了。你说，准备怎么解决吧？"

我更加没了主意，赶紧给蒋中兴打电话。"蒋经理，之菡在学校把一个女学生给打伤了。"

"你让她去死！对了，被打的人伤得怎么样？要不你先把医药费付了，回头到公司财务上报销。我在忙，这件事这就这样了，我不想听到蒋之菡的名字，你让她去死。"

挂了电话，我听班主任的话，先给被打伤孩子的家长说对不起，然后点头哈腰地拿出几百元钱非常谦卑地说着给孩子买营养品之类的话。那女孩的母亲有着一头非洲雄狮的鬃毛样的头发，这暴怒之下的狮子每一根毛发都是竖立的，她好几次冲上来做出要和我拼命的样子，说要报警要打110。班主任和其他两位老师架着她，满头大汗地竭尽全力安抚她的情绪，时不时满脸愠怒地用目光责备我。

此时的蒋之菡正站在外面的楼道里，当我们从她身边走过时，她一脸扬扬得意的样子，更加激怒了女孩的母亲。

"你怎么这么恶毒啊？这么大点孩子，怎么就下得了手！"话音未落，乘着两个老师缓劲的功夫，狮子将一个耳光狠狠甩到了蒋之菡的脸上。接下来又是一场惊心动魄的拉架与劝架。

我看见嘴角挂着血丝的蒋之菡一脸的不屑，扬起脸来死死地盯着发怒的狮子。

女孩的母亲再次被拉开了，蒋之菡被班主任老师命令回教室上课。我们看着她昂首挺胸而去，气氛一时非常尴尬。

"我知道蒋之菡的父亲非常忙，但再忙也得管孩子。"还是班主任先开口："当家长的总不能把孩子交到我们手里就从此听之任之了。你们一个孩子尚且管不过来，我们五六十个孩子又怎么管得过来？"说毕看了那个女孩的母亲一眼，那个女孩的父亲则拿着那几百元钱，非常不情愿地说："这件事还没完。"

10

晚上回到家，我觉得应该和蒋之菡好好谈谈，等到吃完饭收拾了，我关了她正在看的电视，让她从茶几坐回沙发上。

"我把这件事告诉了你爸爸。"我非常郑重地告诉她。

"他是不是让我去死啊？你不说我也知道。"蒋之菡很不在乎地说。又轮到我语塞。

"你放心，小江阿姨，我早就想出办法来了，那个女孩再也不敢向任何人告状了。她以后什么都会听我的，再不让我生气了。"

"天啊，你又闯出什么乱子来了？别再把事闹大了。"我说："你为什么要打她啊？"

"谁让她找我的不是，不把我放在眼里？你放心，以后不会了。"说完她睡觉去了。

11

发工资了，下班回家时，我特地绕到市场买了许多菜，路上耽搁了不少时间。走到二楼楼梯拐角处时，突然有东西打在我的头上，吓得我魂飞魄散，失声尖叫。声音引来不少住户，他们打开屋门询问发生什么事了。楼下一中年人向我走来问我怎么了，我指指头顶，一只黄色的小猫被吊在楼梯栏杆上，早已气绝。

"什么人这么缺德？可爱的猫居然被吊死在这里。"他开始解绳子。

我摇头，心悸未定。却见拴在猫脖子上的绳子是一条深绿色的毛线编织绳，这应该是我亲手编织的用来捆绑行李的绳子，我曾随手放在阳台。

我一下子就想到蒋之菡，想到她曾说她非常喜欢这只叫朋朋的小猫，但不明白朋朋为什么突然被吊在这里。进了屋门，我先去阳台，果然绳子不见了。

蒋之菡不在家，也没打电话。

12

蒋之菡居然又一夜未归。早上我打电话给蒋中兴，说蒋之菡昨天晚上没回来，手机也打不通。

那边蒋中兴已经暴跳如雷。他说："不用管！我上辈子一定欠她了，今生来还她的债。她怎么不死呢？累赘！她以为她不回家有人会满世界找她！寻她！想得美！让她干脆死在外面得了，你也别再给她做饭了。这孩子太让人操心了。我真是该她的！"

"可你终究是她的父亲，不能不管。"我终于忍不住说了一句。

"我还不愿意是她的父亲呢，她到这世上就是向我要债来了，我这辈子都被她和她妈搅得不得安生！"

"她还小啊，只是个孩子。"我说。

"她这几天是不是又闯什么祸了？"蒋中兴又问。

"没有。"我瞒下小猫的事件。

"我看她和你处得还行，让你操心了。谢谢你啊。"蒋中兴说完这句话后挂了电话。

13

再一次见到蒋之菡是第二天晚上,她一进门就紧紧抱住我。

"都两天没见你,小江阿姨,我都想死你了。"她抱着我的脖子对我说。

"想我就不要不回家。"我说:"是不是你把朋朋吊在楼道了?"

"你怎么知道?你真是太聪明了!不服你不行,小江阿姨!"她兴奋地说。

"为什么吊死朋朋,你不是很喜欢它吗?"我问。

"它抓伤我了,你看我的手。"蒋之菡伸向我的手有一道道抓痕,有些已经结痂,布在她细嫩苍白的小手上,格外醒目。

"那你去哪了?怎么晚上都不回来?"

"我去打狂犬疫苗了。"

"猫抓你一下就传染狂犬病了?"

"小江阿姨,你可真是无知到极点了。狂犬病不只狗有,猫也有,狼也有,都得打狂犬病疫苗,要不就完蛋了。"她不无得意地说,又问道:"我爸找我了没有?"

"找了,但没找到你,谁知你去哪了?"

"你可真不会骗人,骗人的技术太不高明。我知道我爸会说让我去死。我才不死呢!我要好好地活着,让他看看,让李莲芝看看。"

"李莲芝是谁?"我问她。

"李莲芝就是我爸后来找的女人呗!你连她都不知道,唉——你太善良了。总有一天我要亲手给她点颜色看看,让她知道我的厉害。我爸就是因为她才不管我的。"

公司里有个大家叫李姐的女人,我知道她叫李莲芝。她不是很漂亮,好像不太爱说话,当然也就不引人注目。曾有人对我说她和蒋中兴住在一起,我一直没往心里去,今天听到蒋之菡说起,心下不免诧异。

"你还是个孩子,你的任务是读书学习,大人的事你就不要管了。"我说。

"我总有一天得让她知道我。就是她拆散了我和我爸。"蒋之菡狠狠地说。

14

"我要给蒋之菡买辆自行车,买质量最差的那种。"蒋中兴中午叫我一起吃饭时说。李莲芝也在。

"让她骑到半路就坏,然后最好坏在路中间,她想走又走不开,最好让车撞死。那么多人出车祸,她怎么就不出车祸呢?她早死我早省心。她以为没了她我会伤心?才不会呢。我找张破席一裹,扔到垃圾箱完事,我都没心思火化她。"

看他怒发冲冠的样子,我问李莲芝蒋之菡又怎么了。

李莲芝说蒋之菡今天早上没上学,到公司来和她打架。蒋之菡来要钱,她爸没有给她,刚好李莲芝也在,蒋之菡就把气撒在李莲芝身上。李莲芝撇撇嘴又说蒋之菡拿起一把水果刀就要向她扎来,公司里四个人都拉不住,差点就扎到她。蒋之菡口口声声说要给她好看。之后蒋中兴给了蒋之菡一耳光,她就摔门走了。

"知道她去哪了?"我追问。

"天知道!不知道才好。"蒋中兴说:"我已经为了她搬了四次家,每次都被她搞得鸡犬不宁,我都不能有一个完整的家。她和谁都住不到一起。天天想尽一切办法整你,她的心眼多得就和她妈一个样。我这辈子就欠了她俩人的,被她俩弄完了。她怎么就不死呢?那么多人出车祸,都死,她怎么就碰不上呢?"

我听不下去,出了门。

15

　　我房间的灯又一次坏了,这次坏得更彻底。以前我换个灯就没事,这次我换了灯还是不行。我心里有些不快,问蒋之菡:"这灯以前坏过吗?"

　　"没有啊,修不好了就到我房间来睡嘛,不一样?"

　　"我喜欢一个人睡。"我说。

　　半夜里,我感觉床边有人,很快反应过来是蒋之菡。我问她半夜不睡觉在这里做什么。她上了床,紧紧地贴着我睡着了,呼吸很轻。她的额头抵在我的肩膀上,我的手臂被她箍得紧紧的。我想抽开,刚一动,她握得更紧了。

　　等我睡醒后,蒋之菡已经走了。

16

　　"我把蒋之菡丢了。"我身心俱疲地给蒋中兴打电话。

　　"丢了就丢了,就当丢了只猫或狗。"蒋中兴在电话里说:"蒋之菡最好永远别回来,我也就永远省心了。"说完就挂了电话。

　　我不甘心,再一次给蒋中兴拨打电话,蒋中兴却不接电话。

　　我去了学校,见到蒋之菡的班主任王老师。王老师说蒋之菡已经不是第一次离家出走了,只是这次时间更长些。她说学校会按规定处理,人不是从学校走失的,学校没有责任。

　　蒋之菡去了哪里?

　　公司和家里,都没有蒋之菡的身影。我进到她的房间,看到房间和往常一样的零乱。桌上是一本本散放的书,有笔,有本子,有乱写乱画过的纸片。她曾经要送给我的睫毛笔和口红静静地躺在桌子上,如今睫毛笔已经干结,只有口红还是那样冷艳。地上是四处堆放的衣服，新的、旧的、脏的、干净的，一切还是我早上给她收拾了晚上就乱了的样子。床上，被子、枕头、衣物、绒毛玩具、课本挤在一起。我找不到一点蒋之菡准备离家的蛛丝马迹。

已经是第七天了，这七个二十四小时里，我无数次拨打蒋之菡的手机，结果她一直关机。

蒋之菡就这样失踪了。她到底去了哪里，没有一个人知道。我几乎问遍了所有和她有关的人，每一个人都摇头说不知道。

我想起在乡下，母亲丢了一只鸡她会在满村寻找，时不时有村人邻舍过来问一下，一起帮忙寻找。我想起邻居来旺婶家丢了一头猪，几乎全村人都出动，大家满山满坡"喽喽"地叫唤着寻找。我想起弟弟外出打工曾有一段时间音讯全无，最终邻村热心的长胜给了我们确切消息，打电话到村里的代销店，告诉我们弟弟在一个大城市生病了，一个人躺在冰冷的出租屋里，父亲连夜和隔壁的来旺往城里赶，最后从出租屋里把气息奄奄的弟弟带了回来，接触到地气的弟弟很快恢复了健康，又出去打工了。现在他已经习惯每一个月的29号把电话打到代销店说声他好着呢，让全家人放心。

可是蒋之菡丢了，我一个人该到哪里去找？偌大的城市，到处人影晃动，但没有一个是蒋之菡的。

17

我在这城市的中心或者边缘游走着、寻找着，没有结果。也不是完全没有结果，我好像慢慢明白了蒋之菡，明白了为什么公司里有些人说蒋之菡是可怜孩子……

我无法再在这个家里住下去了，我也无法再继续在蒋中兴的公司工作了。我害怕见蒋中兴，他曾把蒋之菡托付给我，我却把蒋之菡给丢了。我看见每一个人的脸上都是漠不关心的神色，心就有些发凉。我开始怀念乡下在昏黑的灯下穿针引线缝纳千层底的母亲，我不止一次梦见她，依稀看到她将针尖从头发上轻轻划过，然后使劲扎向手中的千层底。我决定离开这里，去陪伴母亲，想和母亲一样，守着昏黑的灯光缝纳千层底。

"小江阿姨，我想你了。"

当我的诺基亚手机突然响起滴滴的短信提示音时，我正走在回家的路上——我带着蒋之菡送给我的口红和睫毛笔回家了。蒋之菡这条短信令我一下子泪流满面，我在长途车上不停地流着眼泪、擤着鼻涕，令许多人侧目。芭比一样的蒋之菡一次次浮现在我的脑海中，时而清晰，时而模糊。

回家的路上，我看不到一个人穿千层底的布鞋，我不由深深悲哀，可是心里又马上升腾起希望——没有人穿，不是更有理由做下去吗？

链式反应

这个读 dao，这个读 chuan。

王大光指着手机屏上的"氘"和"氚"两个字给儿子王加文说。儿子的脑袋汗津津的，他伸出手去撸了一把，自己的手便有些黏兮兮的，心下突然有些焦躁。儿子又问："爸爸，什么是链式反应？"

王大光记得在百度上查到过链式反应的含义：事件结果包含有事件发生条件的反应。虽然只是简单的一句话，可是要解释给还在上小学三年级的儿子听就有些费劲。他努力地调动所有脑细胞，可是发现自己根本不清楚什么是链式反应，心下不由责怪现在的老师，总是给学生出一些稀奇古怪的题目，为难孩子，更为难家长。比如这次，儿子的语文老师要求他班里的学生放学回家后找一些关于原子弹的相关内容，说是第二天要提问。

儿子和自己小时候一样，当老师的话是圣旨。家里没有电脑，为了儿子不挨老师骂，王大光就自己去网吧给儿子查资料，从原子到原子核，从核武器的基本原理到核武器的条件，他从百度百科里粘贴到网吧的电脑上，然后下到自己的手机里给儿子看。

可是新鲜的名词太多，儿子全都不懂，他也不懂，所以拿上手机的儿子便开始了无休止的提问。

"爸爸，什么是核裂变？爸爸，什么是枪式结构，爸爸，什么是内爆结构？爸爸，什么是铀同位素？爸爸，什么是冲击波？爸爸……"

当王大光在网吧给儿子找需要的内容时,他发现,百度百科非常有意思。比如他打开了原子弹一条,百度百科里就有许多蓝色的加下划杠的词,这些词点开,又是一个新鲜的词条;一个词条下面,又有许多蓝色的加下划杠的词;再点开其中一个,又是一堆。仿佛多米诺骨牌,一碰就是一串儿。又像一盆倒了洗衣粉的水,轻轻一搅,就会不停地冒出许多泡沫。

这样想的时候,他觉得应该给儿子买台电脑。其实这个念头并不是第一次在脑海里闪现,以前他觉得是应该,现在他认为是必须。现在早不同他上学的那个年代,来自书本和电视的信息量毕竟有限得多。如果有了电脑,儿子今天这类的问题都会迎刃而解。所以,他决定这个周末带儿子去电子城,这样一想,他心下竟有些隐隐的激动。他知道,到时儿子一定会高兴得跳起来给他一个拥抱和亲吻。

又是晚归。

开门的时候王大光尽量轻手轻脚。

插钥匙、转动、推门,然后拔钥匙、收钥匙,每一个动作他都万分留心,并刻意将一切与声音有关的动静全部消灭在萌芽状态。

进了门,王大光先洗漱,接水、放水他一律蹑手蹑脚地进行,甚至连小便也改成像女人一样坐在马桶上解决——以免声音过大。卧室的门又上了锁,他两次举起的手又放下,没有卧室钥匙的他进不了卧室。此时此刻,他也不想让马素兰给他开门——她本来就应该将门留着,明知道他会晚回。电话里他早就小心地解释过,是方中元请客,大家在火锅城聚餐,但马素兰不温不火的声音让他惴惴不安。

沙发上搭着一条毛巾被,王大光和衣躺下,手忍不住伸向那个地方,抚慰自己,转瞬他又觉得没意思,甚至觉得龌龊。

结婚这十一年,很多个夜晚王大光就如今晚一般度过。他不会生马素兰的气,马素兰也不会过问他怎么睡的。她知道他会回家,会睡到沙发上。他们甚至有了一种小默契——一种隐匿着许多危机的默契。

这十一年里，他们经历了婚姻最初的甜蜜以及后来的那个七年之痒，他们的孩子长到了九岁，他由一名集体企业的仓库管理员变成了一个出租车司机，马素兰由一个厂花变成了一个家庭妇女，腰围渐渐增大的马素兰风韵未失，这让他总有一些不安全感。

一个混沌的长夜。

当第一缕曙光刚刚穿透客厅的窗户，王大光已经开着车满城转悠。明天就是周末，他决定今天再加把劲，多挣两个钱，这样儿子电脑的小配饰也就有了。有一回他在一家小店看到人家电脑屏幕上的装饰套非常有意思：一大一小两只可爱的袋鼠蹲在液晶显示屏的右上角。那是儿子最喜欢的袋鼠。那台显示器因为这两只袋鼠变得温馨起来。他原想着有个十来块钱就不错了，可是一问价钱，他就直吐舌头，再没敢回头看那两只袋鼠。

今天没转多久，王大光就拉上了一个中年女人。爱说话的女人不停地问着他关于收入和支出一类让他心烦无比的问题。王大光当然也有他的好耐性，如果没有耐性，这样的乘客很难打发。跑了七八年车，他自然有了对付这些乘客的丰富经验，在有一搭没一搭地聊天时，他听到了女乘客突然高分贝的惊呼："抢劫了！师傅——那边有人抢劫！"

王大光看到女乘客满脸的惊慌失措。顺着她手指的方向，他看见一个女人正躺在地上死死地拽着手中的提包，而身边站着的小青年一只手拉着包带，一只脚正不断踢向倒在地上的女人。这个青年留着奇怪的发型——两鬓全是剃光的，唯脑袋正中留了一束，根根直立，那突兀的毛发像极了一把毛刷子。

王大光加大油门向着倒在地上的女人开过去。

支撑不住的女人终于放手。很快，那个头上顶着刷子的男青年与另一穿黑衣的青年开始一路狂奔。

一脚刹车后王大光迅速下车，车上的女乘客很快拿出手机报警，丢包的妇人打着抖说："求求你！快抓住他们。"

上学时王大光可是学校的长跑冠军，他很快就追上了黑衣小伙子并撕住他的衣领。这时头上顶着毛刷的小青年回头见同伙被王大光抓住了，又折回身来。

二比一，王大光明显处于下风。穷凶极恶的"毛刷青年"突然掏出一把匕首向着王大光挥舞。

锋利的刀尖触到身上时，王大光并没有马上感觉到疼痛，当一股热流将后脖颈覆盖后，他倒在了地上。

两个歹徒趁机跑远。

倒下去的时候，王大光挣扎着掏出手机给方中元打电话，说自己受伤了，让他快来。

等王大光醒过来时，他正躺在医院大厅里的担架上。方中元和另一个开出租的同伴小张正在他身边激烈地和大夫争吵。他听出来是方中元他们要大夫先替他检查，而大夫让他们先交费。

又一阵昏迷。

再一次苏醒时，王大光看见了马素兰撒上霜的脸和在窗口发呆的付连城——昔日的同事，今天这个高原小城的大老板。他逐渐想起来自己为什么在这里。紧接着是一阵阵剧痛袭来，后脑勺的，手臂的，还有背部的。他想翻身，却困难无比。

马素兰见他醒了，问道："你怎么样？喝水不？"

这时付连城也走到床边，居高临下地问他怎么样。

他说还好。

马素兰说："好什么？你看这个。"她打开一张用纸巾包着的，指甲盖大小的，白色的，带着麻眼的小东西。王大光看清了，那是一小块骨头。

仍是疑惑。

马素兰说："这是从你头上取上来的，坏蛋用刀砍下来的，血把你的后背全打湿了，还有，后背2处刀伤，一处缝了16针，一处缝了7针。"

马素兰说这些话的时候，几乎是恶狠狠的。

突然有些后悔，回想起当时的冲动，王大光后悔自己当初怎么就完全没有替儿子和马素兰想过，如果他真的没了，这个家还将怎么支撑下去？

一想到这些，伤口就更加疼痛。

之后的许多天，马素兰将那块碎骨无数次在王大光眼前打开又合上。这些天里，不断有人来探望他，他的义举感动了这个高原小城。探视的人中还有几位领导，他看见许多人在领导面前毕恭毕敬的样子，自己忍不住要笑，可是伤口总在疼。

在病房的王大光似乎总也睡不好，不爱看电视的他只好摆弄手机。

上次给儿子下载的关于原子弹的知识还在手机里存放着，有了大把时间的王大光开始在原子弹的空间里游走。

"在核裂变或核聚变反应里，参与反应的原子核都转变成其他原子核，原子也发生了变化。"

看到这里王大光不由笑了，参与反应的原子核都转变成其他原子核，真有意思。如果做一个试验，以人为对象，参与反应的人如果转变成其他的人，会多有趣。

他的兴趣越发浓了。

马素兰又一次告诉王大光谁又给了多少钱，说这些钱还不够治疗费用。马素兰提出，如果再来人探望，就说说医疗费的事。

王大光总觉得张不了这个口。初时来人，王大光还耐心地回答来人的各种提问，后来渐渐就有些腻烦。这些天马素兰和他说话的时候，总是显出冷淡和排斥的样子，让他的心比伤口还疼。他知道马素兰在担心什么，这么些天不出车，一天的损失就是几百元，他们刚在这个城市东借西凑，买了一套80多平方米的房子。车钱也是几年前才还清，如果不出车，那些欠款不知道几时能还清。

虽然有人来的时候，马素兰的态度既不热情也不冷漠，但是独对王大光的时候，马素兰就变了脸。他明白，他都明白，只是不知道该怎样给马素兰说。以前他偶尔也埋怨马素兰不去考驾照学开车，如果他们两口子也像其他出租车司机一样白天晚上都出车，那样收入就会多一点，但马素兰就是不愿意。她不愿意，他就不想勉强她，男人生来就是养家的。当年马素兰答应嫁给他，就是因为他说过不会让自己喜欢的女人辛苦。现在马素兰脸色不好看，他心里十分纠结。

付连城来了好几次。

其实王大光和付连城的交情还不及他和方中元的一半好。但是这回，付连城对他似乎格外关心。有一回他睡着后，付连城又来了，被惊醒后他竖起耳朵听付连城和马素兰说话。马素兰说他只知道自己逞强出头，一根筋通到底，就不曾替这个家，不曾替她和孩子想过。付连城也是感慨连连，说现在这样的人太少了，虽然见义勇为是好事，但更多的时候，量力而行才是对的。马素兰迎合付连城，说他说得对。

看来他王大光真的是不自量力了。付连城的话像一把刀子扎在他心上。他于是更加痴迷于原子弹，他开始明白，原来反应堆也可以成为一颗原子弹，这中间，链式反应最为关键，这是核反应继续发生，并逐代延续的关键。

王大光见义勇为的事迹在报纸和当地的电视上风光了一下，很快被楼市的开盘信息、婚介信息、大大小小的会议消息以及和谐、民生的系列报道所湮没。当初县公安局的领导来医院探望时，曾许诺说一定会抓紧时间破案。如今事情过去许多天，王大光打了几个电话，总是听到"已经立案，要真正揪出歹徒还要一段时间"的陈词。电话打的次数多了，连他自己也有些不好意思，便冷了询问的心。

之后便是漫长的一个模式的日子。王大光留下了那份刊有记者采写的关于他的事迹的报纸，然后一切便归于黯淡。各级领导送来的慰问金，加上热心的群众送来的，还有那个被抢包的女人送来的，并不能解决全部的医疗费用。

马素兰曾找过医院的领导，说了他们家的困难，医院领导倒也通情达理，给他们减免了部分的医疗费用。可即使这样，他们还是得自己掏腰包将剩余部分的费用缴清。虽然只是几千块钱，但是加上多日不出车的损失和在医院的餐费等等一些零碎支出，给儿子买电脑的计划便不得不搁浅。

儿子不懂这些，当王大光伤好出院后，第一件事就是缠着他要去买电脑。

当王大光告诉儿子买电脑的事不得不再往后缓缓时，儿子的脸上写满了失望，像被霜打蔫的花。儿子嘟囔着说，他们班的同学几乎都有电脑，就他没有。儿子说同学都有QQ，就他没有。儿子说同学都有手机有MP3，就他没有。列举了一堆实例的儿子最后哀求他：："爸爸，我不要别的，只要电脑。"

那一刻的王大光恨不能掴自己一巴掌。

马素兰自王大光出院后就一直冷着脸。本来计划一家三口去买电脑的事，马素兰不再提起。王大光也怕马素兰提起，因为那对自己来说不亚于一拳重击。

只有拼命挣钱。

以前他早晨6点30分出车，现在还不到6点，以前收车是11点，现在不到12点他绝不回家。以前他会开了车去一家合他口味的餐馆吃饭，现在他停哪就在哪吃，再不管合不合自己的口味。以前他三餐绝不会少一餐，现在不在乎了。早饭到十二点吃也成了常事，或者吃了早饭就不吃中饭，一直熬到晚上才吃第二顿。

他几乎是在惩罚自己，又像苦行僧一样，一味地苛待自己。

可是收效并不大。因为这个城里出租车越来越多，活却并不太多，往往是刚看见有人招手，他正要停车，马上有另一辆车窜过来，把他的活拉走了，有时司机还是熟面孔。他不好争辩，因为自己也没少这样做过。更多的时候，他挂着空挡在这个城里溜，就是这样也没少耗油。偶尔他停在自己常停的小区门口，但是那里的出租车越停越多，往往一等就是半个小时或者一个钟头。时间就是金钱，这对出租车司机绝对是真理。

付连城开着一辆深海蓝的最新款奥迪A6，这车大气，安全系数高，动力性强。有着十年驾龄的王大光知道这个车的价，和自己这辆蹩脚的绿色夏利比起来，简直天上地下。但是王大光并不气馁，人各有命。就说你付连城，虽然富到买下这个小城的一条街也不打磕绊，但是你就娶不到像马素兰这样的厂花美女当老婆。

这个小城里几乎半个城的人都知道，付连城家里有个河东狮。那水桶腰、莲藕腿和那颗硕大的脑袋，整个就是一个巨无霸肉墩。但是巨无霸也不是无一可取，她们家的万贯家财就是付连城最坚强的后盾。当初付连城也和王大光、马素兰一个单位，但是自从离开那个小厂娶了河东狮，付连城便时来运转，做什么成什么。当他的高原土特产连锁店从小城开到了省城，又发展至省城以外的城市，从此付连城便挺直了腰杆活人。这年月，没钱寸步难行。钱，更壮大着付连城的精神。

付连城那辆奥迪是这个小城的一道风景，和高高耸立的富荣华大厦一样，将王大光的眼膜一次次刺痛。同时从一个门里走出来，却是如此不同的命运——他王大光就得每天起早贪黑挣那点辛苦钱，而付连城只需坐在老板椅里耍威风，那票子就水一样哗啦啦流进来。但他王大光也不会因此就灭自己的威风，毕竟，家里坐着个美丽的马素兰在支撑和安慰自己。

突然尿急。王大光原想着找个公厕或者到哪个僻静处解决，但前方又有一人招手。那可是钱哪！儿子的电脑啊！王大光一踩油门，开了过去。

乘客要去富荣华，那可不是一般人能去的。王大强从后视镜里打量乘客。男人整齐的大背头让他看起来有种说不出的气派，而身上那套质地极佳的西服更让他顿生威仪。

这便是距离，那些由金钱打造的距离衍生出无法逾越的鸿沟。在王大光看来，除了各安天命，别无他法。

本来就爱沉默的王大光便一路沉默着将客人送到酒店。后来，实在憋不住的他顺便将车停到酒店停车场，然后径自上楼到餐饮部找洗手间。门迎小姐职业性的微笑令他如沐春风，想到自己仅仅是要解决膀胱的问题，心下不免有些气短。当他终于在洗手间释放完毕时，心情大好的他开始打量在这里就餐的人。

靠窗户的全是小桌子，容四人就餐的长条形小桌铺着精美的花边桌布。整个大厅里人并不多，疏疏落落地散在各处。在一个离窗稍远的僻静角落里，王大光居然看见了马素兰。起初他以为是自己看花了眼，但看见马素兰围着的那条丝巾，他就知道自己没有认错。那条丝巾是马素兰的一个大款同学在同学聚会时送给她的礼物，当时王大光还吃了一会小醋，但后来又觉得人家是同学，又没有什么见不得人的事，心下便坦然了。马素兰问他丝巾好不好看时，他看着由粉紫衬出马素兰精致的面孔，心里还着实感慨了一阵，能够抱得美人归并不是人人都有的福分。

马素兰这个时候正和桌对面的男人说着什么，凭着印象，那宽阔的背影只有付连城有。此时此刻，两人似乎正在柔情蜜意当中。马素兰脸上有笑，完全有别于在家里对他王大光的那种冷漠。血往上涌的王大光正要冲过去，突然听到一个声音——

"先生，您几位就餐？"

王大光回过头去，看见了服务员小姐美好的笑容。

"噢，我找人。"他突然像泄了气的皮球，不想当面戳穿他们，匆匆走出了酒店。

王大光回到车上一根接一根吸烟，其实从医院出来后他就戒烟了，但这会儿，他一口气将一支烟直吸到根部。

他们在一起多久了？一想到这个问题他的心就隐隐发疼。这个女人，给我戴绿帽子了？他一次次问自己。每一次询问，都让他如坠深谷，最可怕的是那种不断坠落的过程——永远没有着落。

想起儿子王加文，王大光更是揪心不已。儿子马上要过10岁生日了，儿子的生日是他们家的重大事项，每年都要精心准备。他计划着要赶在儿子生日那天前把电脑搬进家，液晶显示器一定要配上那个有袋鼠的装饰。可是所有的一切，在一瞬间让眼前马素兰开怀的笑和付连城倾力配合的动作给击碎。他们竟然背着他在一起。如果不是自己亲眼见到，别人说破天他王大光也不会信。

付连城的奥迪轿车就停在酒店的停车场，王大光隔着许多车就看到那近乎绚丽的颜色，张扬如付连城本人——他勾搭别人老婆居然可以如此明目张胆。当然，一般人也不能轻易到富荣华，那里的菜单上光一个果蔬拼盘就贵得惊人，小城人如王大光之流一定是去不了的。看来付连城还真会选地方。

胸口像压了巨石，王大光觉得呼吸困难。怎么办？离婚吗？儿子怎么办？没有妈妈的孩子，心灵上一定有阴影。不离婚吗？这个女人就在自己眼皮下面，和付连城这样公开出入配对成双，他王大光还是个男人吗？自己每天勤勤恳恳跑车养家，却不料连自己老婆都守不住。无数的念头在脑中翻腾，烟蒂很快装满了车上的烟灰缸，他却思绪纷乱，全无头绪。

从酒店出来后，王大光仍在开车拉客，毕竟，钱和谁都没有仇。看到有人招手他就停，如果是男人，他心里就开始警惕：这个男人，是否也会和别人的女人有染？或者他的老婆是否也像马素兰一样背着自己和别的男人不干不净？如果是女乘客，他不免又用挑剔的目光看人家：她也会有老公以外的男人吗？她和他，上过床没？如果在床上，她又是怎样一番情形？

这一天王大光始终心不在焉，总要乘客提醒他到了才想到踩刹车，之后又在无数疑问与争斗中上路。

晚上照例晚回。到家门口掏钥匙的时候，王大光突然不想再像以前一样小心翼翼了。老子天天当牛马养家，你却给我绿帽子戴。他边想边径直走到卧室，没有开门，他便一边使劲拧门把手，一边拍门。马素兰满脸不解地给他开门，他也不说话，直接上床脱衣服，然后发狠一样地将马素兰压到身下。

以前他总是顾及她的感受，怕弄疼了她，动作尽量温柔轻缓，这一回他心安理得地享受她。他感觉出她心里的不乐意，但她的不乐意更助长着他的气焰。他痛痛快快地享受着自己的女人，同时想着付连城可能也会这样享受她，心下更有百般的理由折磨眼前的女人。汗水瞬间将自己湿透。

马素兰觉出了他的异样,只问他受什么刺激了,便下床冲洗,并没有等待他回答。他听着卫生间花洒流水的哗哗声,突然又起了劲,又冲到洗澡间。马素兰没有锁门,他进去后一句话不说,挺着身子又向着他熟悉的地方直接进军。

马素兰发出了轻微的呻吟。这声音让王大光兴奋的同时更让他厌恶,难道女人都是这么不要脸吗?想想自己以前当她如皇太后一样小心谨慎,陪上笑脸只为博她一笑,她却总是绷着脸一味冷淡;此时此刻,她的脸上放荡淫邪的沉醉表情,却是他结婚这些年都不曾见过的。她在付连城面前,也会是这种表情吗?更多的憎恶让他浑身血涌,一番动作后,他像被抽去了筋,疲惫地靠在墙角。

王大光已经不能安心拉客了。他总是弄错地方,比如乘客让他拉到熙和小区,他却将人家送到雅和家园,招来一顿数落不说,还要赔上油钱。

付连城,这个可恶的男人,他自己娶了个河东狮,就处心积虑地要勾搭上我老婆。是在上回住院之时?还是更早以前?或者就是那次之后?王大光几乎想得头痛。想起马素兰多年来一直冷着的脸,还有昨天晚上无比陶醉的神情,他有无数个理由断定这个女人已经背叛了自己。

怎么办?怎么办?太多的"怎么办"搅得王大光脑壳生疼。

方中元打电话找他,说是晚上几个人一起喝一场。想到最近有这么多不愉快,王大光就想醉一场,或者给方中元说一说。一直憋着真是难受,开车尤其忌讳跑神,他觉得自己需要调节一下。

老何自己戴了绿帽子还乐呵呵,他就爱唱那个"咱们那个老百姓,今儿个要高兴"。"高兴,他高兴他老婆给他头上栽松树。"方中元说。

"是啊,松树要成林了。"有人附和。

"哪怕真的成林?也许成林也是资本呢。你有本事,也让松柏成林呗!"有人调侃。

大伙在一起挤兑老何。其实老何人不错,就是太抠门。平日里别人请他他便来,可是要他掏腰包请客,难得他像公鸡下蛋一样。时间长了,老何便成了大家调侃的对象之一,可是今天,他们的话题却绕到老何老婆身上了。老何老婆属于小巧玲珑型,四十出头,虽然眼角也有鱼尾纹,但是如果不笑的话,倒还有些许妩媚来。这个女人似乎并不甘心一辈子守在老何这样一个小气的男人身边,凭着那双风情万种的眼睛,和许多男人生出暧昧来。厂子里那些见多了粗手粗脚大咧咧女人的奔五男人,自然就会对老何的女人关注许多。所以老何和他老婆,自然都成了大家的聚焦对象。

难道老何也和他王大光一样?正当王大光心下犹疑不解的时候,突然听到有人说:"我要是老何,就把那人的卵子捏碎,看他还敢蹶腚猖狂。"

"你捏人家卵子有屁用?还不是老何老婆先放出骚味来!"

"是啊,你捏得过来吗?"

"欺负人也不带这样的!"

大家随意地说着过嘴瘾的话,并没有人注意到王大光。血又开始往王大光的头上涌,一口酒下去,他的半边脸就木了。

于是许多心思就在王大光脑袋里开转。

这事看来绝对不能说给方中元他们听,说了他王大光的脸就没了。他们调侃老何老婆那起劲的样子,和饿疯了的鸡婆等待饲养员撒那一把瘪谷时一个神态。他一说,那他王大光岂不成了那把瘪谷?

这场酒真喝出了个七荤八素。付连城那辆霸气的奥迪轿车和他志得意满的样子就在王大光眼前不断晃动,王大光真恨不能立刻杀了付连城,再毁了他的爱车。

"你们谁有付连城的手机号?"王大光问。立即有人把付连城的手机号给了他。

"找他干吗?他对咱们这些人,眼角都不带瞄一下的。"有人说。

王大光没有说话。

胸口有东西胀得生痛。

他付连城怎么可以这样对我王大光呢？兔子还不吃窝边草呢！想到当初在厂里时，付连城只是自己手下的一个库管，王大光心下便生出许多不平。有能耐，你早早将马素兰娶到手上啊！我都睡了十几年你又冒出来，算哪根葱呢？不！也不是冒出来。付连城一直都在，只是和他王大光联系不多而已。

这口气实在消不下去。这些天，王大光像一只不断被充气的气球，此时那只气球已经到了极限，到了最关键的时刻……

"你几时去买电脑？"晚上，马素兰问。

想起儿子的电脑，王大光心里面更加愤怒和憎恨，他不想说话。他看了这个女人一眼，便自己去沙发上睡了，马素兰看着他阴晴不定的样子也不以为然。

一夜未眠的王大光还是正常出车。待到午间，他把车开到付连城经常吃饭的地方，他找来工具箱里的一把螺丝刀，把它别到袜口后，他开始拨打付连城的电话。

电话响了许久付连城才接听，电话里是一声不紧不慢的"喂"——透着轻蔑和不屑。

"我是王大光。你下来一下，我找你有事，我的车就停在你经常吃饭的地儿。"王大光一口气说出来，生怕自己一停顿，心里的那股气就跑没了。

那个傲慢的男人也不问他什么事，只说了一个字："好。"

也许曾经在一个厂区的情分还在他付连城心里多少占着位置吧。王大光思忖，同时想要快意恩仇，得给这个男人教训，就扎他腿，让他出出血，让他知道我老婆不是你想睡就能睡的。

扎他腿。如果他反抗了呢，那就……反正不能便宜了他。

付连城开着车来了，那张方砖脸戴着他的大蛤蟆镜，身上是笔挺阔绰的西装，里面是白得耀眼的衬衣，和他那辆新款奥迪一样晃着王大光的眼。

"什么事？"付连城漫不经心地问，那厚唇的大嘴像张口的鲶鱼，那双眯缝眼同时向四下打量。

"先上车。"王大光说。

付连城居然很听话地坐在王大光夏利车的后座，他还顺手取出前排椅背袋里的一张报纸。王大光瞬间想到了曾经刊有他挺身救助事迹的那份报纸。

脑子里的一些念头像受惊了的鱼儿乱窜，让王大光心慌气短。

"你知道什么是链式反应吗？"

"什么？"付连城满脸疑惑。

"链式反应就是核物理中核反应产物之一，又引起同类核反应继续发生、并逐代延续进行下去的过程。你知道什么是核反应吗？"

"什么？"付连城仍是满脸不解。

"就是原子弹，爆炸的时候，威力巨大。"

付连城此时满脸茫然。

"什么乱七八糟的，老王你有毛病啊？"

付连城下了车，下车后的付连城细心地掸了掸身上并不存在的灰尘。

"没事的话我走了。"付连城说。

王大光看着他一步步走远。王大光想的是付连城被他袜腰中别着的螺丝刀扎伤的情景：付连城痛苦地捂着肚子，血顺着他的指缝不断往外涌，渐渐地，他的白衬衣变成了殷红色。

"他死了我要坐牢，他睡了我老婆我却去坐牢，让别人又睡我老婆又打我儿子，那可不行。如果马素兰不想和自己过，那也是没缘。强扭的瓜不甜。"王大光在心里对自己说。

心里面不断翻波浪的王大光眼前突然闪过一个人影，瘦小的肩背，头上顶着一把毛刷子。

在哪里见过？这个身影居然如此眼熟。王大光极力调动所有的脑细胞回想，却怎么也想不起来。

那个身影直奔付连城而去，突然掏出一把闪着利光的匕首，对着付连城毫无防备的身体捅了过去。

王大光奔了过去，只见付连城痛苦地捂着肚子，血顺着他的指缝不断往外涌，他雪白的衬衣一片殷红。

那个小青年正手忙脚乱地在付连城身上乱摸一气。

突然，王大光乘其不备，拿起螺丝刀，用刀把对着那个小青年的后脑勺猛然一击。猝不及防的小青年在疼痛中倒了下去。

"快救救我！"付连城说。

王大光扶起倒在地上的付连城，向自己的夏利走过去。拿起手机拨打120的时候，他突然记起来，那个小青年，就是上次扎伤自己的那个歹徒之一。

给付连城系好安全带，王大光一脚油门冲到那个小青年面前。这个头顶着刷子的青年脸色煞白，嘴唇不断打着哆嗦。

"大哥，求你放了我！"小青年从怀中掏出一叠百元大钞来。

王大光轻蔑地说："谁要你的脏钱！"

王大光又拨打110。

王大光今天真是选对了地方，没几分钟，120和110分别畅行无阻地驶到了这里。

晚上，一进家门，马素兰的第一句话就是"你找付连城了啊"。

王大光说是啊。

"那付连城说了没？我的工作的事。"马素兰问。

"什么？"

"那天他让我去富荣华，说要给我找一个工作，他这边的店长辞职了，没人看店，他让我去。"

"为什么要你看店啊？付连城怎么就对你这么好？"王大光不无醋意地问。

"因为你啊！付连城说你是个汉子，一个真正的汉子。"马素兰脸上升腾起骄傲。

王大光一时语结……

蛾　舞

1

　　新婚后第二天，赵玮便预感到自己将来的婚姻不会幸福。

　　即将新婚的赵玮对即将到来的夫妻生活有一种莫名的惧怕。新婚之夜，赵玮因为害怕和紧张以至胃痉挛不说，右腿还莫名其妙地抽筋，一时间疼痛难忍，以至于束手无策的丈夫张光明只能眼睁睁地看着在床上疼得直龇牙还坚决不去医院的赵玮，无奈之下只好放弃美好的春宵一刻。

　　赵玮骨子里是个非常传统的人，虽然和张光明前后谈了一年多恋爱，却一直没敢跨进禁区一步，两人说好这美好的一天一定要等到新婚之夜，结果洞房花烛夜却这样了了之。好不容易到了第二天晚上，张光明实在有些性急了，但看赵玮还是不温不火的样子就有些熬不住。总算等到赵玮洗漱好了上床，张光明迫不及待地想要温存。可是刚开始时还好好的，赵玮也在努力配合，但正要到实质性阶段，赵玮突然提出要上厕所。张光明当然不能不答应，看赵玮翻身下床后，张光明突然想给赵玮一个惊喜，于是就一丝不挂地等在卫生间门口。等解了手的赵玮出来，看到张光明的裸体，尤其是身体中间那浓密一团下的坚硬，一种说不出来的厌恶盘旋在赵玮心际。然而自己也实在找不到理由拒绝丈夫，只好任由丈夫把自己抱起来放到床上开始崭新的生活。

从此，赵玮心里就有了一个疙瘩，她一直觉得丈夫不应该在那种情况下让自己对他一览无余。这个插曲产生的最直接后果就是赵玮从此对那件事情失去了兴趣，每次张光明想要时，赵玮会想尽一切办法拒绝，实在无法拒绝就听任摆布，自己从来不会主动配合一下。

张光明在财政局当科员，人长得高高大大，戴副近视眼镜。他性情温和而内敛，没有太多不良习惯。赵玮在婚前严格考察后，才决定与他共度此生。可是婚后，赵玮想不到会越过越别扭。在单位不善言辞的张光明到了家里，像婆婆一样事无巨细向赵玮汇报，大到领导的升迁，小到单位同事间的拉家常。刚开始赵玮会专心致志地听，到了后来，变成偶尔答应一声，再后来，连答应一声也没有了。

老实的张光明当然看不出其中端倪，仍几年如一日向赵玮汇报。相形之下，赵玮就沉默多了。上班时，赵玮全身心投入工作中，下班到家，赵玮就系上围裙开始在厨房忙碌。赵玮做得一手好菜，时常变着花样做出新鲜的美食让张光明大开眼界、大饱口福，但无论赵玮是做出花样百出的好菜，还是胡乱熬出一锅粥，在张光明那里永远都是那句"有老婆的日子就是好啊"，然后便是自得其乐地大快朵颐，再然后就是看着电视傻傻地笑，不论悲喜剧。

日子过得和白开水一样平淡乏味。赵玮觉得无聊，有时想着到了值得纪念的日子稍稍来点变化庆祝一下。但婚后赵玮的第一个生日两人一起在外面吃了回烛光晚餐，张光明一听这一餐花去230元人民币就大摇其头说太浪费太奢侈太铺张，说这一餐饭抵得老家人一个月的生活费。从此以后，两个人的生日，如果赵玮不记得，张光明永远不会主动想起庆祝，而那些情人节啊，结婚纪念日啊，张光明都全忘了。

2

赵玮对张光明的感情越来越淡了，甚至希望晚上张光明最好别回家或者晚一些回家，这样自己就有一个自由空间可以畅快地呼吸。可是张光明却永远雷打不动，下班比自己早，永远是少有应酬——即使有他也不会去，他的借口是自己不能喝酒，喝酒过敏。于是每天晚上赵玮下班后所见的永远是笑呵呵坐在沙发上看电视的张光明，一边端着自己的大茶杯发出很大的喝水声，一边吃着茶几上的零食。

赵玮有时会埋怨他回来早了也不知做饭，但张光明也永远有他最充分的理由："我做的你不爱吃，我怕你吃不饱！"

其实丈夫的话也是对的，赵玮从小就有挑食的习惯，赵玮的母亲有一手好厨艺，所以如果不是特别上档次的菜，赵玮还真瞧不上，张光明那充其量仅仅只是做熟的水平自然入不了赵玮的法眼。

这样一来，婚后几年，赵玮不是在单位忙得团团转，就是在家里屁股不落座。时间一长，赵玮就觉得委曲，但到底有多委曲，委曲到什么程度自己却说不出来。在外人眼里，张光明不吸烟、不喝酒、不打麻将、不会夜不归宿、不会打老婆，实在是许多女人理想中的模范丈夫。而在赵玮眼中，丈夫渐渐成了小气、俗气、平庸、目光短浅、没有思想、没有理想、缺乏深度的男人。倒是在夫妻之间的那件事上，张光明永远乐此不疲，而这恰恰又是赵玮最厌恶的。

3

赵玮想离婚，她觉得即使一个人过，也好过两人这样无滋无味地过一辈子。让赵玮下了决心要离婚的有两件事。

第一件事是赵玮和丈夫商量好结婚后不要孩子。五年过去了，倒也相安无事，可是最近一段时间，张光明回家向赵玮汇报的内容全变成了一个主题：得要一个孩子。他先是说了有了孩子的种种好处，然后说单位的王主任怎么说，办公室的小张怎么说，老李怎么说，最后是打字员怎么说，总之都是一个主题："怎么结婚五年了都没个孩子，是不是谁有毛病？"说是趁年轻精力充沛最好在这黄金阶段要一个孩子，要不年龄过了35，时间和精力不够了不说，孩子的质量也会大打折扣。

赵玮起先的耐心渐渐化成了怒气："为什么总是这个说那个说，怎么就不听我说？我一直身体不好，怀孕生孩子不是要我的命吗？再说谁来带孩子？俩人双职工，哪有时间和精力带孩子？再说我又不喜欢小孩，一个不爱孩子的母亲有个孩子不是害孩子吗？再说现在的社会，又不靠孩子养老，有和没有都没区别。"

张光明说："现在科学这么发达，你几时听说怀孕生子就夺去母亲生命的？"又说："那你就不怕寂寞？"

"寂寞？我还怕没有寂寞，这么无聊的日子，寂寞还能调剂一下呢！"

"用寂寞调剂？亏你想得出、说得出！有孩子不就不寂寞了？有孩子谁还怕这个？现在不就是因为没有孩子才觉得没意思、才觉得寂寞？"张光明一向不善辞令，现在倒是伶牙俐齿。

赵玮一时语塞。过了一会儿，赵玮又说："反正你看，我是不想要孩子的，况且我们早都同意了的，你现在才反对，太晚了。"

这回轮到张光明无话了。张光明想起自己以前是为了能和赵玮结婚，所以轻率地答应了赵玮这样的要求。他那时也想过，两人都年轻，不喜欢孩子也是正常的，等到了一定时间，有个孩子是再自然不过的事，所以并没想太多。结果赵玮现在的态度如此坚决，自己一时又想不出解决办法。

这件事就这样不了了之，结果是张光明几天不和赵玮说话，那个天天汇报也就此中断了。赵玮倒也落得清静。

第二件事缘于一部电影。一个周末，赵玮无意间在网上看到了一部好电影，片名是《温柔杀手》，这是陈凯歌导演的一部欧美片子，也是这位大导演首次执导的向好莱坞进军的一部电影。漂亮性感的女主角和冷酷刚强的男主角在各自的镜头里的表现充分展示了他们杰出的艺术天赋和卓越的艺术才华。赵玮向张光明说起这部电影，说毕竟是大导演的片子，加上有实力的演员，一部情色电影可以拍得这样撼人心魄实在难得。片中很多地方既要表现性爱，但又不仅仅是感官刺激，在这一点上，大导演毕竟是导演，让人佩服。

张光明听赵玮如此评价这部电影，当然要急于看。这大晚上，张光明没有看电视，而是坐在电脑前花了三个小时观看这部电影。赵玮觉得奇怪，一部九十多分钟的片子，何至于要看三个多小时，她过去一看，差点肺都气炸了，原来张光明在反复地看电影开头那段激情的性爱镜头，而整部电影，自始至终他都没有完整地看完一遍。

4

这两件事无形中成了赵玮结束这场婚姻的催化剂，赵玮要走出围城的决心已定。

凡事偶然中也有必然，就在赵玮想要结束这段婚姻时，赵玮碰到了一个男人。这个男人，从第一眼见，赵玮就曾有过一种很奇怪的感觉，女人的直觉告诉她一定会和这个男人发生些什么。赵玮在一家企业内部小报当编辑，四年前曾对这个男人做过一次采访。男人是一个国家二级导演，曾发起过救助一个患白血病的女孩的活动，在社会上引起了一些反响，当时赵玮做了这个采访。印象中这个男人个子不足一米五五，人却相当精神和热情，这种形象刚好和他那次高尚的行动配合起来，达到了一种很特别的效果。如今四年过去，听说那个患病的十二岁女孩永远停留在了她的十二岁，而赵玮和这个叫乔士的男人无意中又有了一次碰面。

这一次碰面让赵玮非常感慨，她深深觉得这几年来自己的时间是白白地浪费过了，原来生活也可以如此精彩。赵玮打算把这几年的损失补回来。

赵玮在和乔士的交谈中了解到，乔士已经离开了原来的单位自己做起了一家公司，几年发展下来，现在公司的注册资金已达一百万。

这个天文数字对赵玮的震动不亚于火山爆发。赵玮算了算，自己和丈夫两人的工资加起来一年也不过几万，攒上一百万不吃不喝也得二三十年，而人一辈子能有多少个二三十年？赵玮和丈夫贷款买的房子还得十多年才能还清，现在和丈夫每月仅千余元的生活费。为什么一样是人，却有云泥之别？

在接下来的频繁接触中，赵玮发现，乔士是个出手很大方而且很有情调的人。赵玮和乔士的约会，没有一次不是在浪漫和新鲜中过来的。身为企业内部报纸普通编辑的赵玮，过着平庸而低调的生活，在和张光明结婚后，由于张光明也不好结交朋友，他们的生活几乎就是单位、家庭的直线型。赵玮现在和乔士在一起，每天出入大小茶坊，一起玩保龄球，自己又学会了游泳，时不时在旋转餐厅喝着洋酒、吃着西餐、听着音乐，赵玮突然觉得日子有了在天堂般的美好。

5

一个见过了天堂美好的人，怎么可以再回到凡间呢？

再看张光明，越发显得俗不可耐，他不是抱着电视傻笑就是拿起那个特大号的杯子吸溜吸溜地喝水，再不就是在艳阳天里睡大觉，全无半点情趣可言。

相形之下，乔士好像更注重生活质量，虽然他个子矮小，不修边幅，但这不影响他对艺术的天生敏锐和审美情趣。乔士脑子里装满了新点子，今天他和一家传媒公司合作，准备策划省级的一个大型庆典活动；明天他要融资几百万，准备一个大型影视剧的拍摄；后天他又会千里迢迢地跑到另一个省，去见一个身在困境中的下岗女青年，鼓励对方树立起生活的信心，竭尽全力为对方重新谋划全新的生活轨迹。

关于这些举动的结果赵玮不得而知，但看乔士的日子缤纷如此，自己就不免自惭形秽。亏自己还是个记者编辑呢！脑子里只有那些多年不见革新的文字版块，赵玮的心里不禁怅然若失。

乔士不止一次告诉赵玮，他离婚多年了，一直一个人生活。赵玮也不止一次问过乔士怎么不再找一个。乔士说追他的人不少，但都太平庸。乔士说他的人生信条只有一个，拒绝平庸，并说这也是他做公司的信条。

这句话在赵玮的耳里不啻一声惊雷。怎么能拒绝平庸？如何做到不平庸？在她没和乔士接触以前，自己简直就平庸到了无以复加的地步。

6

这一天，乔士打电话找赵玮，说有重要的事和她商量。赵玮到了乔士的公司，见乔士在搬东西，电脑、办公桌、椅子、饮水机、衣架、雨伞，多得无以计数的碗筷、盘子、杯盏，让人眼花缭乱的台灯，还那一摞一摞的时尚杂志……

乔士见到赵玮，马上停下手中的事情，嘱咐工人几句，然后就引赵玮来到一个空房。屋子里全搬空了，两个人进去，地上散落着不少报纸和文件。乔士拾起其中一张，弹尽上面的土，小心地放进衣服口袋里，然后在另一张报纸上落座，眼睛紧盯着面前一脸惊诧的赵玮。

看着乔士的样子，赵玮站着也不自然，可是找来找去都没有一张干净的报纸可以让自己入座，只好勉强坐在一张相对不太脏的报纸上，然后问乔士发生什么事了。

乔士说："我的公司又一次濒临绝境。"

"怎么这么突然？"

"先不说这事，赵玮你当我是朋友吗？"

"当然。"

"好，那你帮我一个忙，这件事只有你做最合适。"

"什么？"

"你如果答应了，我的公司也就能起死回生了，成与不成全在你。"

"我？"

"是的，我有一个死对头，这些年来他一直盼着我死，这次他可算是要达到他的目的了，但事情没有这么容易，我没有这么容易垮下去的。你帮我一个忙，以一个打工者的身份潜入他公司的内部，以你的聪明才智，过不了多久就会成为他公司的核心人物。我要你深入进去，领略体会他的运作机制，然后你把这些信息无一纰漏地传达给我，我会进一步消化、吸收转化为我的生产力，然后我才能不倒！赵玮，其实我很爱你，但我知道你有老公，所以一直没有向你表达过，但是感情上的事情是没有办法隐藏的，我对你的好感和爱慕苍天可鉴！"乔士说着举起了右手做出发誓的样子。

赵玮在这一刹那间有点眩晕，她突然像一艘负重的小船，终于找到了可以憩息的港湾。虽然这个比喻有些拙劣，但赵玮觉得自己突然有了依靠，有了支撑，这是她多年以来极力寻找的感觉，现在一下子全来了，只是很突然，甚至她还来不及全盘接受。

7

赵玮最终没有接受乔士的建议去做间谍，虽然乔士的条件可以说相当诱惑人，比如说赵玮请假这段时间的工资他可以双倍提供，而且他还会帮赵玮在那家公司打通一切关节。但赵玮有自己的原则，所以她拒绝了。赵玮做了另一件事：以最快的速度和张光明离婚，然后以最快的速度搬到乔士的家里和乔士同居。赵玮这样做只想表明：虽然乔士的公司垮了，但他们两人之间的感情没有垮。赵玮用自己的行动证明了自己对乔士的爱，她知道乔士这段时间最需要支持。这也是她赵玮所能做到的。

赵玮从此就在乔士家里安居，赵玮从此就成了乔士的太太。

在乔士这里，赵玮总有一种奇怪的感觉，她说不出，但那种莫名的感觉又时时存在，散开在空气里，时刻不离左右。

每天早晨，赵玮会第一个起床收拾了家然后去上班，早餐大部分时间她都在外面吃。乔士有个瘦弱的黄脸女儿叫小培，一头短发，异常的安静，从不主动说一句话，偶尔别人问话，她也总是以最简短的句子回答，然后就低头。大部分时间她会一个人待在自己的小房间，除了吃饭上厕所。

赵玮没想过自己要做后妈，开始还以为内心里多少会有些抵触，但见到这么一个奇怪的女孩子，心里先是好奇占了上风。再看小培，既不生是非，也不要大人操心，饭有了就吃，没有也不会喊叫，空气一样地存在着，这让赵玮心中充满了对她的怜爱。

乔士喜欢睡懒觉，他的早晨是从中午开始的，像极了写《平凡的世界》时的路遥。一般是中午赵玮回来做好饭，乔士才会起床吃了早饭，然后再洗脸。赵玮问他怎么不洗漱了再吃饭。乔士说肚子太饿，先吃再洗都一样，并说自己这些年一直这样，习惯了。

赵玮瞪大眼看乔士飞快地往嘴里扒拉吃的。乔士的吃相很不好看，他的嘴角或脸上经常粘着饭菜的残渣。赵玮看见，总会温柔地递上纸巾去，乔士总会说一会他会洗的，别浪费纸巾。而饭后乔士并不总是急于洗脸，得先吸几根烟。

赵玮并不讨厌男人身上的烟草味，这样的时候，赵玮通常会想起辛晓琪那首《味道》的歌：想念你的笑，想念你的外套，想念你白色袜子和你身上的味道。赵玮觉得把人当作一种味道来想念是表达思念的极致，也是爱的极致。赵玮告诉乔士，自己喜欢这种味道。所以在赵玮这里，乔士吸烟从不顾忌。

有一天下班到家，赵玮正在厨房里做乔士喜欢的菜，突然听到敲门声。原来是要收今年的暖气费，1975元。赵玮刚好包里有钱就先交上了。吃饭时和乔士说起，乔士只表示知道然后再无下文，赵玮也没有说什么。赵玮又想起买冰箱的2000元钱也是自己垫付的，乔士也没有说什么，她心下就隐隐不快。但又一想，两个人是在一起过日子的，这些钱，分哪个是谁的也没意思，心下也就释然。

8

赵玮渐渐滋生出一种孤独感，这是以前从未有过的。每天中午到家，乔士通常还在沉睡，而小培也没有回来——即使到家，小培也是一声不吭地钻进自己的小屋。赵玮得一个人洗菜做饭，等做好了端上桌子，乔士才会慢吞吞起床，除了吃饭时乔士偶尔问些赵玮单位的事，大家总是很沉默。下午下班到家，赵玮也是得先收拾家，然后再洗菜做饭，这时的乔士通常不是在电脑前就是在书桌前，总是专心致志地忙碌，赵玮不忍心打扰他。饭后总是赵玮一个人收拾桌子，小培和乔士都没有收拾饭桌的习惯。所以这个家里，似乎总是赵玮一个人在忙碌。小培的衣服是脏了就脱下来乱放，乔士的臭袜子更是东一只西一只，你如果在厨房发现乔士的脏袜子也一定不会奇怪。

晚饭后赵玮通常会看一会书，乔士则继续他白天未完的工作，经常是深夜两三点不睡。赵玮第二天要上班，所以十二点前一定要睡觉。可是赵玮总会因为乔士的原因睡不踏实。乔士偶尔会要她，虽然不像前夫张光明那样频繁，但也不会少，赵玮就得驱走瞌睡应付。乔士很会做，而且每次要的时间也很长，赵玮也没有什么不舒服，但这样一来，总是影响第二天的工作。现在的赵玮在单位经常肿着眼睛，打着哈欠，并且一身的烟草味，惹得同事都拿奇怪的眼神看她。

赵玮起先一直忍着。这一天，因为是周末，赵玮原打算好好休息一天，什么都不做，结果却看到小培的衣服又换下了一大堆，赵玮兑好水准备要洗，结果看见衣服里还有小培的内裤。赵玮一直是内裤自己单独洗的，看到小培的内裤，赵玮心里一阵反胃，挑出来放到一边时，却看见内裤上染满了经血，凝在一起，一坨一坨的，触目惊心，赵玮更是觉得难以忍受。一个十几岁的女孩子怎么可以这么随意呢？赵玮放下要洗的衣服去叫小培，原是想让小培自己洗内裤的，但叫了几次，小培只是答应，半个小时过去，却还不见起床，赵玮就有些不高兴了，到小培房间对小培说："你自己把内裤洗了，别和大家的衣服放一起洗。"小培却只看了她一眼,便转身向墙又睡。赵玮在那里一时回不过味儿,气得怔怔的。

赵玮不由想,为什么总是自己一个人在这个家忙里忙外?为什么自己到家就像个鬼一样,连个说话的人都找不到?为什么自己总得做饭洗衣?为什么所有的家务都是自己一个人的?为什么自己得在单位疯忙完了,然后还要在家里没完没了地忙?赵玮去床上拉乔士诉苦。乔士听完后说了一句女人就是啰唆,之后又翻身睡了,并且很快鼾声大作。

眼泪一下子就将赵玮淹没了,看着这个眼角额头布满了皱纹、大自己十三岁的男人的难看睡相,想起昨天晚上两三点时还在床上和乔士亲热,想起他说的那些温情的话,赵玮的心就疼痛起来。

9

赵玮心情坏到极点,刚好主任让她到 B 市开一个会,为期五天,赵玮也需要时间让自己重新思考一些东西,于是马上就动身去了 B 市。

在长途车上,赵玮意外地碰到了大学同学毕铛。大学时他们同级不同系,那时的毕铛性格内向,但成绩优异,人也风度翩翩,有不少女生追求他。赵玮是无心于和别人竞争的,虽对他有好感,但也只任涟漪默默地在心里荡漾。后来听说他考研,毕业后一直没有联系。今天在这种情况下遇到,两人都觉意外,但意外之余也很高兴。

毕铛的心情似乎也和赵玮一样,所以他不似从前那般内敛,主动告诉赵玮他的一些事情,他说他研究生毕业后在 B 市一家科研单位上班,现在也没有成家,又说自己一直很苦闷,找不到一个可以喜欢的人,遇到的不是太工于心计、就是一心向钱看的女孩,有素质的女孩越来越少了。他听说赵玮在 A 市一家企业报社后,说自己也曾经非常喜欢文学,但是中国已经出了个鲁迅那样激愤的作家,今天的中国依旧还是鲁迅眼中的中国,所以他觉得文学在中国起不到醒世之目的,因此放弃了。但现在他还是喜欢文学,最近一段时间他在研究日本作家川端康成，他觉得自己性格深处还是和后期的川端康成有些相似，川端康成的虚无主义也深深地影响着他，自己也渐渐相信一切皆是虚无。他还说 B 市多雾，自己常常迷失方向。

赵玮一直静静地听着毕铦说话，看着这个长得帅气而且高大的男人在那里诉说，她心里非常感慨，而眼前闪过张光明和乔士的影子，毕铦的儒雅淡定仿佛超脱了尘世，让人有恍如隔世的感觉。

毕铦说完后有些歉疚地说今天意外碰到赵玮真是太高兴了，自己有些失态，希望赵玮别介意，并说赵玮这么些年还是和以前一样漂亮。

"你注意过飞蛾没有？"赵玮突然问道。

"没有！"毕铦有些意外。

"有些飞蛾也会有非常美丽的翅膀，甚至比蝴蝶的翅膀还要美丽，但翅膀再美丽，飞蛾还是飞蛾，它们的身躯永远都是肥胖臃肿的。我现在就是那只有着美丽翅膀的飞蛾，而且只能在夜里活动。"赵玮说着，联想起最近的一些事，不由得长叹一声。

毕铦急迫地说："赵玮你的比喻太不恰当了！"说完他一下子握住了赵玮的手："告诉我你现在好吗？"

赵玮强忍着眼泪无声地摇头。

"为什么？生活的道路是自己选择的，赵玮你一定要告诉我你的情况啊！求你了！"

赵玮还是无言。

车到站了，毕铦好像怕赵玮出事似的把赵玮一直送到目的地，留下了手机号，告诉赵玮自己的手机二十四小时开机，让赵玮一定和他联系，并说今天他很忙，明天会来找赵玮。

10

白天开会，赵玮倒没有时间去想太多，下午六点的时候手机响了，是毕铦约她一起吃晚饭。赵玮在这边开会，三餐这边都已由主办方安排，但是想起毕铦约她，还是去了。

晚上的菜很一般，倒是环境很不错，并且有一曲赵玮熟悉的小提琴曲《她比烟花寂寞》。

这餐饭吃了很长时间，乐曲声深深感染了赵玮，往事一下子涌上心头。乐曲声中赵玮大致把自己和张光明以及现在的乔士的情况都告诉了毕铦。她并不怕毕铦笑话，潜意识里也觉得毕铦不会笑话，她觉得自己沉默得太久，需要诉说，需要一个倾听的对象，所以坦诚相见，自己也没觉得有什么不好。

毕铦很郑重地告诉赵玮：人是有权利选择自己的生活的，虽然生活没有义务提供我们想象的那样，但并不意味着我们就此放弃。他要赵玮振作起来，不管结果怎么一样，他会支持赵玮，永远和她站在一起。

从餐厅出来回到住处，毕铦送赵玮到楼下后礼貌地告辞了。一路上，赵玮都觉得恍若隔世。

刚躺下，赵玮便收到了毕铦发来的手机信息："绕树三匝，何枝可依？"这句话像在问自己，也像在问赵玮。

"谁见幽人独往来，缥缈孤鸿影。惊起却回头，有恨无人省。拣尽寒枝不肯栖，寂寞沙洲冷。"赵玮这样回复。

接下来的几天，赵玮会经常收到毕铦发来的手机信息，这让赵玮的心里有异样的温暖。

11

第四天上午开会的时候，赵玮收到乔士打来的电话。问她怎么失踪了。因是会场，赵玮没敢多说话，但乔士也没有再打过来。

中午赵玮打过去问乔士有什么事。乔士问她在哪。她说在B市。乔士说她怎么走了也不说一声。赵玮没好气地说你不也没问吗。

乔士问赵玮带银行卡了没有，让赵玮赶紧给他3000块钱，说他要急用。没有说原因。赵玮说："我会汇过去的，但你得告诉我原因，否则我不会汇。"

乔士说有投资人知道他公司垮了，这会正守在家里要拿回钱，已经守了三天，他快撑不住了。

赵玮没有多说，当下便到银行取了钱，从邮局将钱用实时汇款打了过去——五分钟便到的那种，然后用手机发了密码和汇票号过去。乔士回信说谢谢。

回去的路上，赵玮粗略地算了一下，和乔士在一起不到四个月的时间里，自己已经在他身上花了一万元。不算倒好，一算倒把自己惊出一身冷汗来。

下午还是开会，晚上毕铦打电话来约她去听音乐，赵玮推说身体不舒服挂了电话，然后给乔士打电话，问他怎么样了。

电话里乔士标准的普通话声听来非常悦耳。他说："赵玮你想我了啊？你想我你就应该从B市来A市来看我。"

赵玮说："你怎么不从A市来B市来看我？"

"我这不是没钱吗？债主已经走了。"乔士告诉赵玮，这是他第四次面对这种情况了，有惊无险。

赵玮问他以前怎么回事。

乔士说公司刚开始的启动资金是大家合资的，有八九个人做股东，这几年时不时有人要抽回投资了。他说做公司这很正常。

"正常？"赵玮倒吸了一口冷气。

乔士说他的前前妻就是因为债主太多实在受不了就离开了他，把小培留下给他一个人带。

赵玮问他那时他不是有工作吗？怎么还会这样？

乔士说他辞职后把所有的钱和一部分住房抵押贷款全都投在另一个工程上了，结果老板音信全无。现在的住房还欠着贷款没有还清。

赵玮问他怎么不早告诉她这些。

乔士说："你不是一直没问吗？"

赵玮又问："你这几年就一直是这样过下来的吗？"

"是啊，我的前妻就是因为我曾买不起一袋土豆离开我的。"

赵玮说："你不是说她是因为债主逼债逼走的吗？"

"那是前前妻！拜托你听清楚！乔士在电话里吼。"

"你为什么以前不告诉我你结了两次婚又离了？"赵玮质问。

"你几时问过我了？"乔士在电话那边咆哮。

赵玮挂了电话。赵玮一夜无眠。毕铦打了几次手机她都没有接。

12

第二天毕铦一大早就来到她的住处，看着面目浮肿穿着睡衣的赵玮，毕铦关切地问她身体怎么样了，要不要去医院。

"我不要去医院，我要你。"赵玮说。

毕铦先是大惊，尔后非常温柔地拥起赵玮，爱抚赵玮。

毕铦的手形细长、苍白，很温暖。赵玮开始喜欢上他的手了。赵玮主动迎合毕铦，似乎比毕铦更要急切。

事后毕铦告诉赵玮他是第一次，赵玮不置可否地笑笑。

完事后两人都小睡了一会，醒后赵玮说明天就要离开B市了，今天想去走走，问毕铦愿不愿意陪她。毕铦非常乐意。

赵玮带了相机出门，准备在B市拍点照片，今天她的心情格外好，看什么都兴致勃勃。赵玮觉得这份难得的好心情归功于毕铦。

他们一起走到B市最大的广场，广场上很多人在静坐。走近一看，原来是一家破产企业的职工打着标语要求政府解决他们的问题。一些工人手里拿着企业多年获得的各种奖牌，从国家级到省、地区、市级样样俱全。赵玮给他们拍了些照片。那些工人一看见赵玮在拍照，就问她是不是记者。赵玮还没说话，有几个工人便滔滔不绝地向他们二人说起自己的困难，要求赵玮在媒体上反映出来，以便政府早点解决他们的问题。

毕铦劝赵玮不要多管闲事，但记者的敏感让赵玮突然想去这些工人的单位，去看看有些什么有价值的线索，便问毕铦去不去。毕铦不好破坏赵玮的好心情，勉强答应，但劝赵玮说，这事不是她能解决的，最好别惹祸上身。赵玮笑笑说："这有什么大不了的，反正也是闲着，就当是散步了。"

13

二人同去纺织厂。

纺织厂大门虚掩着，二人走进厂区没有看见一个人影。赵玮要向更深处走，毕铦拉住了她，说别去了。

赵玮说："你在这等我，我一会就来。"说完便向里走去。她进了一个很大的车间，车间大门敞开着，有几个工人正在忙碌。赵玮举起相机便拍。闪光灯一亮，便有几人上来围住赵玮。其中一个人臂膀很宽，个头也极高，问道："你是什么人？谁让你在这拍照？"

"我是A市的，今天看到你们的工人在广场静坐，所以来这里看看。"赵玮笑笑说。

"看看？有什么好看？这么大的厂子说垮就垮了，你们怎么不看看不反映？老板卷了工人的血汗钱跑了你们怎么不看看不反映？腐败你们怎么不看看不反映？在这里现什么形？！"

"你别激动，我只是看看。"

"看看？你们一个月拿几千块工资闲着没事这看那看的有什么用？你怎么不看看我们工人们吃的什么？喝的什么？你想曝光？有什么用？这里不要你来看！"

那人说着便要上来抢夺赵玮手中的相机。赵玮背的是一个老式的日本产的理光相机，有些重量。她本能地举起手臂保护相机。

人渐渐多了，赵玮被围在了中间。她想出去，但刚才那个义愤填膺的人不让她走。他愤怒的样子几个人都拉不下他，他一味地纠缠赵玮。赵玮拿出手机来想给毕铦打个电话，他一看见赵玮掏出手机就更加激动："你还想找帮手不成？看把你狂的！"

赵玮说："我不和你说话。"她奋力向外挤，但是拿着机子不好出，只好把手机和相机都高举过头顶往外冲。但那个人依然不罢休，挣脱开拉他的人又向赵玮扑来，赵玮躲闪的当儿，相机突然被那个人抢去了。赵玮过去夺相机,那个人拽着相机的带子抡圆了甩——扑上去的赵玮刚好碰在他甩过来的相机上,机子重重地砸在赵玮的太阳穴上。赵玮的眼前晃出张光明、乔士、毕铦的影子,赵玮在一片人影中倒了下去,连挣扎都没有。

14

　　赵玮倒下去的瞬间,站在门卫值班室的毕铦正焦急地等待赵玮出来;远在Ａ市的乔士正在和朋友喝酒,他新近准备包装几个少数民族歌手亮相全国,一个大项目要上马了,他心情好得不见一丝云彩,昨天和赵玮的争吵丝毫没能影响他的心情;张光明呢,刚收到办公王主任的传话,说有个姑娘今晚一起去看看,张光明正在想穿什么衣服去呢,他想再不能像以前一样答应结婚不要孩子,赵玮在他的脑海里早就淡了出去。

飞翔的日子

没有脚怕什么？不是还有翅膀吗？

——题记

1

安村在安城，安城是高原上的一个小城。

安村以前是个青杨和旱柳成排的地方。那时的安村有大片的麦田，一眼望不到头。每个八月，那些成熟的麦穗谦虚地低下穗头，每有风过，它们便一起发出令安村人舒服的"扑簌簌"的声音，仿佛在争着说："抓紧时间颗粒归仓吧！"

其实安村的许多庄稼人都明白：八月，未必就是个充满丰收喜庆的月份。在丰收的喜悦被有意无意地放大之后，这个月份付出的劳作并不因此而减少，甚至一年中劳动强度最大的日子，几乎都集中在这个月当中。

一年的庄稼两年的苦，老一辈庄稼人早就这样总结过了。八月里，要收割、转运、打碾，要将粮食运回家中找地方晾晒、翻拣，性急的人家还要在这个月里将新麦拉到磨坊磨成面粉，哪一个环节都不轻松。

肖蔚的父亲和母亲是不折不扣的庄稼人。他们一辈子在安村的土里刨食吃,像一只用爪子不停刨食的鸡。肖蔚后来才彻底明白过来,为什么某个人命不好时,就有人会说:生就的鸡子命。因为鸡只有用爪子不停地划拉,才能令腹中有食。

肖蔚的记忆中,每年的八月,安村的许多人无一例外地焦躁和易怒,他们的脾气在这个月中变得尤为火爆。

比如肖蔚的父亲。

母亲说:"吃点馍馍再干吧,肚子饿得前心贴后背了。"

父亲便对母亲怒目而视:"你没见菜籽都黄得要淌到地里了吗?这不是睁着眼把油往地里面泼吗?"

母亲听父亲这样一说,便再一次弯下虚弱的身子,继续用双手一根一根拔菜籽秆。

在安村,往年油菜籽成熟时,大家都挥镰收割,像收割麦子一样。后来肖蔚的父亲发现,用镰刀收割损失较大。为什么呢?因为同一块地里油菜籽成熟的时间并不一致。有的油菜籽已经熟透了,轻轻一抖,那饱满黑亮的油籽就会"唰唰"地像骤雨一般落地;而有的油菜籽还在转黄的过程中,甚至还泛着青绿。这种还没完全成熟的油菜籽如果用镰刀割下来,最后打出来的油籽颜色褐红,颗粒瘦瘦。这样的油籽收回家榨油过秤的时候,分量就会减轻许多。庄稼不等人,于是肖蔚精明的父亲选择了用手拔油菜籽秆。这样一来,那些还在成熟旅程当中的油菜籽即使离开了土地,连根倒放在田地里之后,仍然在执着地生长中,最终走向成熟。

如此一来,收油菜籽的劳动强度又增大了许多,毕竟从庄稼地里用镰刀一把一把收割,远比用手一根一根拔起要轻松和省事。但是为了多一点收成,肖蔚的父亲和母亲选择了后者。这个早晨,日头还没爬上东山时,他们踩着露水,还没到四点钟就到了地头。当太阳终于睁开眼还没散开热气,粒米未进的他们已经弯腰劳作了四五个钟头。当大太阳悬在头顶,所有的草叶儿都蒸干了露水打起蔫儿,在秋虫不安的聒噪声中,他们的身上黏着植物翠绿的汁液,爬着各类的小昆虫,他们粗糙而污浊的双手仍没有停下来的迹象。

汗珠子掉下去能摔八瓣的土地，并不因此厚待他们。种油菜籽，种小麦，种洋芋……他们春种秋收。他们不断在土地里透支精力和生命，但是每一年艰辛劳作的果实仅能勉强糊口而已。于是肖蔚的父亲和母亲同时坚定了一个信念：一定要让肖蔚和肖平姐弟俩——他们的女儿和儿子都跳出农门，当一个公家人。

在肖蔚的父亲和母亲以及安村众多人的眼中，老师、工人、干部，不，不仅仅是这些人，应该是所有朝九晚五的上班族，那些有规定的节假日可以休息的人，都是公家人。公家人有大锅饭可吃，有旱涝保收的工资可拿。到了节假日，公家人还可以拿到米、面、油以及诸如手套、工服、鞋子等等福利和实惠，也许还有别人眼睛看不到，但已装入公家人兜里的鼓鼓囊囊的可以换来一切的票子。

这一切是多么地令人眼馋啊！公家人不用一身汗两腿泥在庄稼地里劳作，他们不用看老天的脸色吃饭。他们穿得干干净净整整齐齐，他们只需在办公室里或者讲台上或者车间里做着比种庄稼轻松许多的活计。他们可以按时上班，按时下班。他们休息了还可以带着家人逛街、游公园。他们的孩子，也一定不用把泥巴、秸秆当玩具。他们有气派的塑料冲锋枪，有漂亮的布娃娃——甚至这些布娃娃还有锅灶、玩具和宠物。他们还有上了发条就会不断蹦跶的青蛙——远比那些在田野里缓慢爬行，间或一跃吓你一跳的癞蛤蟆好玩、好看，还干净可爱。

改换门庭的方式只有一个，安村的许多人都坚定地认为他们在土里刨食吃的一生已然定形，而他们的孩子还有机会跳出农门，最终成为一个公家人——途径只有一个，那就是送孩子进入学校的大门，锲而不舍地熬个十几年后，再砸锅卖铁供孩子去高等学府，那么他们的孩子就可能走出农门，成为让人艳羡的公家人。

肖蔚的父亲和母亲也同样坚定地这样以为。

于是他们真的就拉账累债地供肖蔚和肖平上学，之后又把他们送进了高等院校的校门。他们并未料到，此举在让这姐弟俩真正远离土地并最终失去土地的同时，也让他们变成了无脚鸟——在不断的飞翔中居无定所，从此无根无茎，无叶无荣。

2

"妈，给咱爸说一声，我找上工作了。"

"是什么工作？"

"就是给人家编个书什么的。"

"书不写的吗？还要编？蔚儿你可要说实话。"

"人家写的，还要人一篇一篇地整理嘛！妈，你不懂！反正这个工作挺好的，就在办公室里坐着，风吹不上，雨淋不着。"

"那敢情好！那我们蔚儿又成公家人了。这个好！你可要好好干。"

公家人？肖蔚挂断电话后，不由苦笑。

忘了是从哪里看到的这一句："你我都是单翼的天使，唯有彼此拥抱才能展翅飞翔，据说人来到世上就是为了寻找另一半的，我千辛万苦终于找到了你，却发现咱俩的翅膀是一顺边的。"又一次想到不久前打给母亲的电话，肖蔚的脑海里竟然全是鸟在飞。

"肖蔚你说说你到底是怎么想的。"老钱怒不可遏地打断正在出神的肖蔚。

肖蔚在编辑部所有人的注视下茫然无措。

"每个月的广告任务你总是有借口不去完成，甚至我明确告诉你怎么做的时候你总是听而不闻。我把这么重要的担子交给你，你却出这么大的差错，你让我如何向广大读者交代？"老钱说话时不断打着手势——迅速地将抱紧的两臂解放一只之后，把手指不断点向肖蔚，然后又迅速抱回。老钱义正词严的样子在肖蔚眼里不无滑稽。

正在开每一期出刊后的小结会。杂志每出一期都会有一个总结，老钱抓住一切时机鼓舞士气，统一思想。老钱也会机警地掐灭任何看来可疑的、于杂志创收不利的一切苗头。比如这次，她肖蔚不但将一篇本应该放头条的文章放到后面不说,还将解宇轩的评论文章放到栏目的显眼位置——解宇轩所评的文章不是别人的,正是肖蔚的。

"这是绝对不允许的!"老钱义正词严地说。

肖蔚当然记得老钱无数次说过,这里不是培养作家的地方。老钱说她肖蔚的文章写得好,并不意味着她就可以顺风顺水地在这个页页皆金的杂志上随意排放自己的作品。老钱将每一个页码的成本做了精确到人民币分以后——厘的估算。一篇不会带来任何经济收益的稿子,居然侵占了隐藏着无数创收可能的作者——尤其是一位县局领导的稿件应在的位置,老钱当然不会允许。何况这位热爱文学的领导曾为《青杨舫》杂志的广告事业做出过突出的、巨大的贡献。

老钱充满愤怒地指责肖蔚时,老钱那须发皆白的脑袋不时郑重地、快节奏地点几下,油光发亮的圆脸上写满了不断压制着的愤怒。

老钱自办了一份民刊《青杨舫》。这份没有任何经济实体支撑的民刊,生死存亡全系在广告收入上。在这个网络铺天盖地的时代,纸媒早被冷落到墙角,大有被逐出历史舞台的趋势。老钱这份民刊的生存非常艰难——艰难到每一期出刊都会入不敷出,以至于老钱以社长兼总编的身份拉下的队伍随时就会作鸟兽散。虽然有许多的文学爱好者曾义无反顾地投到老钱的麾下,但是在终于看清文学不过是老钱谋利的幌子时,许多人选择了离开,同时坚定地做了一匹不吃回头草的好马。毕竟生存第一,在一个濒临死亡的民刊上吊死,绝不是这个物欲与权欲纵横的社会里有为之人的所为。

三年前,大学毕业后进入一家集体企业的肖蔚终于如父母所愿,成了一名公家人,并且很快和单位的另一个公家人处对象、结婚,组成了一个公家人的家庭。然而令肖蔚以及肖蔚的父母和安村所有人没有想到的是,不过三年的时间,肖蔚便在轰轰烈烈的破产下岗之风中回到了失业的自由状态。又一个两年后,肖蔚这个公家人结束了在艰难中维持了三年的婚姻,走出了他们的公家人家庭。那一年,肖蔚二十三岁,从此开始了飞翔的日子。

肖蔚先是停在了《青杨舫》。

《青杨舫》处于随时濒临灭亡的境地。这一点，老钱明白，肖蔚也明白。

3

一定要做个公家人。母亲不止一次对肖蔚说。父亲的眼神，在母亲每一次说这句话的时候，充满了混浊的期待。

肖蔚尤其记得那一回，在母亲流着眼泪要她做个公家人时，混合在脸上的疼爱、忧戚以及希冀，在八月的阳光下，显出异样的悲壮。

收割下来的麦子被打成了捆，像僵直的没有手臂的草人——安城人称其为麦捆子。草人的腰上扎了几道由麦草挽成的草绳——俗称腰把子。每两个草人的头紧紧靠在一起互相支撑，下面则分开立在地上。无数个草人紧挨在一起摆成一排又一排。从一侧看，成排的麦捆子像是一个锐角三角体立在麦田里。从另一侧看，成排的麦捆子又像是一排麦草墙。再换一个角度，却又像是一个三角顶的低矮的草房子。

调皮的孩子们又在这里找到了乐园，他们争相低下脑袋俯下身子，钻进那个三角形的空隙里玩耍，永远都不知疲惫的样子。在这帮调皮的孩子中，包括肖蔚的弟弟肖平。

父亲带肖平来地边，原想让他也干点活——帮大人转运麦捆子。但是父亲和母亲同时放弃了这个想法。弟弟的个子还不及一个麦捆子高。那些草人儿，弟弟只有仰视的份儿，哪能背得动？

父亲对着弟弟说了一句"一边玩去"，此后再无一句话。他沉默着将一截麻绳两折后在地上放成一条直线，然后将七八个麦捆子放倒在地摆在绳线上。绳子的位置在麦捆子四六分的位置。父亲用力拉紧绳子的两头，麻利地将绳子的一头穿进另一头的绳环里，熟练地绕了几圈，于是一个结实的活扣就形成了。父亲将手背朝外伸进麦捆和绳子之间窄小的空隙，下力气握了几握，于是绳子和麦捆子之间便有了足够的空隙，可容父亲将右肩的一小部分插进去。紧接着，父亲蹲下身来，将小山一样的麦捆子斜背在肩上。父亲起身的时候，总要大喝一声，仿佛没有那声呼喝，他就无法使出身上的力气。肖蔚清楚地听见，每一次父亲蹲地起身的时候，他的骨节都会咯咯作响。

母亲没有父亲那么夸张，但母亲干活并不偷懒，她每回都会背起五个麦捆子，迈出艰难的大步，躬着腰向着固定的地方不断行进。

过了许久，父亲和母亲都没有停下来的意思。他们要把这些麦捆子运送到几百米外的小路边，便于拖拉机拖运到打碾场上。

倔强的肖蔚想在父亲和母亲面前表现一下，只能背两个麦捆子的她一口气背起三个，结果还没走两步，她就被一个田梗绊倒了。其中一个麦捆子的腰把子散了，带着秸秆的麦穗散了一地。母亲看见后，停下脚步，对着被麦捆子压倒的肖蔚说："好好学习，以后做个公家人，就不用受这份罪。"

母亲说话的时候，肖蔚正被高出她身高许多的麦捆子压倒在地狼狈不堪，田梗擦伤了肖蔚的膝盖，痛得她龇牙咧嘴。母亲并没有走过来扶肖蔚，这时母亲正背着五个麦捆子艰难前进。

母亲后背上的麦捆子紧抵在母亲的脑后，让她很难抬起头。捆麦捆的绳索深深勒进母亲的右肩。当母亲抬起身偏过脑袋和肖蔚说话的时候，阳光正好打在母亲的脸上。

阳光铿锵。母亲皱起眉眯了眼，似乎是被阳光刺痛了。眼泪很快就洇湿母亲尘灰满布的脸，混着汗水，弄花了母亲的脸。

4

肖蔚太爱文字了，喜欢这种可以在文字里自由呼吸的感觉，喜欢看着一篇篇来稿，喜欢对着这些不成熟却真挚的稿件圈圈点点。她甚至还喜欢上了与文字有关的印刷厂，那干净清爽的激光照排车间，那机器轰响的印刷车间，那油墨浓郁的装订车间……她都喜欢。她更期待每一期崭新的《青杨舫》出刊后，由她第一个在油墨的馨香中捧读，享受那种成就与安慰并存的时刻。她无法对父亲和母亲解释自己现在的身份——公家人三个字现在离她如此遥远。她觉得自己是个不孝的女儿，无力实现父亲和母亲让她当一个公家人的愿望。

凝在一起的诸多情绪渐渐变为文字，暂时安慰着愧疚和自责并存的肖蔚。肖蔚没想到她安慰自己同时却引来了关注的目光。年近花甲的解宇轩——一位做了一辈子人民教师的公家人注意到她。凡是肖蔚的文字他每篇必读。他发现她的异禀与才华。出于惜才爱才的本能，解宇轩给她写下了一篇文评——《秀笔蘸墨落凡尘》。毕竟是科班出身，且常年浸淫于文字，他的文笔苍劲老道，行云流水间寄托着给予肖蔚的鼓励与支持。

老钱说他没有多余的钱发工资，只能给编辑部的人发一点点生活费。编辑部的人来了又走了，走马灯一样的轮换，唯有肖蔚几年如一日地坚持着。想像解宇轩——这位年龄大出肖蔚几轮的老者，在长夜的灯下阅读她的文字时的情景，以及他长期的关注和支持，这更加坚定了肖蔚留在编辑部的决心，同时也让肖蔚有了几许自信。

没有人知道肖蔚骨子里的不自信，自卑深埋在内心的最隐秘之处，时不时会探出头来，狠狠地咬她一口。尊严的面具其实早已破碎不堪，不过勉强支撑着一些残存的碎片，甚至连自己都无法安慰。向来悲观的肖蔚走出婚姻后开始习惯于一个人独行。一个人的行走太孤单，解宇轩伸出一双给肖蔚注力的双手——虽然这双手的主人已经风烛残年，但正因为如此，肖蔚更加珍视并敬重这双手的主人。向来独来独往的肖蔚买了礼品郑重地去解宇轩家中答谢他。

满头白发的解宇轩虽然清瘦，但精神矍铄，挺得笔直的腰身，仿佛安村挺拔的枫叶杨，阳光、健康。那厚厚的啤酒瓶底样的眼镜后，有一双眨动频繁的眼睛。

也许是因为那篇评论，也许是因为父母对于公家人身份的过分执着，肖蔚初次见到有着公家人身份的解宇轩，除了莫名的亲切感，还有亲人般的温暖。这次会面的意义，对于肖蔚来说，非同寻常。

肖蔚当然不会有意识地将解宇轩的文字往前排放。她有她的操守。每一期的头条与二条她都经过深思熟虑，从可读性、文学性、趣味性出发，并时时考虑一份民刊的生存方式和境遇，尽量使刊物能够质与量并存。

每一期目录做好之后，肖蔚一定会请老钱过目。老钱虽然对她在稿件的编排上委以重任，但绝不是完全放手，每一篇稿件都会在老钱点了头之后她肖蔚才敢放手做。当肖蔚将今年的第二期目录交到老钱面前时，老钱正和一个小老板套近乎。这个小老板答应每期给老钱的刊物一点赞助费，用以支持老钱的文学事业。老钱那时正眉开眼笑，并没有细看目录中稿件的排放顺序，忽略了那位曾经起过重要作用，并且在将来可能还会起重要作用的县局领导。在这一期的三校完毕后，肖蔚和往常一样将最后定稿的清样交老钱过目。老钱那时依然非常忙碌，他的两部手机轮番轰炸——老钱的手机铃音是巨大的投弹爆炸声。老钱在手机的世界里忙得不亦乐乎，这边刚刚一番嘘寒问暖，那边又在阔谈文学，于是老钱再一次忽略了那位领导的稿件所在的位置。

于是，今年的二期《青杨舫》付印了。当印好的刊物一份份送到相关人员的手中，和往常一样，许多不实的赞誉之词也紧随而来。老钱是乐于享受这些的，虽然有夸大有水分，但是好话一句三春暖。刚愎自用的老钱当然不会排斥这样的美好时刻，毕竟，他在这个几十年没有一份文学期刊的地区创办了一个新鲜的且充满文化因子的东西。抛开刊物的质量不论，老钱对这个地区文化事业的发展功不可没。

可是令老钱没想到的是，在这个美妙的时刻，县局一丁姓领导突然跳出来兴师问罪，他的手指几乎要放进老钱的眼窝里。

虽然所有人都知道，这位丁领导曾经的创作成绩就是东拼西凑成几篇所谓的论文，然后结集自费出版发行，但是在这个文化与文化人奇缺的小小的安城，丁领导自然是名副其实的文化名人，自然有他的疆场任其驰骋，更有人愿意买他的账。

丁领导说到他这些年给《青杨舫》带来的经济效益,说到他为创收立下的汗马功劳,说到他的创作成绩……丁领导说完这些,得出的结论是:我在这个地区的影响之大,怎么会超不过你们编辑部的肖蔚?居然让一篇与她有关的评论放在我的作品之前!

丁领导几乎暴跳如雷,大有誓不罢休之势。在他四下飞溅的唾沫星中,老钱毫无招架之力,更遑论进攻之势。老钱无数次摘下眼镜,用他大领西装的衣角迅速擦过后又重新戴回去。老钱内心里大概繁复异常。渐渐不敌的老钱急于找一个挡箭牌,肖蔚当然是最好的盾牌,可以保他全身而退。

于是肖蔚被老钱拉到了丁领导面前。丁领导肉质的厚嘴唇,参差不齐的黄白牙齿,闪亮的聚光眼,以及两颊上不断抖动的肉块,一下子全都逼到肖蔚面前。向来不善言辞的肖蔚不辨东西,在丁领导的强攻下几乎要落荒而逃。

老钱在丁领导面前大汗淋漓。谎言说过一千遍就是真理,何况丁领导说的不是谎言,不过是水分多些的话而已,老钱听得多了自然便是真理了。

想到肖蔚日渐缩水的广告业绩,想到肖蔚闲下来只顾自己埋头创作不管杂志死活,想到自己对肖蔚委以的巨大信任——编辑、校对、统稿、排版的工作交给她全权负责,老钱发觉自己简直是养了一个白眼狼——只知道索取不知道奉献。连牛吃的是草尚能挤出奶来,肖蔚却无数次对他冷嘲加热讽。是可忍孰不可忍!老钱再一次重申:"肖蔚我养活你已经几个年头了。"

养活我?老钱养活我?肖蔚不由得想冷笑。她如此在意的一份工作——一份与文字有关的工作,不过仅仅是与自己的爱好有着莫大关系而已,原来以为这份工作有着非同寻常的意义,现在一切皆没有了意义。脑海里无数次回响的所有和坚守有关的声音戛然而止。她肖蔚年纪轻轻,有手有脚,何以就轮到让老钱来养活?怎么能让这样一个退了休自办了一个大杂烩性质刊物的人,无视她肖蔚几年来对杂志所做的工作,就被他白白养活?

肖蔚心有不甘。哪里黄土不埋人？肖蔚在瞬间做出了一个决定——辞职。她毅然辞去编辑部主任的职务，从此投入另一个找工作的征程。

5

这一天，轮到肖家的麦子进脱粒机。

那个时候的肖蔚还在上小学。那一天，父亲、母亲务劳了几个月的麦子，已经从庄稼地里收割打捆后运送到打碾场上。打碾场上的麦子隐藏在金黄的秸秆和穗头中，码放成一个大堆，围在脱粒机周围。

那时候，大型收割机还没有进入安城。安城的人，打碾通常是靠牲口拖着石碌来回碾压。条件好一点的川水地区，用小型手扶拖拉机头带着石碌来回碾压。还有的人家，直接将收割下来的小麦捆散开放在柏油马路上，任由路过的车辆碾压。总之，安城人收麦的方式五花八门，但是万变不离其宗，那就是把脱离麦衣的麦子运回家中晾晒，把剩下的麦秸秆也运回家，当作日常做饭烧火以及冬天烧炕取暖的燃料。这其中的每一项，工作量都不容小觑。

肖蔚的家位于安城较为富庶的川水地区，打碾已经使用上现代化的机械——脱粒机。那时候，可不是每个生产队都能买得起脱粒机。大多数人家打碾全凭人力，再借助牲口或者小型手扶拖拉机。但是即使使用脱粒机，把麦子运回家中也不容易。

堆在打碾场上的麦捆子像一个巨大的草塔，无比庄严地矗立着。脱粒机在离草塔几十米外的地方，机器工作的时候，先要由人工一个一个往脱粒机的进料口填进去打成捆的麦子。而麦捆通常高高地堆放在另一个地方，得由一个人从最上面提起腰把子往下摞，下面还得有一个人接着，然后转给下一个人，往机器附近运送。这样一来，仅仅是往脱粒机口运料的过程，就不是一、两个人所能做得到的。进料口的工作简直可以用惊险来形容。有时候，麦捆中稍带的石块等杂物在机器的飞速运转中会从进口飞出，不是眼疾手快的人，很容易被这些东西击伤。

从脱粒机分离出来的除了金黄喜人的麦粒，还有长长的麦秸秆以及细碎的麦草和麦衣。麦秸秆从脱粒机的另一头——一个粗口的金属管中自动排出。这个时候，需要有人在管道口用三叉或四叉的叉锨迅速将排出的麦草拔拉到一旁。这项工作动作慢了可不行，麦草会很快积在一起堵住管道口甚至整条管道，引起整个机器运转不畅，最终导致机器罢工。在管道口叉草的人身边还必须配一两个人，分别将这些麦草转运、堆放到固定的位置组成一堆。

分离出细碎麦衣草的脱粒机管道口相对较细，两三个人便可以完成将麦衣草运离管道口的工作，最后堆成小堆。

脱粒机分离出的麦子要经过人力的铲运，将这些细碎的麦粒运送到另一处，堆放在一个小型风机的前面。这个时候，还需要几个人，用轻便的木锨一锨一锨地向着风机的方向扬起麦粒，借助风力将麦粒中掺杂的麦衣等杂物吹走。落地的麦堆旁，必须有一个人手拿扫把，不断地轻掠落地的小麦堆，除去没有被风机吹干净的杂质。其他几个人，负责将扫把掠过后的麦粒装袋捆扎。那些装麦粒的袋子，通常是些白色的塑料编织袋，也有少量的大麻袋。

这些袋子上，都有肖蔚的母亲精心缝制的补丁。肖蔚觉得这些编织袋上的补丁十分丑陋而且可厌。肖蔚真想换一批新的编织袋，可是钱从哪里来？这个问题令肖蔚头疼。

母亲神色凝重。埋头干活的肖蔚时不时抬起头来向着母亲的方向偷窥。母亲周围的每一个人都显得异常严肃又疲惫，他们挥汗如雨，紧张而机械地劳作。没有一个人敢在这个时候懈怠。秋季的安城多雨，有时连阴十几天也不见放晴。每一家的麦捆子分别堆放在打碾场上，全凭抓阄的顺序挨个打碾。如果不早点将麦子运回家，雨水浸泡过的麦子就会发芽。

此时此刻，肖蔚生怕母亲再张嘴说出公家人几个字。她渐渐觉得，嘴唇和牙齿轻轻碰触就能产生的这三个字，有着巨大的杀伤力。

6

肖蔚是个决绝的人，她不但离开了老钱的刊物，甚至还离开了老钱所在的地域，来到一个更大的城市。

这个城市车水马龙人来人往，这个城市人声鼎沸繁华喧嚣。肖蔚觉得自己从此有了一双翅膀，可以自由地翱翔在这个城市的上空。

肖蔚遇到一个矮个子男人。

这个矮个子男人黄白的方脸上长着两个鼻孔朝天的塌鼻子。这个男人的工作室正急于招聘一个会写解说词的工作人员。肖蔚发表在《青杨舫》的那些小文正好进入这个男人的法眼。

男人听完肖蔚的自我介绍后，迅速地眨巴十几下眼睛之后对肖蔚说："我给你一个支点，让你撬起整个地球。"男人说这句话的时候，停顿了三次，如果按男人的语速，这句话正确的写法应该是这样：我给你一个——支点——让你撬起——整个地球。停顿的间隙男人端起桌上的大茶杯，大口喝水，然后再将喝进嘴里的茶叶"呸、呸"地一口一口使劲吐进杯中。

之后男人又作了一个激情四溢的演讲，关乎这个工作室的过去与未来。其间除了正常或不正常的停顿外，再没有插曲。这段演讲有着蛊惑人心的力量。肖蔚从演讲的内容听出这是个才华横溢却又怀才不遇的有志男人。

肖蔚到男人的工作室时，男人的队伍已作鸟兽散，男人此时正值落魄与潦倒之际。肖蔚有一种异常强大的逆反心理——明知不可为而为之。

男人感激肖蔚在此时伸出的那双给他力量和温暖的纤纤玉手。

于是开始了艰辛的重新创业的日子。好在男人手里有许多客户资源，曾经一蹶不振的男人，在肖蔚到来后斗志重燃。于是，一张张大网在男人的精心谋划下撒开，男人白天撒网，肖蔚晚上补网收拾入网的小鱼小虾，日子从此充满了期待——期待那些重量级的大鱼大虾入网的日子，日子还充满了战斗的喜悦。

男人制作电视专题片。这些电视专题片不是在电视上播出的，而是单位内部留做资料或者展示给上级单位与相关行业的成果。男人拍摄，肖蔚写解说词，人手不够时，男人会从其庞大的人脉资源中遴选几人临时客串跑龙套。肖蔚在这个城里开始的每一个日子都过得风生水起。

男人说，肖蔚的到来让他活了过来。肖蔚说，是你给了我一个支点。

温情而充满变数的日子，正是内心里永远不安分的肖蔚所向往的。

连续几个月，几乎每天都有忙不完的活。男人不休息，肖蔚也不休息；男人熬红了双眼，肖蔚也强睁着布满闪电状血丝的大眼睛。拍大型歌舞剧，拍个人专唱，拍部队内务……男人的资源在这几个月里以迅猛奔跑的马的姿态冲进男人和肖蔚的世界，几乎令男人和肖蔚目不暇接，措手不及。

工作得一件一件做，男人是个偏执而专注的人，男人不放心交给肖蔚做剪辑，男人亲自剪辑编辑每一部片子，男人将镜头中的每一毫秒都要自己切出来拼接，男人要每一个画面都至善至美，男人要做足功课。

男人大号的水杯里全是茶叶，泡开的茶叶像细碎的秋叶层层叠叠密密匝匝挤占杯内，茶水反倒少得可怜——常常是男人还没喝几口，水杯里就只剩下茶叶了。那涩到难以下咽的茶水，让肖蔚的心也苦涩异常。

如果有人问肖蔚是怎么爱上这个矮个子男人的。肖蔚一定会告诉你，是一个拥抱。

一年多以来，男人的业务量猛增。有一天，男人对整理场记的肖蔚说："你应该感到自豪。这么好的业绩，和你的到来分不开。"

"和我分不开？"肖蔚一时愣在那里。

肖蔚在老钱那里听多了完不成广告任务的指责和数落，在这个工作室，之前听到最多的还是不断地督促她努力再努力。对于专题片的剪辑，肖蔚是个门外汉，她的文学语言要转成为电视专题片解说词的语言，不是一朝一夕就可以完成的。唯有不断地学习再学习，其过程用艰难来形容并不为过。都说"人过三十不学艺"，肖蔚马上就要奔三了，却开始学习摄像、摄影，学习非线制作，学习画面剪辑，学习镜头语言……肖蔚并不笨，但如此专业的东西，绝对不是一蹴而就的事情。肖蔚使出全身之力刻苦学习，只盼望有一天，这个男人能对她肖蔚刮目相看。如今，男人的这一句话，无疑就是对于肖蔚一年以来努力的肯定和鼓励。肖蔚有说不出的激动，心里面好一番翻江倒海。

就在这个时候，男人给了肖蔚一个拥抱。这可不是一个普通的拥抱。男人拥抱的程序是这样的：他原来坐在离肖蔚不远的一把电脑椅上，他特地走过来，坐在紧挨肖蔚的那把椅子上，看着陷入沉思状态的肖蔚，男人转过头，对着他面前漆黑的电脑屏，把右手支在下巴上也陷入了深思。过了几分钟，男人突然转过身来，大幅度地张开双臂，以至于右手狠撞在电脑屏上。男人全不在意，鹰一样张臂俯过身来——他身下的椅子还来不及反应，竟想将男人的屁股甩出椅座，好在屁股和椅座到底感情深，加之还有扶手挡着，男人并没有完全离开椅子——男人于是结结实实地给了肖蔚一个拥抱。

尚在沉思中的肖蔚来不及做出任何反应。男人的一只手臂绕过她的肩膀，另一只手臂绕过她的脖子。更加让肖蔚意外的是，男人的脸也紧紧贴着她的一侧脸颊。

只是几秒钟的工夫，拥抱结束，男人松开了手臂。

肖蔚真心地感动于这个拥抱。男人的手臂很有力量。男人的脸贴过来时，胡茬扎人，有暖人的温度。男人满身的烟草味肖蔚也不反感。她再次忆起老钱，想到几年时间在老钱的《青杨舫》里，因为她的广告业绩负增长，老钱虽然将出刊的工作放心地交给她做，但从来没有任何一句肯定她工作的话，甚至连她的文章，也因为没有按时完成广告任务而一味贬低。她也想到解宇轩，说实在的，虽然这个老人也可以说是自己的伯乐，但是，那种居高临下的俯视横亘在肖蔚面前，让肖蔚无力跨越。

肖蔚被眼前这个矮个子男人彻底打动，这个拥抱既温暖，又沉重，它带着肖蔚一直在往下坠，它的重力加速度非同一般，在奇怪地甩开肖蔚之后，又以惊涛骇浪之势向着肖蔚直冲过来……肖蔚既感动，又感激，肖蔚同时不能不感慨生活要一些人负担得如此辛苦，原是唾手可得的，却要有些人耗尽心力也未必能够成功。看着眼前敬业而执着的男人时时累得快要吐血，肖蔚心疼这个为理想放弃公家人身份，为事业奉献一切至今没有家的男人。于是肖蔚用男人发给她的工资买来营养品滋补品，肖蔚亲自下厨给男人改善伙食增加营养。肖蔚甚至退了自己在外面合租的房子，直接搬到男人的工作室。两个没有家庭的成年男女少了很多顾忌，肖蔚用自己的身体温暖男人的身心，鼓舞男人的斗志，肖蔚觉得幸福和安心。

有希望的日子每一天都无比美好。顺风顺水的男人用全部积蓄购进了大批设备。男人要将蛋糕做大，男人要做大做强自己的事业。租来五十平方米工作室的男人甚至想买摄像摇臂和摄像轨道，男人在每一台工作电脑里安装了正版的非线编辑软件，男人希望工作室新招进来的每一个人、每一台机子全部都能制作出精良的专题片。

男人要效率，要效益。壮志与雄心满怀的男人，还想成立一家大型影视制作公司，与陈凯歌等国际大导演合作拍电影。

从摄像器材、设备到后期剪辑合成软件，男人全套拿下，毫不犹豫。

肖蔚劝男人悠着点，男人说女人就是见识短头发长。

7

那一天，眼看时间已过正午，然而肖家的麦塔还高高耸立着，连一半都没有消下去。

肖蔚的母亲焦急万分。因为李嫂病了，李大哥要照顾她，今年打碾场上一下子少了李家的两个人。而隔壁的张顺子前几日被脱粒机口飞出的石块击伤，正在家中养着。于是大家分工安置人员的时候，不得不压缩。脱粒机口的位置仅安排了两个人，一个人在麦塔上往下扔麦捆子，另一个人在麦塔下的脱粒机口将麦捆子一个一个填进进料口。中间少一个运转的人，进料口的人显然忙不过来。还有，出草口也少了一个人，意味着叉草的人得加大工作力度，否则麦草就会堆积如山。而另一边堆草的人也是手忙脚乱，他一个人又得运送，又得码放，于是他码的草堆看起来实在不能成堆，只能叫摊。

大家齐心协力分工合作，每个人都忙得焦头烂额，每个人都饥肠辘辘，毕竟高强度的劳作能量消耗不能和平时比。

快到吃午饭的时间了，打碾时有一条不成文的规矩：轮到谁家打碾就由谁家管饭。目的只有一个，为了争分夺秒早点把粮食收回家。今天是肖家打碾，自然得由肖家管饭。可是现在哪个位置都抽不出人来，肖蔚的母亲正在风机的位置扬麦粒。她一走开，就没人扬麦粒，如果直接装袋，回家后的工作量又得加大，毕竟用人工一筛一筛的过筛除麦衣，远比借风机之力更加复杂，而且费时费力。怎么办？母亲盯上了肖蔚。此刻，肖蔚低着头拿着编织袋往里装麦粒。

"蔚儿，你赶紧回家做饭。"母亲说话的时候，语气急促，不容置疑。

十岁的肖蔚平时会干些洗衣做饭的活，但是一下子做打碾场上这十几二十个人的饭，还是第一次。

"做什么？怎么做？"肖蔚停下刨粮食的动作，茫然地望着母亲。

"就和平时一样，你炒一锅洋芋。"

"可是……"肖蔚犹豫不决。

"没有可是，"母亲斩钉截铁地说："佐料你就放平时的六到七倍。平时放一勺，这次就放六到七勺。油、盐、姜、辣椒，全都一样。"

"唔——"

"你记得要先烧水,把馍装好,也装平时六、七倍的量。记下没?如果你一个人拿不动,叫上弟弟,你们两个一起拿。开水壶你得自己拿着,弟弟小,小心别烫着他。"

"记下了。"肖蔚懂事地点点头。拍了拍身上的土灰,向着家的方向走。她们家在打碾场几公里外的地方,迈着小碎步的她走得急促而有力。

许多年后,肖蔚仍对自己在那一天一个人回家做饭的过程记忆犹新。

弟弟那时还小,肖蔚想让弟弟帮她洗菜,但是弟弟只照了个面就跑出去玩了。肖蔚只能一个人洗菜切菜,然后还要烧火炒菜。家里的柴火总也烧不旺,好不容易等油锅烧热洋芋条下了锅,火又太大了。她赶忙翻炒,那些扒在大铁锅锅底的洋芋条很快就冒起黑烟。她赶紧用草灰压火,又手忙脚乱地往锅里添水,结果一不小心水加得太多,把菜全湮了。这个时候,灶里的火彻底熄灭了,锅里的菜成了一锅汤,汤面上还浮着焦黑的菜渣。肖蔚找来漏勺,将面目模糊的洋芋条从汤水中打捞出来。

当肖蔚做好平时五倍量的菜时,她根本不知道该用什么来装菜。因为母亲没有告诉她用什么装。回去再问母亲肯定不现实,肖蔚自作主张,用洗菜盆装好菜,一个人端着一大盆热菜,拎着馍块,还提了一壶水,踉踉跄跄向着打碾场行进。

汗水打湿了肖蔚的全身,汗湿的刘海抿在额头上,鼻子里呼出的热气几乎烫着她的鼻洞口和上嘴唇。母亲蒸的胡麻籽花卷散出一阵阵诱人的香气,那些红褐色的胡麻籽母亲平时舍不得用,只有在农忙时节才会在蒸花卷时用上。加胡麻籽蒸出来的花卷油分大,味道香,尤其是胡麻籽的浓香简直有着无法抵挡的魔力。腹中空空的肖蔚,虽然也很想吃一个,但是想着打碾场上的父亲和母亲,以及所有帮工的人,肖蔚把口水咽回到肚子里。

那个晚上,母亲回来得很晚,母亲说她的腰直不起来了。父亲叹了口气没有说话。母亲说，今天多亏了蔚儿，否则，她一个人，就差把自己撕成两半用了。

母亲在那个晚上还对肖蔚说："当了公家人，就没有这些苦累了。"

肖蔚至今记得母亲在十五瓦的灯下说这句话时的情形，昏黄的灯下，母亲的头发被头巾压得紧紧地贴在脑壳上，右半边还粘了根麦草，母亲看起来极度虚弱而且疲惫。

"还有心思说闲话？快点睡，明天还要早起呢！"肖蔚听见父亲在暗中吼……

8

当男人倾尽囊中所有添置了许多精良的设备器械后，男人的客户却越来越少。九月，业务量已经呈现明显下滑趋势，男人还不以为意。十月，又没有一个客户上门时，没有活做的男人开始焦躁无比。

肖蔚更加焦躁，男人才扩充不久的队伍像充满气的球，正在一丝丝漏气，渐渐萎缩。

转眼到了十二月天寒地冻的时节，整整三个半月的时间里，男人唯一的活是帮电视台的朋友义务剪辑一个他们已经拍摄好但没有时间剪辑的片子——一个烂到让男人吐血的片子。拍摄手法不专业，取景跑焦，缺乏电视语言，全是大场景，不见一个细节，写意的镜头更是奇缺……男人一边历数摄像师的拙劣与技粗，一边痛骂电视台的人全都是蠢猪。

埋头剪辑制作的男人不断吸烟，肖蔚也跟着吸。烟雾缭绕中一包烟很快就没有了，与此同时，向来不会积蓄的肖蔚在坐吃山空中几乎山穷水尽。

无数个夜里，肖蔚和男人看着工作室那些崭新的器材设备，两个人大睁着眼睛不敢互相对视，害怕眼睛里会喷出火来将对方同时也将自己燃为灰烬。

男人烦躁无比，肖蔚也沮丧不安。员工的工资发不出来，入冬的取暖费还欠着，而物业费尚未缴纳。房租、水费、电费、电话费等诸多开支都没有着落……男人到处欠账，男人的脸色阴沉如冬日里不出太阳的天空。

肖蔚收到了一笔稿费，肖蔚决定用自己的稿费请男人喝酒。

肖蔚觉得男人太消沉了。在所有的员工连续三个月拿不到一分钱工资，而且知道男人根本无力支付他们的工资时，总是嘻嘻哈哈的满头黄发的小金走了，小黄等了又等最终不得不在绝望中离去，矮李子甚至想拿一件设备抵工资，无奈被肖蔚看得太紧，见无机可乘，也只好选择离去。还有大个张，总是咋咋呼呼的他，从第一月拿不上工资起就开始长久地沉默……他们一个一个都走了，最后只剩下肖蔚留在男人身边。

白色的透明液体盛在晶莹剔透的高脚杯中，杯沿打着金边，一切都那么热烈又浓酽，一如这浓烈的53度的清香四溢的白酒。于是两个人都醉了。一直在勾画宏伟蓝图的男人最终伏在桌上打起了鼾。

无法支撑自己的男人重重地倚在肖蔚的身上。两只脚踩进棉花里的肖蔚想把男人扶回家，但此刻却感觉男人重如泰山。肖蔚瘦弱的肩膀无法撑起一座雄性的大山。肖蔚根本无法回到远在另一个区的工作室兼家中，不得已，肖蔚在附近的宾馆给男人开了一间房。

这个夜里，男人不断呕吐，胃吐空了就干呕。不犯呕的时候，男人不断说着豪言壮语，目空一切的男人时而痛哭，时而狂笑。

一夜混沌。肖蔚和衣守在男人身边，坐到天亮。

男人终于在天色微曦时清醒过来，男人一睁眼便开始抱怨，抱怨肖蔚将他留在这里，男人说他必须回到工作室工作。其实男人所谓的工作内容，不过是整理半年前的辉煌业绩，新的工作一件都没有。

男人踉踉跄跄地出门，肖蔚双腿打着颤紧跟在男人后面，肖蔚甚至来不及退房间的押金。过了一条街又一条街，肖蔚与男人来到男人的工作室。

一楼工作室的门虚掩着。男人进门后马上暴跳如雷。

男人不久前购进的设备器械全都不见了,工作室一片狼藉。

男人嚎叫一声跪了下来。男人痛哭失声。

肖蔚惊呆了,不知所措地站在男人身边,看着身边的男人渐如山崩不断塌下去,肖蔚想扶男人坐在椅子上。

男人突然发力,向着肖蔚劈头盖脸地打了下来……

肖蔚护着脸护不了身体。肖蔚在躲避中不断后退。男人的一只脚飞起来,重锤一样落在肖蔚瘦削的身体上……

肖蔚逃跑了。

肖蔚听到暴怒中的男人在她身后声嘶力竭地说了一个字——滚。那一声"滚"后还有雷霆万钧——"你这个不要脸的女人!一切都是你造成的!我要举报你!你要赔偿我的全部损失!"

有种东西在肖蔚心中猛然爆炸,以摧枯拉朽之势炸开,之后,留下诸多混乱到让人崩溃的残片。肖蔚跌跌撞撞地奔跑,肖蔚泪流满面无声地哭泣……

9

还是热火朝天的八月。

打碾场上运来的麦草必须要转到家中的草房里。肖蔚的父亲和母亲借用别人的手扶拖拉机,一趟又一趟将麦草运到肖家的巷道外。由于巷道口太窄,拖拉机进不了巷道,只能将山一样的麦草卸在几百米外的巷道口。

父亲沉默着卸完车,然后将摊在地上的麦草拢做一堆,但是收效甚微,毕竟麦草太多,巷道口铺开的草摊子巨大。

母亲找来肖蔚和肖平,将一大一小两个红柳条编成的背斗分别给了姐弟二人,要他们两个人将这些麦草一点一点运到自家的草房。母亲说打碾场上忙得快着火了,她得赶紧去。

肖蔚以为打碾场真的着了火，担心地说："妈妈，你和爸爸小心，别烧着自己了。"母亲早已走远，肖蔚看着母亲利索地跳上手扶拖拉机，屁股沉沉地坐在拖厢的车沿上。

拖拉机"突突突"地开走了，载着父亲和母亲，向着打碾场的方向驶去。

肖蔚拿起背斗，这个背斗只比她矮半个头。她将背斗靠在草堆上，身子紧贴在另一侧，双手将麦草一把一把装进硕大的背斗中。

新鲜的麦草有着金黄的色泽，在阳光下闪着炫目的黄白色。麦草中的草灰积在鼻子和嗓子眼里，刺激得肖蔚总想打喷嚏。那些肉眼看不见的麦芒仿佛自己长了眼睛，专门往裸露的皮肤里钻，一遇到汗水，钻心地痒。肖蔚顾不上这些，她手脚不停地忙碌，一背斗一背斗地往家中的草房运送麦草。

弟弟总是贪玩，这堆麦草对于他的意义重大，他可以在上面开心地翻跟斗和跳跃，他找出麦秸中草管未被压扁的，收集在手里准备拿回家当吸管。他还精心选择了一些草秸规整的，想让肖蔚给他编草马。肖蔚哪有心思理会他。她一边忧心在打碾场上忙得着火的父母亲，一边看着山一样成堆的麦草，担忧凭一两人之力，如何运回家中草房。她每装满一背斗，总会使出全身的劲道再压压瓷实，想尽量往里多填装一些。但每一回她都绝望地发现，不论她多装多少背回草房，这山一样的麦草并未就此消减，甚至看起来比原来更多。

肖蔚一次次呵斥弟弟，让弟弟抓紧时间装运麦草，但弟弟像极了小学课文中钓鱼的小猫，他一会要捉停在草上的蜻蜓，一会要拿麦草当玩具，兴奋得像下了蛋的母鸡，全然不顾肖蔚的焦灼与无奈。

肖蔚刚催完，他还能装一两背斗背回家，但很快他就又能找到分心的理由，于是他似乎更加忙碌。

背斗比弟弟还高，肖蔚也心疼弟弟，但是想到父亲和母亲在打碾场上扑火的情形，她只恨自己不会孙悟空的变身法。

一趟、两趟、三趟……四十七趟、四十八趟……一百一十五趟、一百一十六趟……早先肖蔚还记着自己背运麦草的趟数，但是到了后来，她觉得记数毫无意义——她忙活了半天，那堆麦草并没有因此而减少。甚至，肖蔚感觉自己连那个草山的小山包都未能削平。而家中那黑洞洞的破草房仿佛无底洞，张着贪婪的大嘴。不论肖蔚往里面填进多少麦草，总不见有填满的迹象。

有多少想法，有多累，肖蔚觉得这些并不重要。重要的是，自己必须得把这堆草运到家中的草房。肖蔚知道弟弟指望不上了，肖蔚只有指望自己。她觉得自己简直就是一只蚂蚁，在不停地搬运比自己身躯大出许多倍的东西。她不敢停下来。她害怕自己停下来，母亲和父亲的救火工作会受到影响，她怕母亲和父亲因此而受伤。每当脑子里不由自主地闪过母亲和父亲扑火的场面，肖蔚不得不强迫自己停止想象，将背斗装得更满更瓷实，然后向着草房迈着飞步……

天擦黑的时候，母亲一个人回来了。

看到巷口的草有大部分被运回家中的草房，母亲对着肖蔚哭了。她说她想到回来还要面对那大山包一样的麦草，别说要她一背斗一背斗往草房背，仅仅是想想，就觉得异常辛苦。她说她没有想到肖蔚会有这么能干，她以为这些草还原封不动地堆放在巷道口。

她让肖蔚放下背斗，休息一会儿等着她。她急急忙忙地走了。肖蔚不知所措地站在那里。突然想起母亲说的忙得着了火，不由责怪自己怎么都忘了问母亲火势怎么样了，有没有人受伤。

母亲很快回来了。她拉着肖蔚和肖平的手进了家门，让他们把脸洗干净等着她。不一会儿，母亲端着一盘红红的东西出来了，上面还盖着雪。

"快吃点，你们一定饿坏了。"母亲说，"这个好，这个最有营养。"

原来母亲是去买西红柿了，还切好拌了白糖。看着如此诱人的美食，肖蔚和弟弟都不由地流下了口水。很久没有吃到这样的美味了，两个人脑袋抵在一起边吃边抢，狼吞虎咽。

吃到最后，肖蔚还和弟弟起了争执，因为盘子里最后剩有一些汁水——这可是好东西。如今西红柿只剩下带籽的汁水，充分吸收了白糖的甜味，现在喝起来又酸又甜，格外好喝。两个人都想喝。弟弟贪心，端起盘子恨不能一口就喝个底朝天。肖蔚是女孩子，到底秀气，每回端起盘子，她都细细地咂摸品味，急得弟弟直跺脚。还是母亲公平，她找来两个小碗，把糖水平均倒在每个碗里，让肖蔚和肖平每人小半碗。

看着二人停止争抢，母亲叹了口气说："还是公家人好，我看见张子祥他们发了西红柿，每个人提了一大网兜回家。可够他们一家人吃了。"母亲又补上两个字："真好！"

张子祥是附近铁器加工厂的工人。公家人！公家人！现在只要听到这三个字，肖蔚就觉得自己很容易会被这三个字击中。

10

在冷风中打着寒噤的城市没有太阳的温度，林立的高层水泥钢筋建筑投下巨大的阴影，奔跑的肖蔚整个脸都冻木了，丝丝咸腥在口中散开，肖蔚咬着嘴唇感觉不到疼。

肖蔚再也走不动了，她停在了一家医院的前面，径直走进了门诊大厅。

肖蔚在吵吵嚷嚷的大厅中静坐流泪。

一种温和的声音突然响起："姑娘，你怎么了？"

肖蔚抬头，一位身着白大褂的身影出现在一片朦胧里。

泪雨纷然的肖蔚不停地摇头。

"姑娘，你是不是不舒服？"

肖蔚再一次摇头。

"姑娘别哭。这样吧！我快下班了，你等我一会。我这会非常忙，等我把手头的事忙完，有什么需要我帮忙的，请尽管说，不用怕。"

透过眼中的水雾，肖蔚见到了一个身形高大的中年男人，面色黄白，脸形轮廓分明，宽阔的额头搭着几缕刚劲的黑发。他说话时，露出的牙齿整齐又洁白。他的声音听来温软而亲切，散着柔和的磁性，与工作室里张扬而强势的男人完全不同，也完全有别于老钱的居高临下的施舍放恩。

肖蔚不想说话，只是坐在那里，泪如雨下。

"你别急，等我啊！""白大褂"走了，走出几步之后又回过头对肖蔚说。

肖蔚没有回答，只是望着那个身影不断流泪。

约算二十分钟后，"白大褂"出来了，换了一件红色的户外冲锋衣，穿一条洗得发白的牛仔裤，显得眉目英挺，俊朗清逸。

"姑娘，我们先去吃饭好不好？"他看着肖蔚小心地询问。

肖蔚没有说话，只是顺从地跟在后面。

他带肖蔚到一家川菜馆门前，问肖蔚："可以吗？"

肖蔚点头。

于是二人坐在临窗的小桌前。他研究了一会菜谱后让肖蔚点菜。他始终温文尔雅，他一直在征求肖蔚的意见：可以不？好吗？行不行？

他有一种温度，他还带着有温度的种子，在不多的交流中，慢慢种进肖蔚被那个工作室的男人冷冻的心房。

他要了一瓶半斤装的白酒，也给肖蔚斟上半杯。他说肖蔚的这种状况喝点酒会好些，况且天这么冷。

他不断给肖蔚夹菜，让她多吃点。

想起工作室那个她曾深深爱着的矮个子男人，肖蔚顿觉天地之别，云泥之别。

肖蔚安静地吃饭。

他突然伸出手来，肖蔚以为他要抚摸她的脸，下意识地躲避。他又伸出另一只手，按住肖蔚躲避的脑袋，把肖蔚留在嘴角附近的一粒饭菜残渣取走。肖蔚顿时红了脸。她知道，不是因为酒精。

他始终带着平和暖人的微笑。肖蔚几乎想让时间停止下来。

于是，暂时无处可去的肖蔚跟他到他的家里，肖蔚不知道自己该去哪里。工作室的矮个子男人现在已然成为狂怒的狮子，肖蔚没有什么理由再回去，那个矮个子男人无情地浇灭她不断升温的感情。肖蔚不想再作践自己。

这个男人说他叫铁斌。这是一个有着多重质感的名字。

那个下午，肖蔚就在他家里休整。她甚至觉得自己在铁斌面前不需要有戒心，因为她觉得他温和，豁达；他阳光，透亮。

肖蔚没有告诉铁斌自己到底因为什么事会哭成那样，还滞留在医院的门诊大厅里。铁斌也没有追问她。

隐秘世界里谁都有无法碰触的幽深，铁斌应该也明白。肖蔚觉得和铁斌相处时，有种从未体验过的和谐与安宁。那天下午铁斌没有去上班，肖蔚在他家里和他一起听音乐，看碟片，喝红酒。

当时间定格到下午六点钟，此时肖蔚已经可以面对着屏幕上那些搞笑的镜头开怀大笑。看着脸上布满阳光的肖蔚，铁斌也在笑，虽是抑制的，却绝对发自内心的笑。肖蔚明白。

心与心就这样近了，肖蔚没有问铁斌的家庭，她觉得，这个男人敢于把自己带进他的家，就有他充分的理由。

吃过晚饭后肖蔚坚决地走了，铁斌也没有强留。

这个男人真是沉着内敛，成熟稳重，肖蔚想。那个晚上肖蔚其实并不想走，却害怕自己轻易留宿给铁斌留下轻浮随意的印象。

心里已经有了魔鬼就会蠢蠢欲动。

在互相留了手机号后，肖蔚和铁斌开始了手机短信交流，内容不外是随意流泻的一些小情绪。肖蔚会说："这个冬天，你给我了温度。""城市风卷着一切恣肆，这个城市因你而温暖。""触目横斜千万朵，赏心只有两三只。"

铁斌无一例外地全部回复，耐心而从容。

他说：要对自己好，人没有理由不对自己好。

他说：必须学会心疼自己！女人可以不疼别人，但不能不疼自己，否则别人更不会心疼你。

他说：曾经有多少个陌生的生命，只是迎面错过，甚至连对望一眼的机会都没有。

他温情却不泛滥，克制而从容。

肖蔚说：霜叶无心空对月，洲沚夜色洒梧桐。

他回复：轻鸿戏江潭，孤雁集洲沚。

他的才华让她倾慕不已，如果说工作室的男人是烈火，而他则是一杯清香四溢、温热甘醇的茶水，盛在美丽高挑的小口径玻璃杯中，单是看看，就赏心悦目。

肖蔚甚至开始后悔，自己为什么要在矮个子男人的工作室整整蹉跎了两年才遇到铁斌，她恨矮个子男人至今连电话都不给自己打一个，而他的电话，刚开始是关机，后来是空号。

肖蔚感叹自己早被生活拾掇得千疮百孔，却在这个时候有了这样的一场相遇。

11

晾晒粮食的地方并不好找。

装袋拉回家中的麦子必须抓紧时间晾晒，时间长了麦子就会被捂坏，那大半年的辛苦可就泡了汤。肖家晾晒粮食的地方通常是在家中的小院和房顶。肖蔚家有三间小平房，一间是父亲和母亲的卧室，一间是肖蔚和弟弟的卧室，还有一间是厨房兼餐厅，平时，肖蔚姐弟俩写作业也在这里。这三间连在一起的平房房顶是一个较为宽阔的场地，可以用来晾晒麦子。但是这里存在一个难题：麦子如何运到房顶去？如果是在院中晾晒，就不用担心粮食怎么运上去，只需将院中向阳的地方打扫干净，再铺上塑料布、被单一类的东西，将能装两百斤麦子的大麻袋靠着肩扛手挪，运到晾晒的地方，打开袋口，将麦粒倒出来均匀地平铺在上面。这个时候，可不能铺太厚。这个时节的地气太潮了（总是下雨），如果太厚，麦粒晒不透，照样会霉烂。可是院中的场地毕竟太小，一次晾晒不了多少，就不得不将粮食往房顶上晒。这样不但可以多晒一些，而且晒得更干。

肖蔚的父亲年轻的时候，是个很好的装卸工，两百多斤的大麻袋，他半蹲身子扛起来，走几百米都不成问题。可是父亲渐渐上了年纪，那沉甸甸的大麻袋，简直可以将父亲的腰压断。虽然父亲是不怕出力气的，但是父亲现在出不了那种力气，如今他一次只能将半麻袋粮食背在后背上，踩着让人心悬的木梯子，一步一步地往房顶上爬。父亲爬上去后，房檐上的母亲早就准备好接应父亲。母亲会用双手撑着父亲背上沉重的麻袋底，好让父亲仰起身子，将麻袋放下来。这个时候，父亲可不能拒绝母亲的帮忙，如果他还背着袋子在房顶上走，那重锤样的脚步很可能会把房顶踩塌。如果母亲接不好，那重重的麻袋直接落在房顶上可不是好玩的——可能会将由木条和麦草加上细土铺就的房顶砸出一个大裂缝来，那下雨天就有得受了。

房顶上的父亲和母亲通力合作，将大麻袋运到已经弄干净了的地方，剩下的工作，是母亲和肖蔚的。麻袋口是用麻绳捆扎的，都被细心的父亲和母亲系上了活节，只要使劲一拉，袋子里的麦粒就会倾泻而出。肖蔚会找来一根长木板，手拿一端，和母亲一样跪在地上，靠着双膝的挪动，用木板将麦子划拉开之后，再均匀地铺平。每隔一两个小时，还要进行翻晒，便于将每一粒麦子晒干，晒透。

下午，一定要赶在暴风雨来临之前将所有晾晒的麦子归拢装袋。安城的天气，像娃娃的脸，说变就变。

暴风雨说来就来，肖蔚跟着父亲和母亲好一阵忙活。先要将平铺的麦子拢成堆便于装袋。那些在阳光下晒了许久的麦粒极其调皮，根本不听肖蔚的话。肖蔚手中的长木板从它们身上划过时，他们集体发出欢快的"嗞啦"声，不断滚动着，就是不愿意主动拢到一起来。许多麦粒从木板之上水一样滑过去，让肖蔚不得不双膝跪地挪动，反复划拉手中的木板，让它们聚集在一起。

当原来在一个平面上的麦子变成一个又一个小堆，肖蔚的工作是再一次跪下来将这些麦子用手扒拉到袋子里。当袋子装到一定数量后，肖蔚得站起来将袋子提起来立到地上。

母亲在一旁重复和肖蔚一样的工作。母亲姜黄色的头巾上全是灰。她成了大花脸，眉毛和睫毛全挂了土灰，鼻子周围更是尘灰密布。鼻洞口最是好笑，每一根鼻毛都挂着灰尘向外探头，像西游记中妖怪出没的山洞。

接下来，肖蔚要站起来用双手撑开袋口，母亲则拿着簸箕将麦子铲起来倒进袋中，看着装差不多时，肖蔚会到另一边继续跪下来往另一个袋子里扒拉其余的麦粒，母亲一个人继续往刚才的袋中装麦子，直到装得差不多了，然后用细麻绳捆紧袋口，打上活结。父亲则负责一袋一袋从房顶上往下背袋子。沉默的父亲像一头老牛，除了劳作，再无言语。

肖蔚的父亲和母亲，在晾晒的几天中，不断重复着相同的工作内容，繁复而琐碎。

肖蔚从小知道父亲和母亲的辛苦，自然在学习上拼尽全力，于是功课门门全优，几年后以优异的成绩考入安城的一所大学，并且以优异的成绩毕业。

肖蔚拿到大学录取通知书的那天，父亲和母亲的喜悦几乎无法用语言形容。肖蔚只觉得父亲那天格外精神，频繁外出，却又很快返回。肖蔚不知道父亲在忙活什么，就去问母亲。母亲说："你还不知道你爸？他是给人显摆去了呗！你可是咱们村第一个大学生，给你父亲长精神了。你父亲啊——高兴得这几天连头上的虱子、虮子都笑着呢！你没看出来？"

肖蔚记得后来亲戚朋友前来祝贺时，给自己身上挂满红绸布。肖蔚感觉自己那天像个木头人一样，任凭亲友摆布。那些红绸布从一个肩膀斜搭过来，在腰侧挽了个结。无数条色彩鲜艳的红绸布一层层叠加在左肩和右肩，那些系在腰两侧的绸结让肖蔚的手臂无法自然下垂，只好一直悬着。仿佛被五花大绑的肖蔚找到母亲，想让她帮忙把这些红绸取下来。没想到母亲黑了脸说："这个可不能轻易就取了，这个喜庆。"不过母亲的脸很快就转了晴，她说如果肖蔚实在难受，她可以给她整理下。母亲说完后,一条一条整理那些红绸布。这些红绸布其实都是被面。母亲高兴地说:"这下好了,可以做好几床被子。还可以把那些旧的被面换一换呢!"

母亲说这些的时候,红绸鲜艳的色彩映在母亲脸上,使她看起来红光满面。她始终微笑着。

正在肖蔚庆幸母亲终于不再说公家人三个字时,母亲突然说:"咱蔚儿以后就是公家人了。"肖蔚看见母亲一脸无法掩饰的幸福与满足。

12

在找到一个公司文案的工作后,肖蔚在这个城市拥有了一间宿舍,但三个人蜗居于一个屋檐下的逼仄让肖蔚倍感压抑。

肖蔚不想另外租房再置办锅碗瓢盆。她本来就是在风雨飘摇中生存,哪里都不会是永久的家。仅仅只是寄居的日子,没有必要伪装出家的环境和氛围。

铁斌有家,一个并不太大,但足够两个人生活的地方。他的家干净亮堂,简单而随意。铁斌说他家的门,随时为肖蔚敞开。

肖蔚并未抱太大的希望可以和铁斌走进婚姻的殿堂,但是这扇门既然已经打开,她就不想错过。

恨不相逢未嫁时,肖蔚没有这样的纠结。她得知铁斌有过两次失败的婚姻时,肖蔚也告诉铁斌她自己和公家人的婚姻,前夫的自私与偏执,前夫的平庸与浅陋,以及她走出那个围城时的决绝与脆弱,矛盾与挣扎。她还告诉铁斌,她的父亲和母亲对于公家人身份的执着,以及自己的不孝。

铁斌一言不发地听完肖蔚的诉说。他的表情在那一刻看来既复杂,又难以捉摸。肖蔚忐忑难安。肖蔚本来不是可以轻易打开自己的人,但是真正向着铁斌打开时,肖蔚没有犹豫。

一只大手伸过来。肖蔚说完这些话的时候，正坐在铁斌家中的沙发上。肖蔚的手，随意地放在自己的腿面上。这只大手伸过来盖住肖蔚的手，这只大手的五根手指分开，分别插进肖蔚的手指缝。这只大手用力合上指缝之后，又握了几握。这只属于铁斌的大手，是铁斌主动向肖蔚伸出的。这只手的五根手指在这个时候神奇地和肖蔚的五根手指严丝合缝，仿佛生就如此。这只手的手掌很软和，有着滚烫的体温，令肖蔚有着短暂的迷失……

女人的信仰往往会崩溃于一次小小的内心活动，肖蔚也不例外。于是，一切都自然而然地发生了，比如两个人的肌肤相亲。

铁斌很懂得掌握她的性心理与偏好，他很容易地驾驭着她，让她在隐忍克制了很久后到达高潮。那一刻的快意淋漓，令肖蔚不由自主地一次次回味，并深深依恋。

铁斌的好，不是一个好字就可以形容得了。深深沉浸于这种往来的甜蜜之中，肖蔚享受着隐秘的快乐，并为自己拥有这份感情感到幸福和满足。欲望是会不断生长的怪物，随着时间的推移，肖蔚开始期待，如果就此拥有一个家该有多好。

温暖，舒适，安静，甜蜜……一个家应该具备的某些要素铁斌这里似乎都已经具备。如果说还缺少什么，那就是一纸婚约的束缚。当肖蔚没心没肺地送走日落迎来月升时，她突然发现，自己太需要一个真正意义上的家了。

和铁斌这种露水夫妻的生活让肖蔚不安也恐惧，她害怕有一天会永远失去。还有母亲的关切也让肖蔚害怕。母亲始终在安村为她揪着心，更为她这些年没有婚姻的生活一味深深地谴责自己。当初前夫就是母亲相中并软硬兼施，让他们走到一起组成了一个所谓的家。当肖蔚越来越多地发现前夫的劣迹斑斑，越来越不能容忍在家中的暴力，当母亲最终明白心爱的女儿在这场与公家人有关的婚姻中，只有不幸没有幸福时，母亲态度坚决地支持肖蔚离婚，同时也为肖蔚心痛不已。

和铁斌无数次有意无意地提到结婚，肖蔚不敢直接就进入婚姻的话题，她小心翼翼地周转迂回，千方百计地旁敲侧击，她就想要一个明确的回答。

他的态度始终暧昧而尴尬。

肖蔚问他："绕树三匝，何枝可依？"

他说："邂逅两相亲，缘念共无已。"

肖蔚告诉他自己太疲惫，就想停留在一棵树上。

铁斌问她这样不好么。他说起他对婚姻的恐惧，他的两次婚姻全以失败告终，一朝被蛇咬，十年怕井绳。他早就给自己设了防，再不会轻易走进婚姻的圈套。

怎么办？肖蔚一筹莫展。

公司里有一个长得极丑的同事，名字叫褚志贤。平日里，大家都叫他褚工。褚工的丑，个子矮小不说，脸膛和脖子四季通红也就罢了，还有那出奇小的脑袋架在一个结实无比的身躯上——实在是不成比例。而褚工一张嘴时那满口尖利的黄黑相间的牙齿，会让肖蔚联想到欧美电影中的吸血鬼。五官无一可取地搭配在一起的褚工实在让人寒心——造物主怎么就允许他的父母把他生成这样子呢？

肖蔚现在所在的单位是一家颇具规模的国企。褚工是公司人力部的主管，肖蔚做文案。虽然工作上的业务关系不多，但是平常他们俩聊得很多。他们互相加了QQ好友，原是为了工作方便，没想到更为私聊提供了方便。如果有闲暇，肖蔚就会在QQ上问褚工在做什么。虽然只是简单的问话，褚工都会很认真地回答。

因为这家公司国企的性质，员工分为正式在职员工和内部聘用两种。正式在职员工几乎不和聘用员工交往，于是内里就有许多颇为复杂的人际关系。身为聘用员工的肖蔚向来不精于此道，当然就得事事留心，免得又得开始找工作的日子。公司为员工解决了住宿，吃饭有食堂，工作也是肖蔚喜欢的文案工作，再不用颠颠地跑来跑去拉业务。这样的工作在这个城市难以觅到，肖蔚不得不珍惜。

褚工是正式员工，还是主管，却很真诚，偶尔和肖蔚碰面也是很谦卑地微笑，主动打着招呼，仿佛肖蔚是他的上级。肖蔚是一个很容易会被一些小的细节而感动的人。

比如去打水,本来是褚工先打水,见了肖蔚,他一定会主动让肖蔚先接。如果肖蔚再三推辞,他便不由分说地抢过肖蔚手中的水壶,帮肖蔚接好后一言不发地递给肖蔚,然后再接自己的水壶。还有一次,是关于通勤车的座位。公司通勤车的座位似乎是固定了的,有的人之前坐哪个位置,就会习惯于长期坐一个位子。肖蔚起先不知道,有一天随意乱坐的时候,肖蔚突然发现有人固执地站在自己身边不肯走。肖蔚起先并没有明白对方的意思,在稳坐泰山的同时感到奇怪:这个人为什么会在自己身边久站,有那么多座位却一直不落座。

公司通勤是个小中巴,中巴右首靠窗有三个单独的位置,其他位置一律是两人一排的座位。肖蔚喜欢独自坐在靠窗的位置。那天上车时看到靠窗的单座仅剩一处,便毫不犹豫地坐了下去。没想到那个位置曾长期固定给了公司副总的一个亲戚——边祥伟。那天边祥伟一言不发地站在肖蔚旁边,肖蔚一时没有反应过来,过道另一侧的同事便向肖蔚使眼色,肖蔚还是不解。坐在后面的褚工就拽了肖蔚一把,生生把肖蔚从那个座位上给拽起来。还没等肖蔚反应过来,她离开座位的一刹那,边祥伟便结结实实地坐在肖蔚的位置上。

边祥伟在公司可是谁也不敢得罪的主儿,肖蔚没想到自己会无意中犯这样的错,恍然大悟的瞬间,褚工已经腾出他坐的靠窗的单座让肖蔚坐下。

肖蔚多多少少听到一些关于边祥伟的传说,如果有人得罪了他,就会吃不了兜着走,没想到自己居然会因为一个座位差点得罪公司的权势人物。这个社会处处小心尚且会惹祸上身,肖蔚这样不管不顾当然会让一些人不舒服,比如边祥伟。肖蔚感激褚志贤给自己解围。褚工在QQ上对肖蔚说:其实没什么大不了,只是这个社会有一套约定俗成的法则,让我们不得不按着这个法则走,如果想要顺风顺水,就得遵从法则。

褚工说得不无道理,肖蔚虽然未必全部认同但也明白和理解。人是社会的人,社会是人的社会,哪容你随便出幺蛾子?这一点上,肖蔚十分感激褚工。

因为私下接触得多了,肖蔚便将褚工当成可以掏心掏肺的人。许多事就想和他说一说,比如自己和铁斌的事。肖蔚把自己对眼前及将来的毫无把握感,包括自己的困惑和难处都告诉褚工,想讨个主意。对于边祥伟有意无意地总是找自己麻烦的事,疲于应付的肖蔚也只能说给褚工听,请他帮忙解决。

褚工会站在肖蔚的立场上,毫无保留地将自己的想法全盘托出,没有一丝隐瞒。这一点上,肖蔚相当感激褚工。

肖蔚真把褚工教给她的办法活学活用到铁斌那里,但是令肖蔚失望的是这些办法说起来可行,实践起来丝毫不起作用。纸上谈兵和现场操作完全是两回事。铁斌果然没有姓错铁,真的是刀枪不入。这个男人的山到底有多高,水到底有多深,肖蔚至今一无所知。

肖蔚渐渐感到绝望。时间转眼又过去两年,想到自己马上进入豆腐渣的年龄,想到母亲对自己的牵挂与担心,便越发着慌。

一日,烦闷不已的肖蔚一个人去离公司不远的一家酒吧醉酒,却没想到褚工居然也在,相请不如偶遇,于是两人便在一起喝了个天昏地暗⋯⋯

13

"妈,你放心,我挺好的。"肖蔚再一次给母亲报平安。

母亲一直在担心她,自从肖蔚失去了公家人的工作,母亲的担忧与日俱增。"你光说好,怎么个好法?现在在做什么?"

肖蔚咬了咬嘴唇说:"我进了一家国有企业,做了文案。"

"文案是什么?"母亲的知识,自然很难理解这两个字的含义。

肖蔚怕母亲再三盘问,想快点结束:"就是往电脑里录个文件什么的,在办公室坐着。"

"这个好,这个好。还是国有企业,是公家人,在办公室里好!

风吹不着，雨淋不上。蔚儿你可要好好干。"

和母亲的话题似乎越来越少，对于母亲那种根深蒂固的公家人观念，肖蔚无力改变，也不想解释。她觉得自己和母亲永远在两个世界里，距离如此遥远。这两个世界，以前由公家人三个字维系着。这个词组无论内含还是外延，都有母亲，还包括沉默的父亲。母亲有的时候是父亲的全权代言人，可以代父亲发表他的一切见解，寄予她的全部厚望。

走到今天，肖蔚突然发现自己实在承受不起"公家人"这三个字了。她能明显地感觉出母亲在电话中的急切以及热烈。当她用谎言敷衍母亲，满足她的心愿时，她觉得每一处牙根都有明显的酸痛感。一个谎言，要用无数个谎言来覆盖，她有无比深切的无力感。怎么办？成为公家人，是父亲和母亲对她最大的希望，也是他们一生为儿女含辛茹苦的终极目标，她不能也不敢轻易就将它击碎在父母面前。但是时间一长，她发现自己变得急躁和焦虑，她很容易分心，会没来由地想流眼泪。

她不得不一次次对母亲撒谎，她想起曾对母亲撒的第一个谎。她现在变得爱追忆往事。

那是多年以前。那个时候的母亲，眼还没有花，身体也没有佝偻得像现在这样厉害。那个时候的母亲有一双极其灵巧的手，母亲最会做鞋子。母亲做的鞋子是安村人的样板，许多人家的小媳妇，会红着脸来请教母亲。而那些年长的，虽然习惯在村里横着走路，但到肖蔚母亲面前，她们无一例外地低下头，弯着腰，无比谦恭地向母亲示好，虚心地向母亲讨教。

那个时候，母亲是慈祥与和蔼的，她的脸上，还没有太多岁月的痕迹，公家人三个字也还没有太深地扎根在她的内心。

那时母亲给肖蔚的鞋面上扎了许多好看的花儿，干枝梅、牡丹、石榴……有很长一段时间，肖蔚觉得母亲是天下最聪明最能干的母亲。

许多个夜深人静之时，在昏黄的灯下，母亲挑灯夜战。她坐在一个小方凳上，弯腰弓背，一只手紧握鞋身，另一只手不停地来回穿针引线。在很多个黑夜里，母亲重复着同样的姿势和同样的动作，最终成就一双双漂亮的布鞋。尤其是刚做好的新鞋，浆硬，簇新。那黑色布面上红红绿绿的花朵，鲜亮，夺目，几乎让人不忍心放到脚上，而且每一双鞋子的花样都各有千秋。

有很长一段时间，肖蔚是喜欢那些鞋子的，喜欢穿上这双鞋子时踩到地上的那种踏实与妥帖。那些鞋面上的花儿，简直能将蝴蝶引到脚面上来。但是当肖蔚上到小学三年级，她发现，周围的女孩子再不穿这种鞋了。那些女同学有各式各样的运动鞋和皮鞋，很少有人穿那种粗笨土气的布鞋。体育课上，站在队伍里的肖蔚会留神观察每一双脚，她发现，他们的鞋子无一例外地洋气，新鲜，花样多，看起来很是惹人注目。到了下雨天，那种鞋子的脚面也不会全湿。而她脚上的布鞋，别说下雨天，只要地上有水，水就会洇透鞋帮，再洇到鞋面上，那些泥水的斑点，每一点都触目惊心……

肖蔚也想要一双那样的鞋子——来自供销社的鞋子。但是肖蔚不敢，肖蔚知道，许多穿这种鞋子的孩子，他们的父母，至少有一个是公家人。而来自农村的那些孩子，也和她一样穿着布鞋，同样为脚上的这双鞋自卑和羞愧。

肖蔚瞅准机会，对着心情不错的母亲说："妈，老师让我们买一双运动鞋，体育课上要穿。"

母亲随即问："这种鞋子哪里有？多少钱？"

"供销社就有，钱好像不一定。"肖蔚说这句话的时候，心跳得厉害，语速也比平时快许多，好在母亲并没有注意到这些。

母亲去和父亲商量。不多久，母亲回来了。她说："你父亲答应了。"又说，"我们不是公家人，黄土里刨不出钱来，用钱得要拿鸡蛋换。如果不是要紧的，有些钱就不能花。"

肖蔚在那一刻极为羞愧，谎言遮盖之下，她对母亲的为难无言以对，只有频频点头。

新鞋子买回来了，一双雪白的崭新的球鞋，有绿色的鞋边，白色的鞋带，穿鞋带的眼都由金黄的金属小圈镶嵌而成，一个挨着一个，整齐又神气。这双鞋子简直漂亮至极，肖蔚异常珍惜。体育课她也舍不得穿，因为体育课上要跑要跳，她听说新鞋不结实，怕把它穿烂就再没有了。

肖蔚没想到的是她只穿了一天，这双鞋子就被同学踩脏了，后来她怎么洗都洗不白，用了多少粉笔都无法使鞋子回到当初的炫白，她甚至还为此哭过鼻子。

后来有一天母亲问她："体育课不用上了吗？"

肖蔚含混不清地吱了过去。不敢再答一字。从那时起她就明白：一个谎言，要用无数的谎言来掩饰。

很早就明白这个道理的肖蔚，现在却不得不用谎言来面对母亲。

14

床单和被罩是一色的灰白——是不知道用了多久洗了多少次后的颜色，泛黄的墙壁上有几处明显的污迹，一张破损的桌面被四条伤痕累累且几欲折断的桌腿勉力支撑，两张椅子的座垫一张更比一张污脏，让人都不忍心坐下去……

第二天，在一家廉价的宾馆房间的床上醒过来，头痛欲裂的肖蔚发现自己的手机不知给丢到哪里去了。剥了漆的桌面，瓷杯，窗台沿，宽大的窗帘布，裂口的烟灰缸、电视机、电话机、服务指南……肖蔚的目光落在室内诸多东西上，却找不到自己想要的答案。而且更为要命的是，双腿之间的隐秘之处竟然有许多的污物，已是过来人的肖蔚当然知道发生了什么。

肖蔚记得在酒吧里遇到了褚志贤，记得褚志贤承诺说可以让她正式进入公司，由现在的临时人员变为正式在职员工。褚志贤说身份问题在这个公司十分重要，如果肖蔚在这里真正拥有公家人的身份，那肖蔚这一辈子就不用发愁买房、结婚、生子、买车等等人生大事。肖蔚记得褚志贤说这些的时候两眼放光的样子，也记得他们离开的时候自己的两腿像踩在棉花团上，记得褚志贤热情地搀着自己走路，却记不起几时走进了这里。看着房间里陌生的陈设和地上乱作一团的衣物，肖蔚想破脑袋也记不起自己怎么会在这里度过一夜。

更加让肖蔚绝望的是自己根本没有勇气和褚志贤对质讨说法——根本就是自己不懂得洁身自好，如何能怨人家乘虚而入？还有，或许根本就是褚志贤以为她肖蔚为了转变身份有求于他，甘愿委身于他……

委屈与辛酸，无奈与心痛一起涌上心来。肖蔚突然万分想念铁斌，无法遏制地想念，想马上见到他，想倚在他的肩膀上，想让他把自己揽进怀里……

肖蔚手忙脚乱地穿衣，飞跑进公用电话亭给铁斌打电话。

"亲爱的，你慢慢飞，飞过丛林去看小溪水……"铁斌的彩铃很好听，肖蔚紧握着话筒，身子不由自主地颤抖。那蝴蝶一直飞，似乎永远也飞不到尽头。

电话响了许久，铁斌才接听。肖蔚张口就说手机丢了。她还没有想好下一句，她向来不善于表达，此时此刻，她觉得话筒那边的人，就是自己最可亲近最可信赖的人，有些话无须多说，那个人都会明白。

还没等肖蔚继续往下说，铁斌说："有什么事请直言。"紧接着说自己最近经济很是吃紧，家中的锅炉又坏了，如果换又是一大笔开支。

肖蔚觉得铁斌明明就是顾左右而言他。他以为自己清早打电话来，是要向他索要一部手机吗？铁斌拙劣的拒绝手法令肖蔚心里面寒意顿起，齿冷不已。仿佛在看那些老套的电影或者小说，就在她的眼皮下面放映出一幕幕活色生香，薄情寡义。疲惫渐渐袭来，渗透肖蔚身体的每一寸肌肤每一个毛孔，浸入骨髓……

15

母亲来电话说,庄稼黄了。母亲又说,现在庄稼人都不种庄稼,或者自己种了,让别人收。母亲还说,现在收割机可以直接开到地里,麦子可以直接从麦地里装袋运回家。只是种庄稼的成本,越来越高了。

肖蔚想说,妈,你们再别种了,种庄稼人不敷出。但是肖蔚还是不敢。父亲和母亲当了一辈子农民,他们不会甘心让地荒着,或者让别人耕种。肖蔚想说,妈我养活你们。肖蔚还是不敢。肖蔚觉得自己可能连自己都养不活。

父亲向来是沉默而执拗的。在土地里摸爬滚打了一辈子的他,似乎离不开土地,许多人进城里打零工,父亲却始终守在庄稼地里。他固执而习惯性地甩出那一句:都不种庄稼了,人们吃什么?有人吃,就得有人种。

其实父亲说的并不是没有道理,但是肖蔚不忍心父亲这个年纪再吃这种苦。

父亲的腰,在夜半去浇水时摔伤过,如今时好时坏。每逢阴雨天,就开始酸痛,有时连直起来也成困难。

安城的每一个庄稼人都知道:浇水可不单单是个力气活。

头水、二水、三水……安城人把麦田的灌溉时间严格地按小麦生长的规律进行着划分,并一丝不苟地执行。麦子种下去,头水尤为关键。"二叶一心灌头水",头水太早或太晚,都会影响麦子的生长,最终影响到麦田的产量。安城的春季大多干旱,头水会和二水连在一起浇。通常是头水刚浇下去没多久,二水就得跟进。二水后,三水要缓。所以这头水和二水的重要性不言而喻。

那些劳力多的人家对于浇水是不用犯愁的。一个人守着水口,另一个人来回巡逻,还有一个人就在自家地边,看着水一点一点地漫进麦田，浸入焦渴的麦苗根部……然而浇水却苦了父亲。母亲的腰和腿不好，下不得水。无数个深夜里，父亲穿着沉重的胶靴扛着铁锹独自出门。

打从父亲出门的那一刻起，母亲就揪起心。安村并不安。因为浇水的矛盾，时有争吵打斗之事发生。母亲对着父亲远去的背影不得不啰嗦："如果有人截了水头，千万别上火！要和人家讲！不要吵！看着人多的，更不要争！等他们浇完你再浇也可以……"

早年，安村立了一条规约——十二军规，明确规定每一家浇水灌溉的次序。如有违反，会将犯事的人绑在村公所的柱子上严加拷打，以示惩戒。那时大家浇地都按规约来，哪怕自家的麦田旱死枯焦了，谁也不敢轻易违反。后来，由于外来户增多，更多的麦田被开垦出来，加上村中老一辈的执事人已然老迈，渐渐地，人们便不按规约轮流浇地。每到春季里浇头水和二水的时间，大家便一窝蜂而上，谁抢到前面谁浇地。

水源只一个，从一条细窄的小沟蜿蜒而来，大家争相堵截。有仁义的，也不完全堵截干净，多少剩下点细流，供别人家慢慢灌溉。也有自私冒进的，把水头完全引至自家地里，全不顾别人心焦，纷争便由此而起。

父亲一个人出门，母亲怕父亲的脾气会让他吃亏，不得不再三唠叨。庄稼不等人，父亲哪里会理会这些？如果他辛辛苦苦堵来的水头被别人截走，父亲可是得理不饶人的。但是一些人无理也走遍天下，怎么会顾及先来后到？这种人只要到了地头，水就得流进他的地里。

有一年，父亲好不容易熬到后半夜，等别人家的地浇完了，才把水引到自家麦田中，浇完一块地准备浇另一块。没想到父亲刚把进流的豁口扒开，水却眼睁睁地干了。父亲当然知道是有人截了水头，于是提了铁锹顺着水源追上去。截水的人虽然和父亲相熟，但此时却不买账。那人硬说是自己先引的水头。三句话不对，父亲就和那人厮打起来。结果谁也没占到便宜，争执打架的工夫，那一家把一块地浇完了。

这些虽然是小事,却足以影响到麦田一年的收成。谁也不想让自己的麦田在关键时候活活干死。川水地区虽然有水,却更加珍贵。母亲怕父亲因为心疼庄稼和别人抢水源吃亏。母亲认为既然等了大半个晚上,再等等也没什么的。其实回过头来仔细想想,如果你深更半夜扛着锹,穿着笨重的胶靴,已经摸黑从家里走几公里到了自家田边,好不容易找到水头后缓缓地引到自家麦地里,还要一块一块扒开水口,眼睛盯着水一点一点地流进地里。这可不是一时半会就可以完成的,其中的辛苦不言而喻。

白天是根本抢不到水源的。只有晚上,人相对少些,多少还有机会。许多时候,可能会空跑好几个晚上,因为人太多了,谁都想先灌溉自家的麦田,但已经有几个人排好队。有的人虽然精于算计,认为等早先排好队的人全部浇完,总能轮到自家,结果却根本轮不上。谁也不想大半夜空跑一趟,却不得不接连在几个夜里驱走瞌睡一趟趟空跑。

浇水要抢时间。

进入成熟期,是不能再浇水的。这个时候,还要注意,不要让水漫进麦田,否则,麦苗会倒伏下来,麦子就会长芽。那一年就得吃黏黏糊糊的麦芽面。

说起来,种庄稼每一个环节都不能掉以轻心,否则到头来,只有自家人吃亏。

如今,父亲和母亲拥有的土地越来越少了,安村这个城中村,在安城城市化的进程中,渐渐变成了一个全新的居民村,大家远离了打碾场,庄稼地,以及各类劳动农具。肖蔚和弟弟名下早先也有土地,他们上大学转户口时,土地被村委收走了。肖蔚从进入大学校门的那一天起,就远离了安村。原来阡陌相通鸡犬相闻的安村,如今高楼林立,条条大路通向未知的远方。

肖蔚再也回不到那麦田以及洋芋和油菜籽等农作物丰富视野的安村了。

16

  城市里的每一个人都是陌生的，每一个人的表情都僵硬无比。看着这些来来往往的城市人，肖蔚突然又想到解宇轩。肖蔚脑子里除了熟悉的铁斌的电话号码外，便是这位花甲老人的电话号码了。想起老人慈眉善目满面沧桑，想起他炯炯有神的双目，想起他硬挺的僵直腰身，还有那一双青筋满布不停打颤的大手……

  离开《青杨舫》已经六个年头，肖蔚却一次也没有和这位善良的老人联系过，此时想起，禁不住感慨人世纷繁。老人的电话号码她一直记得，因为几年前老人常和她主动联系，并一次一次将自己的电话号码告诉肖蔚，让肖蔚主动和他联系。

  公用电话亭里老人的电话一拨就通，听到老人的声音，肖蔚禁不住哽咽失声。

  解宇轩得知是肖蔚打来电话，在电话另一端也是激动异常。他说起自己对肖蔚的担心和记挂，他埋怨肖蔚怎么可以失踪这么久。他唏嘘不已，说没想到有生之年还能再听到肖蔚的声音。

  解宇轩的声音沙哑而苍凉，一字一句透着温暖，让心乱如麻的肖蔚渐趋平静。于是肖蔚说了让她辞职的那一篇文评，说了矮个子男人工作室里发生的那一次盗窃，说了自己和铁斌刚才令她心寒的那一个电话，说了被褚志贤侵犯的那一场酒醉……

  老人一直在倾听。肖蔚知道老人在听，但是老人听完后一言不发。老人在电话那一端粗重的喘息声此时越来越清晰，在肖蔚耳边犹如一辆飞驰的列车在呼啸……

  肖蔚眼前突然出现幻象：一只没有脚的鸟儿翅膀上带着泥尘和伤痕，在不停地飞翔。一列火车飞速而来，无脚鸟在疾驰的列车前面奋力飞翔，而火车的速度已经越来越快——

  它们是无脚鸟。它们振翅飞翔在无边的天宇上，永远不得栖息。

飞翔的目的，只是为了最终疲惫到无法再展翅。

肖蔚在那一刻觉得自己一定是属鸟的，一只必须得不停地飞的无脚鸟。她觉得父亲和母亲，也是无脚鸟，还有大学毕业后在另一个城市里打工的弟弟，以及许许多多的在庄稼地里苦拼的安村人都是无脚鸟。父亲和母亲，总想让他们姐弟俩落在一个安全的地方，从此衣食无忧，再不用在土里刨食吃。他们也许永远意识不到，其实生存的法则并不只有一条。成不了公家人，肖蔚他们也有自己的活法。

自己是长久地被脑海中那个以无限放大姿态出现的"公家人"三个字给束缚了，肖蔚突然觉得，关于公家人三个字，可以就此划上休止符。她肖蔚或许根本没有成为公家人的命。不过人各有命而已。哪怕最终只能别无选择地敛翅收羽，为什么不选择让飞的过程更精彩？

明白这一点的肖蔚终于悟出：原来她不过是出于本能想寻求庇护和安慰。现在，不论解宇轩说什么或者什么都不说，已经不再重要。没有脚怕什么？不是还有翅膀吗？

我叫吴仁耀

1

狂风在屋外怪叫着，一阵接一阵。仿佛要把屋顶掀掉。那只掉毛的黄狗此时不再嚣张，乖乖地躲在狗窝内，把嘴巴搭在自己的前爪上，在一阵阵惊雷后，偶尔对着上方叫一两声。

只有老母鸡对一切都充耳不闻，它的眼里，刨食吃是最重要的任务。偶尔随着惊雷与狗叫拍打着翅膀小跑几步，然后又继续刨食的大事。

风声加着雷声，一阵接一阵。天色很快暗了下来。不一会，豆大的雨点噼噼啪啪砸了下来。地上很快出现了一块又一块褐色的印迹。

大门突然开了。冲在前面的吴仁耀突然放慢脚步，在破旧的门檐下侧着身子等了几秒，让方灵芝先进来，然后才急忙往里走。

方灵芝很开心。换洗之后她拿出一张巴掌大的照片看来看去，说，虽然蒙着脸，但这天这么蓝，云好像能随手揪一把下来，真是像画一样，如果金露梅开了，就更好看了。

吴仁耀说，忙了大半天，我一根没挖着，就换了这张照片，你还高兴？算一算，今天至少损失了二百块呢。

二百块不止。如果像平时一样，我挖个七根，你有个八九根，一根十五，那也是个不小的数目。方灵芝伸出手指掰算，补了一句，平时，不就这个数量吗？

你算得不对，那是最多的时候。咱们这里草山虫草又不多，再说端午节都过了。大满刚过的那阵，才是最好的季节。

不多也没啥，你又不用出去打工，在家里，咱们一起出门，一起回家，晚上也有个伴儿，我知足了。

知足？你甘心在这个么山沟里待一辈子，想吃两根菜还要走十多里。

吃菜不是难题，自家院子里不是可以种么？

那有多少？咱们这气候偏凉，而且有些菜也种不了。

反正萝卜白菜总是有的。

萝卜白菜是没错，但是不可能天天萝卜白菜。

还有洋芋。

洋芋？你还真当宝了？你可真是早上洋芋条，中午洋芋片，晚上煮洋芋。

反正洋芋怎么样我都爱吃。

你就一个吃洋芋的命，人家大城市里，天天海参鲍鱼，你是没见过，才这样的说的。

你难道见了？

我也没见，但我知道，我们在这个么山旮旯里，总是难熬。

难什么，儿子在县城上学，吃饭国家有补助，学费还免收。总算好多了。姑娘再一年就毕业，为了那点学费，我们真是过了苦日子了。那时候你连洋芋都舍不得吃，全买了给凑了学费。想一想那白水面条不见荤腥的日子，我的胃就发酸。

再别说这些了。照片我再看下。

方灵芝递过来照片，两个脑袋凑在一起看。

照片上有污迹，吴仁耀沾了点口水，准备擦去，被方灵芝阻止了。

别，人家说了，这个不能见水的。

是不是那个眼镜？

对，就是眼镜，他说这个是快照，所以没有平时的照片那么鲜亮，还要注意避光保存。

看着照片，还是苦大。一天在山坡上弯着腰，弓着背，在地上一点一点挪，关节炎就落下了，现在不觉得，以后有的受。

那也没办法，这是在家门前，出去打工，我们又干不来有技术的活，只能出死力。

下力气也好，力气这个东西就是怪，今天用完了，一吃一睡，第二天就有了。吴仁耀捏着拳头，手臂来回晃。

方灵芝打了他一下说，出啥都好，就怕让我们出钱。

2

高原最好的季节尚在酝酿之中。

离开国道，拐进一条水泥铺就的小道，又转入一条便道，黄土覆盖的路面扬尘满天。看着贫瘠的土地上生长的稀疏作物，看着黄土打制的矮小的土墙与房屋，看着一只只羊艰难地啃食刚刚长出地面的青草，木子宁都有忍不住的兴奋，时不时让老张刹一脚，然后下车长焦短炮一起上阵，真是过足了瘾。

以前没有购置相机时，木子宁不是没来过山里，只是他突然发现镜头下的风景和眼睛里的区别很大。许多时候，眼睛看着没什么，但定格在镜头里，简直就是奇迹，加上后期处理，让他陶醉不已。天地有大美而不言。眼前真是美景处处，全是城市里难得一见的。就连那些随意开放的野花，也有着出其不意的美，让人惊叹，更别说那些薄雾缭绕的山峰。

早就计划着做一趟虫草游了，但是玉树、果洛等高海拔地区，因为路途遥远，加上高原反应，木子宁的心里就先铺了一层怯意。现在他是高血压、高血糖，再加一个脂肪肝，加之在高原稀薄的氧气中，心脏负荷本来就重。如果再来个高原反应，这个年纪，真不是闹着玩的。现在既有车又有闲，手里的钱也没紧过，所以每个节假日耗在家里是没劲的。便找了几个志同道合喜欢游玩的朋友，隔几天出去一次。拍照，看风景，进行有氧运动，既锻炼了身体，也陶冶了性情。

刚开始也只是走走转转，没有想太多。到了后来，出去的次数多了，就想着策划个主题，同去的有会写的，有会画的，还有会拍的，这就全了。这个小队还有了个名字，就叫纵情。于是，纵情山水，纵情乡野。

这回，大家策划了个虫草游。因为这个季节，正是虫草采挖的季节。但是，要行动了，这个有事，那个有病，好几人来不了，最后，只剩下木子宁和老张。

木子宁他们早上不到6点就出发了。早前走国道，然后拐进了南侧的一条便道，开始进山。进山的路并不平坦，弯大，坡多。除了一小段砂石路，其它全是黄土路。

只容一辆车勉强通行的路面坑坑洼洼，刚开始还能走一段，后来大坑越来越多，还得过一条河，深浅莫测。问了好几个人才小心翼翼地驶过。又走了一段，车子只能停在一个小坡上。二人下车，收拾了必带的东西，沿着弯曲的山路向前。

木子宁看了看表，时间已接近9点。

山道上人影稀疏。

木子宁和老张刚开始还能勉强跟上乡民，不久便渐渐落后。早已习惯了在办公室里对着电脑的二人少有体力活动，如今还带着三脚架，加上一个背包，现在出现在村民面前的木子宁和老张是这个模样：脖子里挂着一个相机，一个三脚架扛在肩上，一顶藏青色的帽子——几乎遮了脸的一半，背上还有一个大背包。不同的是木子宁多了一个小相机。这是木子宁买相机时店主看他不怎么讲价，就送了这样一个相机让他玩，可以当时就出照片。

木子宁和老张的装束吸引了乡民的注意，几个匆匆行进的乡民将不解与疑问的目光投向他二人。

3

　　吴仁耀总嫌媳妇方灵芝的动作慢，话又多，不想和媳妇走一道，就几步把她甩在了后面。好在方灵芝无所谓，她有自己的伴儿，有男有女，一边说笑一边行进。

　　他们几个人还玩猜谜语的游戏。结果有一个人猜得最离谱，有人起哄，让他买鸡爪给大家吃。于是一人一个一块钱的泡椒鸡爪，大家玩笑打闹不亦乐乎。

　　这样的游戏，吴仁耀是不屑于参与的。他总是与众不同，与大家保持着距离，这正是方灵芝喜欢他的原因，但她自己并不想也变得和他一样。

　　此时，吴仁耀的目光落在木子宁和老张的身上。看他二人背着东西艰难行进，喘气如牛，吴仁耀心里就瞧不起这些城里人的矫情与做作。这点东西，就让他们难以承受，怪不得总有人说城里人矫情。

　　兄弟，我帮你拿一个。吴仁耀说。

　　木子宁面露感激，摆着手喘气说，不要、不要。老张也拒绝了吴仁耀。

　　吴仁耀问道：你们也去挖药？

　　木子宁没有回答，却问道：你们管挖虫草叫挖药？

　　是啊，我们就这么叫。

　　今年虫草多么？

　　不多。这里虫草少，每年也挖不到多少。

　　一天平均有多少？

　　也不一定，或七八根，或两三根。虫草怪，挖到了，就会连续挖上，挖不上，就一根也没有。

　　真有意思。

　　你进山做什么？

我们拍片子。

拍片子，可以放到电视上吗？

不是电视，就是自己玩的，有时报纸中杂志会登一些。

这个好玩吗？登了是不是就有许多钱？

也不一定，看在哪个平台上。国家级的自然高些，一张片子几千几百都有。也有只用不给钱的。

不给钱，那还做什么。

兄弟，也不能只看钱。

可是，人没钱，鬼一般。

也不一定，钱太多了是麻烦。

这样的麻烦，我不怕。

呵呵，兄弟，如果你突然得到五百万，你就怕了。

木子宁的话令吴仁耀有些不高兴，真是饱汉子不知饿汉子饥，但又不好发作。

木子宁后来还问了吴仁耀的名字，说这个名字有意思，没人要。说完又是摇头又是暗笑。

吴仁耀最讨厌人家这样叫他，于是不近不远保持距离，走自己的路，偶尔回答木子宁的提问。

4

这样的行进真有些难以消受，步行一小时后，木子宁已经远远落在队伍后面了，强撑着行进，但不忘记下乡民告诉他的一路行经的地名——桌子滩、大碗口、三星顶、火烧湾、簸箕湾、照壁山。这些地名都非常形象，桌子滩果然平整如桌面，而被两山夹合的大碗口远观果真如一个平置的巨碗，火烧湾曾因山火燎原而得名，三星顶远远望去有三个山包矗立在坡顶，尕金湾据说由于有一个名为尕金的小伙子在那里采挖了许多虫草而远近皆知……

有人告诉木子宁，照壁山是此行的目的地。

照壁山，顾名思义是就像照壁一样，阻断了所有进山人的视线。如今已经虫草不多的照壁山，却难以阻断周边生活在贫困线上的人向其进发的决心，每逢这个时节，乡民便争相来此采挖。

另一矮个子村民告诉木子宁说，一般进山步行两三个小时就到了，带一个背包，备上采挖工具和午饭就行，一天下来采不到多少也没关系，因为投入并不算太多，只是花些力气和工夫而已。但是如果乘车或是骑摩托车，那样费用就多了，如果一天采不到一根无功而返，那就太不划算了。

木子宁感慨不已，在时间就是金钱的现代社会，乡民的力气和工夫却最为廉价。这在城市里，是无法想象的。

终于走到了一个大山跟，已经可以看见有三三两两的人在山上弯腰蹲行，一点一点地挪动。

其中最为醒目的是女人头上的头巾，粉的、黄的、紫的、蓝的，在草色稀疏的山坡上点缀出鲜艳的亮色。这个时节，山坡的花还没有开放，山间灌木与荆棘丛生，时不时挂住人的裤腿。

虫草生就生在山坡上，寻找的过程并不复杂，无非是低头、弓腰，以无限接近地面和姿势，用眼睛在各种杂草中仔细辨别。

大家隔开一些距离，木子宁的相机镜头一会儿对准这个人，一会儿对准那个人。或蹲着拍，或站着拍，或趴着拍，几乎没有一刻闲着。更多的时间，他还是跟着吴仁耀。吴仁耀棱角分明的面孔有一种粗犷与原始美，古铜色的皮肤，粗硬的长发，非常上相。

女人更是风景。当然不能错过，木子宁给每一个女人都拍了特写，只是她们都用头巾蒙着面孔，只露出一双用来寻觅虫草的眼睛。

这时附近有人找到一根，大声地说，我找到了一根。于是木子宁和老赵二人飞奔而去，一边喊着先别急着挖，先让我们拍一下。然后扑过去左拍右拍。

对木子宁等人，大家起初感兴趣，后来便只顾着采虫草。直到木子宁给许多人赠送照片时,大家又热闹了一阵。

5

天上的云朵是棉花样的,也有层层叠加状的,有经验的人说,可能会有暴雨,得抓紧时间,看差不多就早点走,免得被雨淋。

午餐时间到了,乡民们三五人成一堆。萝卜干、饼子、馒头、榨菜什么的,再加一瓶自带的白开水,午餐开始了。

木子宁和老张的午餐显然丰富得多。有午餐肉罐头,有面包,有鸡爪,有鸭脖,有烤肠,还有户外野战式一体炉现场烧热水。这种美国进口的炉子的优点是热量转换装置可以迅速烧开水,水温显示条可以随时显示水温,内部还含有可拆卸的电子打火机构,缺点是每次只能供一两人使用。很快,一杯香浓的咖啡就好了,香气在野外飘开。

木子宁烧了两次,他和老张各自倒上水后,也给附近的乡民烧了一壶。如果不是心疼气罐费钱,他还想给每个人都烧上一壶,但是放眼一望,山坡上到处是人,远远近近,哪里顾得过来。

木子宁叫了吴仁耀过来,给吴仁耀倒了杯咖啡,吴仁耀表示喝不习惯,拒绝了。但木子宁是个倔强的人,偏要给吴仁耀一杯,吴仁耀便给了妻子方灵芝。妻子小心地接过来,不断地说着感谢的话,只是不肯和木子宁等人一起围坐。她小心地端着杯子又回到了自己姐妹中间。见她端着杯子过来,有人说着含酸讽刺的话,也有人嘻嘻笑着,一阵打趣。还有人尝了口咖啡,说烫,又说不好喝。

二十多分钟过去,午餐结束,大家各自忙碌。

木子宁还是跟着吴仁耀,横拍竖拍。

吴仁耀看着木子宁总在眼前晃,心里有点不舒服,但看在那杯咖啡的份上没有说话,埋头找虫草。

早前木子宁反复对吴仁耀说,找到虫草先别急着挖出来,让他拍了照再挖。但是今天吴仁耀运气不好，一个早上过去全无收获。而此时，不是他前面有人呼喝着发现了一根，就是后面的人又找到一根。

一般人找到后会迅速地采掘，木子宁很难从头至尾拍下采挖的全过程。因为吴仁耀离得近，木子宁不忘又叮嘱一回。

吴仁耀没好气地说，你还是找别人这吧，我今天到现在还没找到一根呢。

木子宁鼓励说，会有的。

这样的话，跟这山里的风一样，轻飘飘地吹了过去。

方灵芝只找到了两根，往常，她会有五六根的收获。今天不知道什么原因，他们夫妻二人都收获甚微。然而越是着急，越是看不见虫草，而让吴仁耀更加生气的是，他刚走过的地方，有人就发现了一根，不，不是一根，而是两根。这令吴仁耀更加沮丧。

吴仁耀认为，这是木子宁造成的。因为别人发现虫草的地方，刚才他也曾停留。但是当时木子宁把镜头对准了他的脸，他甚至能感觉到木子宁中午吃下下去的蒜蓉烤肠的味道。

当时木子宁让吴仁耀吃烤肠，他拒绝了。他不是小孩子，不愿意接受这种随性而发的施舍。他拿着方灵芝做的饼一口一口狠狠地咬嚼，仿佛在和什么人斗气使劲。虽然他也想烤肠就着饼吃，下咽会容易些，可是他想到更多的是，如果真的吃了，自己的白饼就萝卜干可能就无法下咽。

于是，吴仁耀选择了拒绝。

可是今天的白饼竟如此难以下咽。

6

进山采药的人，乘车单人两块钱，有一辆小双排车专门负责载运这些人。也有个别骑摩托车的，但大部分人会选择步行进山。

当木子宁得知老乡为了节省两块钱车费，要步行两三个小时的山路。感慨万端。

这也罢了,毕竟是在家门口挣钱。你看,乡民采过药的地方,草皮被破坏成啥样了。老张说。

木子宁早前也看见了。被采挖过的地方几乎可以用满目疮痍来形容。为了一根虫草,草皮被连根翻出。那些被翻出来的草块,将很快枯死,而原来的地皮露出深土层,很难生长新的植物。

很少能有一种草能尊享这般殊荣,以黄金冠名。虽然身份归为虫与草,而身价却与黄金等同。这也正是人们争相采挖的原因。老张分析。

物质利益的驱动,导致了生存环境的破坏。木子宁说。其实,我们应该给村民们讲一讲这些。

倒也是,但未必管用。老张不太愿意这样做。

木子宁说风就是雨,马上跳起来第一个就去找吴仁耀。吴仁耀看木子宁过来,有意识地别过脸去,假装寻找虫草,其实刚才他在那块地找过不久。

老乡,你看,虫草采挖对植被破坏得这么厉害,大家应该有个意识,应该保护我们的生存环境。如果长此以往,我们的子孙后代生存的环境就全破坏完了。

嗬,倒是想得远。吴仁耀不以为然。我得先想着我儿子和姑娘的学费。现在高中的学费年年涨,而且大学学费更是要我们拉账垒债。

可是这样做的后果,要我们的子孙后代来承担,这种做法,并不可取。木子宁到底固执,依旧进行着劝说。

这里采虫草,好歹离家也近,还可以不让家里的地撂荒,媳妇身体不好,我打不成工,只能这样,你们以为我们没事就喜欢进山吃这个苦?吴仁耀没好气地说。

我也不是这个意思,我的意思是大家的生态保护意识提高了,对子孙后代有利。木子宁继续他的说服工作。

我可想不了那么长远。子孙后代?我现在就在想我儿子姑娘上学的事。吴仁耀拧紧眉头。高中加大学，算来来七八万将近十万，你让我一个农民，到哪找这些钱？还为了子孙后代？眼前就是个坎。

不远处，有一个穿夹克的乡民接上吴仁耀的话说，我们村里有一个得了肝癌，家都被掏空了，你说的，我们不趁着还能采药挣些钱，钱还从哪来？山里种地产量不高，就是退耕还林，也没多少钱，采药，对于那些离不了家的，多少也是个来钱轻松的活。我们在城里，看你们的白眼，现在倒好了，你们又到这里来指手画脚了。

老乡，我不是这个意思。我就是想让大家提高生态环境保护意识。

我没那么高意识，也别给我说这些废话了。夹克很不耐烦。

木子宁碰了个钉子，只好再给别人做工作。

然而并没有几个人买木子宁的账。这里虫草少，今天大家都没有多少收获，许多人正为白跑一天而憋着气，眼看没处撒，看木子宁和老张拿着相机各种拍摄，心里的火就忍不住了。

夹克可不是好说话的人。当木子宁喋喋不休地和夹克老婆说环保意识，夹克便上前揪住了木子宁的领口。

少在这里骚情，离女人远点。别以为我们乡下人好欺负。夹克挥着结实的拳头对木子宁说。

老乡，你误会了，我们只是想让大家提高生态保护意识。木子宁赶忙辩解。

别在这里和我们出洋相，你安的什么心我还不知道么？夹克依旧没好气，甚至火气更甚。

安的什么心？你说我安的什么心？木子宁不甘心自己被误解。

还不就是想在这里骚情。夹克撂下这样一句。

说话不要这么难听好不好？现在是文明社会。木子宁道。

文明？我看你就不文明，你对着女人前拍后拍，那双眼睛，贼一样盯着。是不是城里玩腻了，想在乡下找个新鲜刺激？别以为我们没钱，但我们不买。夹克大声说。

木子宁继续辩解：老乡你误会了。我们不是这个意思，我们只是搞摄影的。你看，我拍的除了人物，还有风景。

别给我弄你这个洋玩意，我不懂。夹克的脸色和天色有一拼。

来，你来看看。这些风光多美啊？木子宁翻着相机中的照片。

我不看，别来这个。滚远点就行。夹克可不吃这套。

请使用文明用语！木子宁放缓语速，但抬高了声音。

我就不文明了，你怎么样？夹克的声音又提高了分贝。

老张看情形不对，过来劝木子宁：别和这些人一般见识。

哪知道老张的话反而更加激怒了夹克。

什么叫别和这些人一般见识？我们这些人怎么了？血汗换点钱，你们就不舒服了，你们在城里花天酒地贪污受贿我管不着，你们也别管我们挖几根虫草换钱。

不要激化矛盾嘛。老张说。

现在承认我们是有矛盾了？夹克紧逼，一副得理不饶人的架势。

不是，不是这个。现在是和谐社会，人民内部矛盾人民内部解决。老张说。

我今天就解决。夹克一拳挥过去打在老张脸上。

老张鼻口就有鼻血流了出来。老张随手抹了一把，脸上就有了一抹血印。老张一时没反应过来，定定地站在那里不吱声了。

木子宁一看这情形，急了。老张劝架还劝出伤来，他哪里答应？对着夹克也是一拳。很快，两个人就扭打在一起。附近的人们收回寻觅虫草的目光，向着二人身上望来。

有人起哄打口哨，有人惊叫，也有人指指点点。

吴仁耀三步并做两步过来，拉开木子宁和夹克。

夹克被木子宁用胳膊肘捣得眼冒金星。哪里肯就此罢休？

木子宁也不依不饶，他心里窝着火，就想见个高下。

老张怕事情闹大，强拉住木子宁，说，好汉不吃眼前亏。

木子宁想了想，便不想再争胜负。刚才他只顾打架，自己的镜头盖不知落哪了，本来有个细绳，但他还没顾上拴着，现在满山找镜

头盖

再没有人理会木子宁二人。

7

起风了,紧接着是雷声。刚才大家看热闹忘了看天,此时想起应该收拾东西赶紧下山。山上如果落了雨,可是大麻烦。

于是一个个手忙脚乱地收拾,然后急吼吼地下山。有人说,唉,我的铲子忘了,又有人应道,铲子落了没事,别把你落山里。也有人说,我的包,早上拿了馍的。又说不行,要去取。

吴仁耀不断催方灵芝,女人总是啰嗦,不是忘了这个就是落了那个。今天的争端让她看来心事重重。

此时,已经没有人关注匆忙下山的老张和木子宁。二人灰头土脸地下山。老张阴着脸,不是叹气就是摇头。木子宁的镜头盖还是没找到,加上之前的争端,心情很是不爽。

一种前所未有的挫败感涌上了来了,令木子宁无力抵挡。他觉得今天的自己像个可笑的小丑。舞台上的小丑是为是演出的需要,而现实中的小丑却让人难堪加不爽。好好的一天,可以逛山,可以看景,却偏偏如此收场。无力感随着挫败感涌上来,木子宁顿感人生无意义。

等二人上了车,山上的人早已不见的踪影。有经验的,拿着雨披,早找个可以避雨的所在等着雨停了再走。也有人急着回,山下的摩托车和小双排全部超载,一个个飞一般驶离。

木子宁突然想起只顾着找镜头盖,却忘了三脚架。于是又返回。老张心情抑郁,没有说话。

乌云在酝酿着一场大雨。

等木子宁找到三脚架返回时,雨点已经落下。老张一脚油门冲出去。

二人都沉默着。老张的越野车像个艰难行进的甲壳虫，在一片雨雾中行进。路面泥泞，车轮不时打滑。雨刮器卖力地工作着，天地间，除了大山，除了大雨，似乎只有这辆车。

8

河水暴涨。

木子宁心里发虚，说，要不，等一会雨小了咱们再过吧。

老张可不想让人再看他们的笑话。说，我们过河的时候水倒不深的，这会刚涨上来，应该没问题，如果再等，水更大了就麻烦了。

也是，那试一试吧。木子宁说。老张于是加足马力沿着记忆中的河段走。

担心出事，偏偏就出事。车子突然熄火了。

老张一急，反复打火。

结果车子丝毫不动。

一定是发动机进水了。你刚才是不是收油了？木子宁问道。后又补充说，这款车进排气口低，水可能从排气管倒吸进入发动机了。刚才不应该急着打火的。

你倒是经验多，也总是马后炮。老张终于压不住火了。早知道这样，我们就不涉水过河，等一等，雨总会小，水也会小。你刚也不劝我。

我怎么没劝？木子宁有点委屈，知道现在说气话没用，让老张赶紧打救援电话。

老张说，这个时候，这个鸟不拉屎的地方，救援车肯定一时半会来不了。我的车，看来要成大花脸了。你可得给我喷漆钱。老张说。

好说。咱们不能老让车在水里泡着，得想办法让车离开水，万一水再涨就麻烦了。木子宁担心不已。

救援电话通了。了解情况后，要求他们务必找人将车推至没有水的路面等待救援车前来。

然而在这个叫天天不应，叫地地不灵的地方，到哪里找人来推车呢？木子宁倒是愿意推的，但一个人的力量自然不行。

怎么办？老张哭丧着脸。

你在这等着，我去找人。木子宁说完就下了车钻进水里。

你不会撂下我自己跑了吧？老张颇为担心。

又不是刚认识，这种话也说得出？木子宁头也不回地冲进雨中。

9

看见河岸有一辆摩托车冒雨行驶。木子宁冲上去前拦了下来，掏出一百块钱，强行上了对方的车，让车主把他拉到最近的村子。

那就是东面的村子，你找谁？

车不是进水了吗？我找几个人推车。

这个天，谁还出来？

给钱还不行么？

那也得看钱多钱少。

多少合适？

一个人起码也得一百吧？

一个人一百，不是坑人么？

我们是不坑，但是天坑。你们让车停在水里，等会山洪下来，损失更大。

不管了，反正找几个人吧。先解决问题再说。

10

　　吴仁耀吸了一口烟闭目养神。有人猛敲门，高声喊着：出来了！买卖来了！

　　吴仁耀本不想凑热闹，但经不住方灵芝哀求，于是二人出门。见是本村的袁廷。袁廷带着一个人，正是眼镜。

　　眼镜一见吴仁耀，就激动地跑过来，老乡，帮个忙，车子在河道里熄火了，麻烦大家帮忙推出来。

　　吴仁耀熟悉那段河道，说道，得多找几个人。

　　吴仁耀转身就去叫人，同时不忘叮嘱方灵芝，你回家去。

　　在吴仁耀和袁廷的动员下，很快召集了五六个人，还找来一辆小双排，大家挤在车上向着河道进发。

　　雨已经停了。

　　下得车来，袁廷数了人数，说道，共六个，一个人一百五，共九百。

　　老乡，你不能坐地起价啊。木子宁为难地说道。

　　你看看，这水，这个凉，都能钻到骨头里。袁廷说道。

　　老张在车上喊道，大家快点啊，一会万一山洪下来就麻烦了。

　　袁廷说道，这会下水，肯定会落个关节炎，你们一拍屁股走人，我们落下病根，到时来个腿疼腰疼的，又去找谁？再说了，再等，水大了，我们可不想为这点钱送命。

　　始终不说话的吴仁耀开口了，走大家先推车！说完第一个带头下河。

　　有人跟着吴仁耀下河。几个人使出全身的力气，有人喊着一二三，车子终于动了。

　　等众人齐心协力将车推出河面时，每个人的脸都变成了青紫色，一个个都冻得直打哆嗦。

九百块，给钱。袁廷说着向木子宁伸出手来。

木子宁打开背包，叹口气，准备付钱。

我不要。吴仁耀又开口了。说完，转身即走。

大家惊愕地看着已经走开的吴仁耀。

唉——那个没人要——你别走啊。木子宁追上去喊道，一百，一百。

我不要！记着我不是没人要，我叫吴仁耀。那个背影说。

声音不大，随风即散。